Fire

Vivien Summer wurde 1994 in einer Kleinstadt im Süden Niedersachsens geboren. Lange wollte sie mit Büchern nichts am Hut haben, doch schließlich entdeckte auch sie ihre Liebe dafür und verfasste während eines Freiwilligen Sozialen Jahres ihre erste Trilogie. Für die Ausbildung zog sie schließlich nach Hannover, nahm ihre vielen Ideen aber mit und arbeitet nun jede freie Minute daran, ihr Kopfkino zu Papier zu bringen.

VIVIEN SUMMER

FIRE
ignite my soul

Von Vivien Summer außerdem bei Carlsen und Impress erschienen:
Elite-Reihe
Dicionum-Reihe
SoulSystems-Reihe

Ein *Impress*-Titel im Carlsen Verlag
Januar 2019
Copyright © 2017, 2019 Carlsen Verlag GmbH, Hamburg
Text © Vivien Summer 2017
Umschlagbild: shutterstock.com © Gabriel Georgescu / Buslik
Umschlaggestaltung: formlabor und Vivien Summer
Corporate Design Taschenbuch: bell étage
Gesetzt von Dörlemann Satz, Lemförd
ISBN 978-3-551-31747-6

www.impress-books.de
CARLSEN-Newsletter: Tolle Lesetipps kostenlos per E-Mail!
Unsere Bücher gibt es überall im Buchhandel und auf carlsen.de.

Sie wollen einen Kampf,
ich gebe ihnen Krieg.
Hast du geglaubt, dass du jedem vertrauen kannst?
Wusstest du nicht, dass selbst der Teufel mal ein Engel war,
der seine Dunkelheit mit einem Lächeln verschwieg?
Erkennst du jetzt endlich, wie leicht es ist?

Prolog

Schon als die Lichter der Bar zu flackern begonnen hatten, spürte Jasmine, dass etwas nicht stimmte. Es war wie ein Hauch, der ihr über die nackten Arme fegte und ihr eine Gänsehaut bereitete, während sie ihren Cocktail zurück auf den Tisch stellte und sich die letzten Tropfen des Alkohols von der Oberlippe leckte.

»Nicht jetzt«, flüsterte sie, doch das einsetzende Dröhnen der Sirenen überdeckte ihre Worte unbarmherzig.

Jasmine war beigebracht worden, wie sie sich in diesem Fall zu verhalten hatte. Früher wäre sie in einen der nahe gelegenen Bunker gelaufen und hätte sich versteckt, doch sie war seit ein paar Monaten eine ausgebildete Soldatin und kannte keine Ausreden mehr. Außer wenn es darum ging, Alkohol zu trinken.

Aber das war damals bei der Präsidentenfeier keine Absicht gewesen. Immerhin war sie eingeladen worden, um zu trinken, also hatte sie das getan.

Der Cocktail, der jetzt vor ihrer Nase stand, von dem sie gerade mal einen Schluck getrunken hatte, war bislang ihr einziger an diesem Abend. Fast als hätte sie schon den ganzen Tag über gespürt, dass etwas nicht stimmte – obwohl das nicht sein konnte. Auch als Wassersoldatin hatte man keinen sechsten Sinn für einen Angriff.

»Komm, Alex, sitz da nicht so versteinert rum!«, rief sie ihrer Freundin zu, die beim Klang der Sirenen ganz bleich um die Nase geworden war. »Wir müssen in einen Bunker.«

Dass sie selbst es musste, damit sie sich eine Uniform holen konnte, ließ Jasmine vorerst unerwähnt.

Alex war noch nie besonders mutig gewesen, deshalb war sie froh, dass das Serum sie verschont hatte.

Auch dass sie unter großem Zeitdruck stand, ließ sich Jasmine nicht anmerken. Sobald die Sirenen erklangen, hatte sie als inaktive Reservesoldatin nur fünf Minuten Zeit, sich für den Kampf bereit zu machen. Das beinhaltete den Weg zu irgendeinem Lager mit Montur und Waffen sowie das Umziehen und Ausrüsten. Aber das Letzte, was sie tun würde, wäre, ihre Freundin hierzulassen.

Also zog sie sie am Ellbogen aus der Bar und passte sich automatisch dem Laufschritt an, den sie sich in der Ausbildung antrainiert hatte. Auch wenn viele Passanten an ihr vorbeirannten, als ginge es wahrlich um ihr Leben, hielt Jasmine sich an ihr Tempo.

Mehrmals sah sie sich dabei prüfend um und suchte nach Anzeichen, dass das hier kein wirklicher Angriff, sondern nur eine Übung war.

Da die Menschen aber seit dem Angriff auf die Residenz vor wenigen Wochen sowieso ängstlicher als gewöhnlich waren, glaubte sie nicht, dass die Regierung jetzt auch noch eine Übung initiieren würde. Aber auch das behielt sie für sich.

Mit Alex an der Hand lief sie zum ersten Bunker, der sich ein paar Straßen weiter versteckt in dem Hinterzimmer eines Massagestudios befand.

Die Mitarbeiter dort waren für so einen Fall trainiert. Sie hatten die Luke längst freigeschoben und zählten jeden, der die Treppe nach unten stieg. Dass sie dafür Zuschüsse von der Regierung bekamen, war nur einer der Vorteile, die diese Arbeit beinhaltete.

Auch Jasmine ließ sich zählen und stieg die Treppe nach unten. Die Uhr, die seit dem Einsetzen der Sirenen in ihrem Kopf lief, zeigte gefühlte zwei Minuten an verbleibender Zeit an. Die Mitarbeiter konnten die Bunkerluke nicht ewig offen halten, und wenn sie erst mal geschlossen wäre, müsste Jasmine warten, bis jemand sie befreite, und das konnte sie nicht zulassen. Deshalb beeilte sie sich, Alex abzusetzen, verabschiedete sich bei ihr und schloss sich den Soldaten in der Nähe einer kleinen Tür an, die sich unbedingt in den Raum drängeln wollten.

Ein bitterer Geschmack entstand in Jasmines Mund, aber sie riss sich zusammen. Sie war nicht die Einzige, die mit ihrer inneren Uhr zu kämpfen hatte und darauf hoffte, das alles wäre nur ein Probealarm.

Als Jasmine endlich dran war, griff sie sich eine verpackte Uniform der Größe 2 für Wassersoldaten, mit den blauen Streifen, und zog sie sich binnen Sekunden über ihre Klamotten. Für die Füße nahm sie sich ein Paar Schuhe der Größe 11.

Irgendwann während ihrer Ausbildung hatte sie sich angewöhnt, nur noch Kleidung zu tragen, in der sie ohne Probleme in die Uniform wechseln konnte. Mit ihren dünnen Leggings und dem langen Top hätte sie heute keine bessere Wahl treffen können.

In den letzten zwanzig Sekunden bestückte sie ihren Gürtel mit zwei Pistolen, Munition und einem Elektroschocker. Messer waren noch nie ihre Stärke gewesen.

Das Maschinengewehr griff sie sich zum Schluss, dann reihte sie sich hinter den hinauslaufenden Soldaten ein und warf einen letzten Blick in die Richtung, in der sie Alex abgesetzt hatte. Doch sie konnte sie nicht finden.

Jasmine ließ sich von den anderen Soldaten mitreißen, hielt dabei aber Ausschau nach weiteren Wassersoldaten, mit denen sie zusammenarbeiten konnte.

Kaum hatten sie die Oberfläche wieder erreicht, konzentrierten sich ihre Sinne auf etwas anderes: Feuer. Sie roch es, spürte es, weil es ihr größter Feind war.

Als sie sah, dass die Residenz brannte, verharrte sie eine Sekunde zu lange und wurde von einem Soldaten hinter ihr ermahnt weiterzulaufen.

Da verschwand auch das letzte bisschen Hoffnung, es könnte bloß eine lächerliche Übung sein.

***

Sie fluchte lautstark, als sie keine Munition mehr an ihrem Gürtel greifen konnte, und schlug dem Mann mit dem schweren Bein auf ihrer Brust den Lauf ihrer Waffe ins Gesicht.

Ein unterdrückter Schrei kam ihm über die Lippen, während Jasmine beruhigt feststellte, dass seine Wange aufgeplatzt war. Davon motiviert, rammte sie ihm den Ellbogen in die Magengrube und stieß ihn von sich hinunter.

»Miststück!«, zischte er ihr entgegen und streckte seine leeren Hände nach ihr aus, griff aber ins Nichts.

Mit einem gut gezielten Tritt gegen seinen Brustkorb kämpfte sie sich endgültig frei und rappelte sich wieder auf.

Das frühere Mädchen in ihr hätte sich gern für das *Miststück* revanchiert, aber das war wieder etwas, das sie während ihrer Ausbildung gelernt hatte: Ruhe bewahren. Sich nicht beeindrucken lassen. Nur zutreten.

Vermutlich würde der Stiefel einen schönen Abdruck auf dem Bauch des Mannes hinterlassen, aber das war es ihr wert. Am liebsten hätte sie ihm auch das Wappen des goldenen Drachen von der Jacke gerissen, aber sie musste sich um Munition kümmern. Wenn sie den heutigen Tag überleben wollte, bräuchte sie sogar ganz dringend welche, denn die Anzahl der Feinde schien sich trotz körperlicher Unterlegenheit zu vervielfachen. Fast so, als würde die verdammte Ameisenkönigin ihr Volk zu sich rufen.

Jasmine setzte sich in Bewegung, wobei ihr der Elektroschocker als einzige Waffe übrig geblieben war. Deswegen versuchte sie sich von feindlichen Soldaten fernzuhalten, nutzte aber bei manchen von ihnen den körperlichen Zustand aus. Diejenigen, die so schwach aussahen, dass sie bei einem einzigen Windhauch hätten zu Boden fallen müssen, knockte sie per Elektroschock aus und begann sie dann abzusuchen und zu entwaffnen. Leider fand sie keine Munition, doch das verhasste Messer nahm sie dankbar mit.

Es dauerte eine Weile, bis sie wieder etwas im dichten Nebel der Rauchbomben sehen konnte und darauf hoffte, die Silhouetten wären Elementsoldaten, die ihr mit ihrem Munitionsproblem aushelfen konnten.

Ihr Maschinengewehr war ihr längst abgenommen worden. Es waren einfach zu viele, die zuerst auf die Frauen losgingen, weil sie dachten, sie wären die einfachsten Gegner. Dass Jasmine immer noch stand und abgesehen von einer am Arm aufgerissenen Uniform keine Kratzer hatte, zeugte vom Gegenteil. Sie war schnell und sie ließ sich nicht unterkriegen. Nur verfluchte sie ihren Körper dafür, dass er ihr das falsche Element geschenkt hatte. Um so viele Feinde zu überfluten, bräuchte sie schon mehrere Hydranten; oder am besten gleich den ganzen Ozean.

Zwar hatte sie gelernt, anderen Körpern das Wasser zu entziehen, aber die feindlichen Männer schienen darauf vorbereitet worden zu sein. Ihr blieb die perfekte Gelegenheit, sie lange genug festzuhalten, bisher verwehrt.

Als sie eine Bewegung am Rande ihres Blickfelds wahrnahm, sprang sie hinter ein am Straßenrand parkendes Auto und sah durch die verschmierten Scheiben hindurch. Beinahe alles in ihrer Umgebung erschien ihr wie durch einen grauen Filter; trist und verloren. Mit einem abwartenden Herzschlag ließ sie einmal prüfend ihren Blick über die Straße wandern, obwohl ihr Fokus immer noch auf dem Schatten lag, der mit stillen Schritten näher kam.

Jasmines Mund wurde trocken – sie würde ihn umbringen. Bisher hatte sie zu viele am Leben gelassen, aber jetzt war niemand hier, der sie davon abhalten würde. Es war ihre verdammte Aufgabe, ihrem Land zu dienen.

Noch bevor sie das Gesicht des Soldaten erkannte, hatten die blauen Streifen seiner Uniform vor ihren Augen reflektiert und sie sich daraufhin ein wenig entspannt.

Damit sie ihresgleichen aber nicht dazu brachte, auf sie zu schießen, kam sie langsam hinter dem Auto hervor und wartete, bis sie ihm in die Augen sehen konnte.

Wie zu erwarten, richtete er dennoch den Lauf seines Gewehres auf sie – aber über sein Gesicht huschte ein Ausdruck der Erkenntnis.

»Theo?«, hörte Jasmine sich wie in Trance fragen und lief schon auf ihn zu. Sie konnte nicht mehr sagen, wann sie ihn das letzte Mal gesehen hatte, aber es war zu lange her. Er war damals noch kurz mit ihr in der Ausbildung gewesen, ein paar Wochen höchstens. Nach seinem Abschluss wurde er zu einer anderen Station versetzt und sie hatten seitdem den Kontakt verloren.

Es dauerte einen Moment, aber dann hatte auch er sie erkannt.

»Jasmine«, erwiderte er und ließ es dabei wie eine Begrüßung klingen. Er kam ihr ebenfalls entgegen.

»Was zum Teufel machst du hier in Haven?«

»Leben retten«, lautete seine kühle Antwort; so war er schon immer gewesen. »Und dich lassen sie auch frei rumlaufen?«

Jasmine zog Theo, ohne zu antworten, näher an das Auto, hinter dem sie sich gut verstecken konnten.

»Hast du Munition?«, fragte sie und holte ihre Pistole hervor.

Gott sei Dank ließ Theo sich keine Zeit, sondern griff an seinen Gürtel und überließ ihr seine Munition.

»Du solltest von hier verschwinden.«

»Was?«

Theo sah sie entschlossen an. Seine grünen Augen schienen das Einzige zu sein, was ihrer Umgebung ein wenig Farbe verlieh. »Jasmine«, sagte er und klang dabei so, als würde er seine Worte nicht noch einmal wiederholen. »Hier geht es um alles oder nichts, verstanden? Entweder du wirst getötet oder du kommst mit mir mit.«

Wieder sah sie ihn nur verständnislos an. »Mitkommen?«, hakte sie nach. Bevor sie noch etwas sagen konnte, hatten sie Schritte gehört.

Jemand kam auf sie zu, versetzte sie in Alarmbereitschaft, doch als Jasmine aufspringen wollte, hielt Theo sie am Ellbogen zurück. Erst da sah sie, dass seine Hand verletzt war. Jasmine war selbst blutüberströmt, weshalb sie sich im ersten Moment nicht mal sicher war, ob es sein Blut war, das sich auf seiner Hand befand, oder ihres; als sie jedoch sein verzerrtes Gesicht sah, wusste sie es. Es musste eine tiefe Verletzung sein, wenn sie noch nicht geheilt war.

»Lucy«, rief Theo leise, woraufhin sich die Schritte noch

einmal beschleunigten. Ein Schatten oder besser gesagt ein zierliches Mädchen tauchte hinter dem Heck des Wagens auf und erstarrte, als sie Theo erkannte.

Jasmines Blick glitt kurz über die Uniform der Windsoldatin, dann beruhigte sich ihr Herzschlag wieder.

Lucy kam näher und ging in die Hocke, um mit Jasmine und Theo auf einer Höhe zu sein. Einige Strähnen hatten sich aus ihrem Zopf gelöst.

»Wir haben keine Zeit mehr«, flüsterte sie hektisch. »Ich habe jedem Bescheid gesagt, den ich finden konnte. Die meisten wollen bleiben.«

»Selbst schuld.« Theo presste die Lippen zusammen, während er Jasmines Ellbogen wieder losließ.

Blut war auf ihre Uniform gesickert, aber es war nicht so viel, dass es ihr Angst machte. Theo würde heilen, genau wie jeder andere Elementsoldat.

Für den Hauch einer Sekunde bemerkte Jasmine, wie Theo und diese Lucy sich ansahen. Dann unterbrach sie selbst ihre wirren Gedanken. »Kann mir mal jemand verraten, was hier los ist?«

»Wir hauen ab, tauchen unter.«

»Wieso?«

Theo verdrehte die Augen. Er war noch nie der Geduldigste gewesen, aber gäbe er Jasmine die notwendigen Antworten, würden sie nicht mehr hinter einem Autowrack sitzen und feindliche Angriffe befürchten müssen.

»Vertrau uns«, antwortete Lucy schließlich.

»Vertrauen? Wir müssen kämpfen, wir ...«

»Wenn wir kämpfen, werden wir sterben. Es sind zu viele, Jasmine. Und Chris hat einen Plan«, erklärte Theo weiter, doch das Resultat war, dass er sie damit nur noch mehr verwirrte. Was hatte Chris auf einmal damit zu tun?

Theo schien die Frage in ihren Augen zu lesen, aber er schüttelte den Kopf.

»Deine Entscheidung. Entweder du kommst mit uns oder ... es war nett, dich gekannt zu haben.«

1

Zeit.

Sie ist etwas, das man nicht kontrollieren kann. Man fühlt sie; sie zerrt an einem, man ist in ihr gefangen, weiß aber nicht, ob sie stehen geblieben ist oder davonrast. Jedem war dieses Phänomen bekannt – vor allem, wenn man sich wünschte, dass das, was man direkt vor Augen sah, nicht real war. Wenn man hoffte, bloß einen Film zu sehen, den man vorspulen konnte, um die schlimmen und Angst einflößenden Minuten zu überspringen.

Aber im Augenblick schien es eher, als würde mein Leben pausieren.

Unfähig mich zu bewegen starrte ich auf die Stadtmitte, wo die Residenz, der Mittelpunkt meiner Heimatstadt Haven, in Flammen stand. Der Himmel darüber war orange gefärbt; die aufsteigenden düsteren Rauchwolken reflektierten den Brand, sodass das erstickende Gefühl der Angst sich schnell in mir ausbreitete.

Der Anblick versetzte mich in einen merkwürdigen, tranceähnlichen Zustand. Ich hatte noch nie gesehen, wie mächtig Feuer sein konnte, auch wenn ich inzwischen ein Teil davon war. Es faszinierte mich, war schön und schockierend zugleich. Während die Rauchwolken allmählich den Himmel über der Stadt bedeckten, breiteten sich die Flammen umso schneller aus.

Da ich mich nicht rühren konnte, wusste ich nicht, wie schnell das Feuer in Wirklichkeit von der gesamten Stadtmitte Besitz ergriff. Ich konnte nur wie gebannt dorthin starren, wo ich mich vor rund einer halben Stunde noch befunden hatte. Hätte Chris mich nicht vorzeitig vom Training nach Hause geschickt, wäre ich dort gewesen.

Kurz flackerte die Sorge in mir auf, ihm und den anderen beiden, Kay und Ben, könnte etwas zugestoßen sein – aber das war unmöglich.

Christopher Collins hatte seine Ausbildung fast beendet und war durch und durch ein Soldat, der alles tun würde, um die Stadt und seine Rekruten zu beschützen. Meine Angst um sie war völlig unbegründet.

Obwohl sie nicht gänzlich verschwand, erinnerte ich mich wieder daran, was ich tun wollte. Mein Pflichtgefühl hätte mich eigentlich zur Residenz bringen sollen, wo ich als Feuerrekrut meine Uniform anziehen und Haven verteidigen musste. Eigentlich.

Mir war klar, dass Gouverneurin McCann in dieser Situation ihr Versprechen, mich während meiner Ausbildung auf keinen Einsatz zu schicken, brechen würde. Vielleicht war das ein Grund, wieso ich mich plötzlich aus meiner Starre löste und meine Beine wieder spüren konnte.

Wie aus dem Schlaf gerissen, erinnerte mich mein rasender Herzschlag daran, dass ich meine Familie finden musste. Hektisch drehte ich mich um.

Der Großteil unserer Nachbarn war längst aus den Häusern verschwunden und ins Zentrum der Stadt gerannt, wo sich in der Residenz der größte und sicherste Bunker von allen befand. Anfangs hatte ich noch gehofft, es wäre wieder eine Übung, aber ich hatte mich getäuscht. Das Feuer war Beweis genug.

Jetzt war ich fast allein. Nur wenige Männer und noch weniger Frauen rannten mir entgegen. Einer von ihnen zog einen Koffer hinter sich her, als hätte er noch genügend Zeit gehabt, sein wichtigstes Hab und Gut zu packen. Mir konnte das egal sein. Mehr Sorge bereitete mir, dass die Straße beinahe leer war und ich meine Familie immer noch nirgendwo sehen konnte.

Sie war mir nicht entgegengekommen. Ich hörte meinen kleinen Bruder Aiden nicht weinen, so wie Jill es immer getan hatte, wenn der Alarm losgegangen war. Meine kleine Schwester war vor sieben Jahren an den Folgen der Gentherapien gestorben und genau aus diesem Grund hatte ich unglaubliche Angst davor, meine Familie zu verlieren.

Vielleicht waren sie zu Hause? Vielleicht dachten sie, ich würde zu ihnen kommen? Deshalb rannte ich los und ließ meinen Rucksack achtlos auf dem Boden zurück. Wer oder was die Stadt angriff, war mir in diesem Moment völlig egal. Für mich zählte nur, dass ich meine Familie wiederfand. Zwar hatte meine Rekrutierung erst vor ein paar Wochen begonnen, aber ich würde Dad, Mum und Aiden trotzdem um jeden Preis beschützen. Noch einmal würde ich die Schmerzen des Verlustes, die sich anfühlten, als würde man mir ätzende Säure in den Rachen kippen, nicht ertragen.

Ich versuchte meine Panik runterzuschlucken und mich darauf zu konzentrieren, noch schneller zu unserem Haus zu gelangen. Sehen konnte ich es schon, allerdings zerriss es mir das Herz, als ich sah, dass auch dort keine schützenden Eisentore den Zutritt versperrten.

Du glaubst doch nicht wirklich, dass deine Eltern so dämlich sind und sich gemütlich auf die Couch setzen, während die Stadt angegriffen wird?

Nein, ich glaubte es nicht, aber es war die einzige Hoffnung, die ich hatte. Wo sollten sie denn sonst sein, wenn nicht dort? Sie waren mir nicht entgegengekommen, aber vielleicht hatten sie in den anderen Bunkern Schutz gefunden. Da sich der nächste ein paar Straßen entfernt befand, etwas außerhalb der Stadt, beschloss ich, zuerst dorthin zu laufen, wenn ich sie in unserem Haus nicht finden würde.

Die Sirenen schrien noch immer, und als ich feststellte, dass ich der einzige Mensch in dieser Straße war, wirkte die Umgebung so düster wie noch nie. Es fühlte sich einfach nicht real an, wie ich über den Asphalt rannte, hinter mir das Feuer, das sich von Gebäude zu Gebäude ausbreitete.

Erst bei unserem Haus angekommen hielt ich inne und musste mich am Zaun festhalten, um nicht zu stolpern und hinzufallen.

Magnetisch wurde mein Blick von der offen stehenden Haustür angezogen, die so ungeschützt war wie alle anderen in der Straße. Aber warum? Ein technischer Defekt? Grobe Fahrlässigkeit? Eiskalte Absicht?

Mein Herz schlug mir bis zum Hals; bei jedem dumpfen Pochen glaubte ich, es würde den nächsten Impuls nicht überleben.

Die Tatsache, dass trotz der abendlichen Dämmerung kein Licht brannte, ließ mich zittern und hoffnungsvoll einen Schritt weiter gehen. Wenn es dunkel im Haus war, hieß das, dass sie möglicherweise gar nicht dort gewesen waren, als der Alarm losging?

Bevor ich allerdings nachsehen konnte, war ich an der Schulter gepackt und herumgewirbelt worden.

Automatisch hob ich die Arme, um mich gegen einen Angriff zu wappnen, und registrierte erst, dass ich schrie, als ich dem Mann in die Augen sah.

Keine Ahnung, ob ihn das für einen Moment so sehr aus der Bahn warf, dass er mich nur perplex anblinzelte, oder ob ihn etwas anderes verwirrte. Ich stieß unkontrolliert den Atem aus, als ich die Uniform der Elite erkannte – eine schwarze Montur mit den vertrauten hellgrauen Steifen an den Seiten, die mir sagten, dass er ein Windsoldat war. Auf dem linken Ärmel seiner Jacke funkelten mich die vier kleinen, in einem Viereck angeordneten silbernen Sterne der Nationalflagge New Americas an. Sie standen für die Elemente Feuer, Wasser, Luft und Erde, die die Soldaten aufgrund der Gentherapie beherrschen konnten.

»Was tust du hier, Lawrence?«, fragte er wütend und starrte mich gnadenlos an.

Wer auch immer er war, ich konnte mich nicht daran erinnern, ihn je gesehen zu haben. Woher er meinen Namen kannte, wusste ich auch nicht.

Ich trat automatisch einen Schritt zurück, als befürchtete ich, er würde mich von meinem Plan abhalten.

»Meine Familie. Ich muss nur ...«

»Deine Familie?«, unterbrach er mich skeptisch. »Hier ist niemand mehr.«

»Vielleicht ...«

»Wir haben eine Anweisung.«

Er folgte meinem Schritt und hatte mich auf eine rasend schnelle, beinahe unsichtbare Art und Weise wieder am Arm gepackt. Nur Windsoldaten konnten sich so schnell bewegen, dass man es kaum sah.

Ich versuchte mich aus seinem Griff zu befreien.

»Ist mir egal«, zischte ich voller Wut und riss so heftig an meinem Arm, dass mir ein jäher Schmerz einen Herzschlag lang die Luft nahm. »Lass mich los!«

»Wenn die Sirenen angehen, müssen wir in die Residenz«, erklärte er mir gezwungen ruhig, als hätte er schon damit gerechnet, auf eine sture Rekrutin wie mich zu treffen.

Aber das war mir egal. Mir war egal, was ich für Pflichten hatte oder was ein normaler Mensch in diesem Moment getan hätte. Ich wollte nur in dieses Haus und nachsehen, ob meine Familie noch da war und auf mich wartete.

»Nur einen Moment«, log ich in der Hoffnung, er würde mich einfach wieder loslassen.

Doch er blieb standhaft, verstärkte seinen Griff nur noch

mehr und zog mich am Arm mit sich; weil er zwei Köpfe größer und mindestens doppelt so breit war wie ich, schleifte er
mich mühelos vom Haus weg.

Egal, wie heftig ich mich dagegen wehrte, er ließ nicht
los. Meine Hände krallten sich an unserem Zaun fest und
schmerzten, als ich es immerhin kurz schaffte, den Soldaten
aufzuhalten.

Was wollte er eigentlich von mir? Wieso ließ er mich nicht
einfach in Ruhe? Es konnte ihm doch egal sein, ob ich mein
Leben aufs Spiel setzte.

Binnen einer halben Sekunde löste er meinen Griff um den
Zaun und zerrte mich davon weg.

»Rekruten müssen in die Residenz gebracht werden«,
meinte er und klang dabei so, als würde er etwas Auswendig-
gelerntes aufsagen.

Ich war wütend – und mir war gleichzeitig zum Heulen zumute. Am liebsten hätte ich mein Feuer gegen ihn verwendet,
doch ausgerechnet jetzt schien ich es nicht greifen zu können.
Morgen erst hätten Chris und ich mit dem Training anfangen
wollen, weil ich zu stark für die leichten Übungen war. Schwer
fiel es mir trotzdem noch, meine Feuerkräfte zu kontrollieren.

»Und was ist mit meiner Familie?«, stieß ich unter zusammengepressten Zähnen hervor. Ich konnte genauso wenig
aufhören, mich gegen den Soldaten zu wehren, wie er, mich
in Ruhe zu lassen.

»Die ist bestimmt in Sicherheit.«

»Ich will nachsehen.«

»Nein.«

Entschlossen blickte ich ihm in die Augen und spürte im selben Moment, wie meine Hand zu kribbeln begann. Bevor ich mein Feuer allerdings auf ihn loslassen konnte, hatte er sich unerwartet aufgerichtet und die Straße abwärts Richtung Bunker gestarrt. Dieser lag in unmittelbarer Nähe.

Windsoldaten hatten ein besseres Gehör als andere. Es lag an ihrem Element, dass sie Geräusche eher wahrnahmen; vielleicht konnte er sogar mein rasendes Herz schlagen hören.

Völlig unvorbereitet ließ er mich los und drückte mich zurück auf unser Grundstück.

»Versteck dich und bete, dass sie dich nicht finden.«

Dann begann er zu laufen und verschwamm direkt vor meinen Augen. Man sollte meinen, dass dieser Anblick völlig normal für mich war, doch ich hatte die Soldaten vor meiner Rekrutierung nur sehr selten in Aktion gesehen; und einen Windsoldaten bloß ein einziges Mal bei der Demonstration in der Bahn. Kurz ließ ich mich davon ablenken, doch dann hörte auch ich die Schüsse und stürzte den kleinen Weg zu unserem Haus hoch.

Auf den Treppen wäre ich fast ausgerutscht, aber noch bevor ich die Motorengeräusche zuordnen konnte, war ich im Flur verschwunden.

Beim Fenster angekommen riskierte ich einen kurzen Blick nach draußen und sah, wie der dunkle Geländewagen unserer Regierung langsam die Straße hinunterrollte. Zuerst wollte ich sofort wieder dorthin, doch mein Misstrauen warnte mich rechtzeitig und ließ mich erkennen, dass es nicht unsere Soldaten waren, die dieses Auto fuhren. Das Fenster im Dach war geöffnet worden, sodass sie im Wagen stehen und gleichzeitig die Umgebung mit gezückten Maschinengewehren absuchen konnten.

Das Symbol des Ostens, der goldene Drachenkopf, prangte auf den Monturen der Männer. Anders als bei unseren Soldaten befand es sich auf der Brust und schien mich höhnisch auszulachen.

Mit angehaltenem Atem zog ich mich vom Fenster zurück. In der Hoffnung, sie würden mich nicht finden, drückte ich mich mit dem Rücken gegen die Wand und lauschte.

2

Minutenlang verharrte ich so an der Wand und starrte direkt in unser Wohnzimmer, das leer und aufgeräumt vor mir lag. Zu gern hätte ich nachgesehen, ob ich irgendwo einen Hinweis finden könnte, wo meine Familie sich aufhielt, aber ich rührte mich keinen Millimeter. Ich traute mich nicht mal zu atmen, während ich mich auf das vorbeifahrende Auto konzentrierte. Da ich nicht genau einschätzen konnte, wie schnell sie fuhren, wartete ich so lange, bis es mucksmäuschenstill war.

Die Angst riss mein Herz in zwei Stücke. Meine Familie könnte sonst wo sein und ich stand hier rum und kam vor Panik fast um, weil der Osten, der schon immer die Gentherapien missbilligte, unser Land angegriffen hatte.

Ich schloss die Augen. Wir hätten so oder so mit einem Angriff rechnen müssen, doch wieso ausgerechnet heute? Wieso jetzt? Wieso dann, wenn ich gerade erst meine Ausbildung begonnen und keinen Schimmer hatte, was ich tun sollte?

Irgendetwas in mir hoffte noch, dass sich meine Eltern und Aiden irgendwo im Haus versteckten, denn meine Beine versuchten mich von der Wand loszureißen. Aber ich wusste mit grausamer Gewissheit, dass sie schon seit Stunden nicht mehr hier waren.

Von hier aus konnte ich gerade so durch den Türbogen in die Küche schauen und erkennen, dass Mums Nähzeug ordentlich in einem Körbchen auf dem Stuhl stand. Wäre sie zu Hause gewesen, hätte sie es sofort ausgepackt.

Mir fiel nur nicht ein, wohin sie mit Aiden hätten gehen können. Soweit ich mich erinnerte, hatte er seinen nächsten Therapieauffrischungstermin erst in einem Monat; und um diese Uhrzeit war das sowieso eher unwahrscheinlich.

Mit einem Blick auf die Uhr über dem Fernseher stellte ich fest, dass ich fast zehn Minuten hier stand und es in dieser Zeit draußen still geworden war.

Vorsichtig löste ich mich von der Wand und beugte mich näher zum Fenster. Die kleinen Solarleuchten in den Dekorationskästen am Verandageländer waren angegangen; das war das Erste, was mir auffiel. Doch sonst war die Straße so verlassen wie vorhin auch. Beinahe so, als wären die Soldaten nie hier gewesen.

Leider sagten die leeren Häuser etwas anderes aus.

Steh da nicht so rum. Such lieber deine Familie, ermahnte ich mich und stieß mich entschlossen von der Fensterbank ab.

Rasch schlüpfte ich aus meinen Halbschuhen, stellte sie in die Schuhbank rechts von mir und griff nach meinen Turnschuhen. Ich schnürte sie so fest wie möglich, auch wenn ich damit viel einfacher umknicken konnte als mit den Stiefeln. Leider hatte ich keine hier, weil es für Rekruten verboten war, Uniformen privat zu besitzen.

Das Ticken der Uhr wurde von Sekunde zu Sekunde lauter, als würde sie mir irgendetwas sagen wollen. Klar, dass mir die Zeit davonlief, wusste ich auch so, doch ich versuchte mich davon nicht beirren zu lassen.

Ich brauchte eine Waffe. Irgendetwas, womit ich mich verteidigen konnte. Es wäre Selbstmord, wenn ich mich ohne Weiteres einfach wieder auf die Straße trauen würde – jetzt, da ich gesehen hatte, womit die östlichen Soldaten ausgestattet waren.

Allerdings besaßen wir Rekruten natürlich keine Waffen, also ging ich schnell in die Küche und suchte nach Messern.

Vor wenigen Tagen erst hatten Kay und ich an den Puppen geübt und dafür definitiv andere Messer benutzt.

Die Auswahl an Mums Küchenbesteck war allerdings so gering, dass ich eines nahm, das immerhin eine ganz gute Größe und einen stabilen Griff hatte. Kurz überlegte ich, mehrere mitzunehmen, wusste aber nicht, wo ich sie unterbringen sollte, und entschied mich schließlich für zwei.

Ich musste ein Beben unterdrücken, als ich mich wieder zum Gehen wandte. Bevor ich den positiven Bluttest erhielt, wäre es mir nie in den Sinn gekommen, jemandem wehzutun, geschweige denn die Macht darüber haben zu wollen – doch jetzt? Mir blieb keine andere Wahl. Niemandem blieb eine andere Wahl, es sei denn, man wollte ein leichtes Opfer sein.

Die letzten Wochen hatten mir bereits bewiesen, dass ich es schaffen konnte. Vielleicht war es die Angst um meine Familie, die mich antrieb, und wenn es so war, nahm ich sie dankend an. Sie bewahrte mich davor, mich unter meinem Bett zu verstecken und darauf zu warten, dass sie mich finden würden. Ich war mir ziemlich sicher, dass diese Malia immer noch tief in mir steckte, doch meine Sorgen verdrängten sie und ließen die andere Malia ans Licht kommen, die gerade dabei war, eine Rekrutin zu werden.

Als ich die offen stehende Tür fast erreicht hatte, verlangsamten sich meine Schritte. Ich hatte mich noch nicht entschieden, wohin ich gehen sollte; eigentlich hatte ich vorgehabt, den Bunker einige Straßen weiter aufzusuchen, doch mir kamen auf einmal Zweifel, dass meine Eltern dort waren. Da das Haus so ordentlich ausgesehen hatte, waren sie bestimmt beim Einkaufen oder vielleicht in Mums Laden gewesen, um alles für morgen, wenn ihre Boutique wie gewohnt geöffnet wäre, vorzubereiten.

Also wäre es am cleversten, wenn ich mich ins Zentrum begeben würde. Ausgerechnet an den Ort, wo die östlichen Soldaten hingefahren waren. Dorthin, wo auch Ben und Kay waren. Und Chris.

Bevor ich es mir anders überlegen würde, trat ich behutsam auf die Veranda und ließ meinen Blick über die Straße schweifen. Ich hielt mich nicht an Kleinigkeiten wie umgestoßenen Blumenkübeln auf, sondern setzte mich in Bewegung und strengte mich an wie eine Soldatin zu denken.

Ich hatte noch nicht viel Übung, was Observationen anbelangte, kämpfen konnte ich vermutlich auch noch nicht, aber was hatte ich denn für eine Wahl? Gar keine.

Ich musste. Dieser Gedanke trieb mich an.

Ich musste. Ich musste. Ich musste. Für meine Familie, für Jill. Für mich, weil ich nicht ohne sie leben konnte.

Nur am Rande bemerkte ich, dass die Luft schlimmer geworden war. Das Feuer hatte sich in den letzten Minuten so stark ausgebreitet, dass ich über der Stadtmitte keinen freien Himmel mehr sehen konnte. Der Geruch nach Verbranntem erreichte meine Nase, weshalb ich mich dazu zwang, so flach wie möglich zu atmen.

Das Denken wurde mir dadurch trotzdem nicht erleichtert. Für den Fall, dass mir jemand begegnen würde – und der würde mit Sicherheit eintreten –, wusste ich nicht mal, wie ich überhaupt reagieren sollte.

Was tat eine Soldatin, wenn ihr Feind direkt vor ihr stand? Angreifen oder warten, bis er angriff? Sollte ich mich feige verstecken oder schreiend in die Schlacht stürzen?

Ich hatte keine Ahnung.

Mit jedem Schritt schien mir mein Angstgefühl im Bauch gleichgültiger zu werden. Es ging hier um meine Familie und darum, dass wir alle in Sicherheit sein würden. Zusammen.

Als ich an Saras Haus vorbeilief, wünschte ich mir, dass auch sie sicher im Bunker sein und endlich aus ihrer Traumwelt aufwachen würde.

War das hier nicht der perfekte Beweis, dass die High Society nicht nur aus Glitzer und Glamour bestand? Dass man nicht nur den neuesten Klamottentrend mitmachen und immer hübsch aussehen, sondern auch bewaffnet in den Krieg ziehen und sogar töten musste?

Ich riss mich vom Anblick des leeren Hauses los und

steuerte die Bahnstation an. Von dort aus musste ich nur noch den Gleisen folgen; auch wenn der Weg nicht gerade der sicherste war, würde ich so am schnellsten mein Ziel erreichen.

Je näher ich ihm kam, desto schwerer wurde die Luft. Der Geruch wurde intensiver, hielt mich aber nicht auf. Auch das Feuer würde es nicht – schließlich war es genau das, was ich war.

Als mir die ersten Menschen begegneten, wusste ich zuerst nicht, auf welcher Seite sie standen. Auf den zweiten Blick erkannte ich aber, dass sie keine Uniformen trugen und daher mit großer Wahrscheinlichkeit auf der Flucht waren. Wohin, war mir egal. Ich beachtete sie auch nicht wirklich, sondern lief so schnell ich konnte weiter.

Am Rande drangen immer wieder Explosionen an mein Ohr. Sie mussten näher dran sein, als ich geglaubt hatte, denn der Rauch wurde plötzlicher dichter. Vielleicht warfen sie auch mit Nebelgranaten – aber um das beurteilen zu können, wären mehr als nur ein paar Wochen Training vonnöten gewesen.

Ehrlich gesagt wusste ich irgendwann gar nicht mehr, wie weit ich noch von der Residenz entfernt war. Obwohl der Rauch es mir möglich machte, mich versteckt durch die Straßen zu bewegen, hatte ich das Gefühl, von allen Seiten beobachtet und verfolgt zu werden. Ich konnte nur zehn Meter weit sehen, weshalb ich die zwei großen Schatten zu spät erkannte. Zuerst glaubte ich, mir die Silhouetten nur eingebildet zu haben, doch je näher sie kamen, desto dunkler wurden ihre Umrisse.

Abrupt war ich stehen geblieben und einige Schritte vorwärtsgetaumelt, ehe ich mich innerhalb eines Wimpernschlags entschied, nicht zurückzulaufen, sondern am Rand der Straße Schutz zu suchen. Mit den Messern fest in den Händen hastete ich nach links und hatte Glück: Vor mir lag eine Straße, in die ich einfach hineinlief, ohne zu wissen, wohin sie überhaupt führte.

Ich rannte blind. Eigentlich kannte ich mich im Stadtzentrum gut aus und wusste, wie ich immer wieder zur Residenz finden würde. Doch jetzt schien durch den Nebel alles gleich auszusehen, wodurch ich schnell die Orientierung verlor.

Höchstens zweimal erlaubte ich mir, mich umzudrehen und nachzusehen, ob mich die Soldaten verfolgten. Gut möglich, dass sie es taten, aber wenn, dann waren sie immer noch so weit entfernt, dass ich sie durch den dichten Rauch nicht erkennen konnte.

Aber natürlich dauerte es so nah im Zentrum nicht lange, bis ich neue Schatten im Nebel entdeckte, vor denen ich nicht fliehen konnte. Obwohl ich sofort stehen blieb und gemeinsam mit meinem Herzen die Flucht ergriff, war es längst zu spät.

Gerne hätte ich mich jetzt wie eine richtige Soldatin verhalten, oder wenigstens so getan, als wäre ich eine. Aber das Einzige, was ich tat, war, mit zitternden Beinen in die andere Richtung zu rennen, wo ich mit Sicherheit gleich den nächsten Soldaten in die Arme laufen würde.

Ich hatte Angst, panische Angst sogar, doch das Adrenalin

überdeckte sie ziemlich gut, vergaß dabei aber, mir Mut ein-
zuflößen.

Die Explosionen wurden lauter. Schüsse waren hinter mir
zu hören, aber ich hatte das Gefühl, nicht ihr Ziel zu sein.
Noch nicht. Vielleicht waren es nicht mal feindliche Soldaten,
sondern unsere eigenen.

Als ich nach wenigen Schritten schon wieder die Schatten
im Nebel ausmachen konnte, wusste ich, dass ich es dieses
Mal nicht aus der Sichtweite hinausschaffen würde. Der Nebel
war so dicht geworden, dass ich mir einbildete, kaum meine
eigenen Füße sehen zu können.

Mein Herz rutschte mir bis in die Zehenspitzen, als mich
etwas am Arm berührte. Ich wurde gepackt und herumge-
schleudert, so schnell, dass ich mich nicht dagegen wehren
konnte. Trotzdem hob ich reflexartig den Arm und schleuderte das große Messer direkt in das Gesicht meines Angrei-
fers. Ich traf mit dem Griff.

Einen winzigen Augenblick lang stolzerfüllt, schnappte ich
im nächsten nach Luft. Ein zweiter riss an mir und schlug nach
meiner Hand, woraufhin mir das Messer entglitt. Das andere
packte ich dafür umso fester und versuchte mich gegen seinen
Griff zu wehren, doch auch das fiel mir aus der Hand, als er
mir geschickt die Arme auf den Rücken drehte. Schmerzhaft,
grob und bestimmt. Automatisch beugte ich mich vornüber,
damit er mir nicht die Schulter auskugelte.

In dieser Position dröhnte mir der Schädel. Nicht nur, weil
mein Puls so schnell raste, dass ich befürchtete, jeden Moment
ohnmächtig zu werden, sondern auch, weil ich verzweifelt

nach einem Ausweg suchte. Ich hasste das Training in diesem Moment dafür, dass wir noch keine Verteidigungstechniken durchgenommen hatten. Aber wer hätte schon ahnen können, dass ausgerechnet jetzt ein Angriff auf unser Land durchgeführt wurde? Und dann auch noch Haven? Anders als beim letzten Mal war der Präsident schließlich nicht hier.

Ich starrte zwanghaft auf den Boden, um dem goldenen Drachen nicht in die Augen sehen zu müssen. Gleichzeitig spürte ich, wie der Soldat hinter mir mein rechtes Handgelenk drehte, um die Kennung zu überprüfen. Ob er auch wusste, dass ich eine Feuerrekrutin war?

Wobei, das war ihm wahrscheinlich völlig egal. Ich war keine Bedrohung. In keiner Art und Weise. Weder war ich stark, noch würde ich es irgendwie schaffen, ihn in Flammen aufgehen zu lassen.

»Name!«, blaffte der andere und trat so nah an mich heran, dass seine Füße in meinem Sichtfeld auftauchten.

Keine Ahnung, was gerade in mir vorging, aber statt zu antworten, presste ich die Lippen aufeinander und starrte bloß auf die schwarzen, schnurlosen Stiefel. Dem Drang widerstehend, loszuschreien und mich gegen den schmerzhaften Griff zu wehren, rührte ich mich keinen Millimeter. Mein rasender Puls erklang mir in den Ohren wie ein Echo und mischte sich unter die Explosionen und Schüsse um mich herum.

Der Soldat wartete noch ein paar Sekunden, dann packte er mich plötzlich am Kinn und drückte mein Gesicht nach oben. Als ich mich dagegen wehrte, bohrte er seine Finger in meinen Kiefer.

»Name!«, wiederholte er, dieses Mal allerdings so, als würde er mir das Genick brechen, sollte ich weiterhin schweigen.

Ich blickte ihm geradewegs in die schmalen Augen. Sie hatten etwas Animalisches an sich; einerseits die Farbe, die einer Goldmünze ähnlich sah, andererseits das Funkeln, das mich erzittern ließ. Da seine Haut am Wangenknochen leicht gerötet war, stellte ich mit Genugtuung fest, dass ich ihm wenigstens einen Bluterguss verpasst hatte.

Statt ihm zu antworten, riss ich den Kopf zurück und entwand mich seinem Griff. Anscheinend rechneten sie beide nicht damit, dass ich mich wehren würde. Ansonsten hätte ich mir nicht erklären können, wieso ich auf einmal einen meiner beiden Arme lösen und zum Schlag ausholen konnte. Verzweifelt und absolut nichts ahnend, was zum Teufel ich hier eigentlich unbewaffnet tat, drehte ich mich zu dem Soldaten um, der immer noch meinen anderen Arm festhielt.

Als ich ausholte, um ihm meine Faust auf die Nase zu rammen, duckte er sich weg. Im selben Moment umklammerte er meinen Arm fester; es tat weh, aber ein Schrei blieb mir im Hals stecken.

Die bittere Erkenntnis, dass ich mich niemals gegen zwei voll ausgebildete Soldaten wehren konnte, traf mich mitten in den Magen. Wortwörtlich. Ich konnte nicht sagen, welcher von beiden es war, aber einer boxte mir mit der Faust so heftig in den Bauch, dass mir kurz schwarz vor Augen wurde. Ich bekam keine Luft.

Ein kräftiger Tritt riss mir den Boden unter den Füßen weg. Plötzlich lag ich auf dem Asphalt; der Soldat drückte mir sein Knie so fest in den Rücken, dass ich mich kaum bewegen konnte. Kleine Steinchen bohrten sich in meine Wange, als ich versuchte mich zu wehren.

Es schien mir nicht ganz in den Kopf zu gehen, dass das hier kein einfaches Training war. Ich könnte sterben – begreifen tat ich das allem Anschein nach aber nicht. Sonst hätte ich mich ruhig verhalten und den Männern brav meinen Namen verraten. Aber irgendetwas in mir wollte nicht einsehen, dass ich zum Scheitern verurteilt war.

»Du kannst es auf die harte oder auf die weiche Tour haben«, fuhr mich derselbe wie eben zischend an. »Ich persönlich steh ja auf die harte, aber ich hab heute einen prächtigen Tag. Also ... Name?«

Ich durchwühlte mein Gedächtnis nach Beleidigungen, die ich ihm gerne entgegengeschleudert hätte, aber es war zwecklos. Chris hätte jetzt bestimmt gleich zehn auf Lager gehabt.

Er würde nicht so jämmerlich am Boden liegen, wies mich diese elendig nervige Stimme der Vernunft zurecht, als würde sie mich motivieren wollen weiterzukämpfen.

Auf einmal trat der Soldat um mich herum und ging in die Hocke, wodurch ich ihm wieder in die Augen sehen konnte. Der zweite lockerte sein Knie nicht eine Sekunde. Ich musste mich dazu zwingen, seinen Blick zu erwidern. Er sollte auf keinen Fall spüren, dass ich langsam Angst um mein Leben bekam.

Dennoch amüsiert, legte er den Kopf schief und kramte in seiner Jackentasche. Unweigerlich wurde ich vom goldenen Drachenkopf angezogen, der mir fast schon unverständliche

Hoffnung schenkte. Wenn sie hier waren, konnte das nur bedeuten, dass sie gegen die Gentherapien kämpften; sie kämpften gegen das, was ich genauso sehr hasste.

Aber machte uns das automatisch zu Verbündeten?

Nein.

»Gut«, meinte er schließlich, da ich immer noch eisern schwieg. »Dann eben auf die harte Tour.« Er holte etwas aus seiner Jackentasche, das auf den ersten Blick aussah wie ein dicker Touchpen. Allerdings zog er geschickt eine Kappe ab und offenbarte somit eine Angst einflößend lange Nadelspitze. Bei diesem Anblick wich ich – so weit es mir möglich war – zurück und kämpfte gleichzeitig gegen den kalten Schauer an, der mir den Rücken entlanglief. »Halt ihren Arm fest«, wies er den anderen Soldaten an, zögerte aber nicht, sich mir damit zu nähern.

Angst vor der Nadel hatte ich keine. Für die halbjährlichen Bluttests hatte man mir schon so oft in den Arm gestochen, dass es nicht mehr wehtat. Mir machte nur Angst, wozu sie sie benutzen wollten.

Mein erster Gedanke war, dass sie mich damit umbringen würden, aber das ergab doch keinen Sinn. Wenn sie mich töten wollten, gäbe es tausend andere Möglichkeiten, als mich zu vergiften. Die Waffen an ihren Uniformen boten eine Lösung, meine auf dem Boden liegenden Küchenmesser eine zweite.

Je näher er kam, desto heftiger zog ich an meinem Arm. Mein Puls raste. Um überhaupt sehen zu können, was er tat, musste ich den Kopf drehen, aber ich konzentrierte mich voll und ganz darauf, nicht aus einer panischen Reaktion heraus ohnmächtig zu werden. Stattdessen versuchte ich mit ganzer Kraft mein Feuer zu beschwören – aber auch das vergeblich.

Die bohrenden Finger des Soldaten lenkten mich ab, als dieser meinen Unterarm brutal verdreht auf die Straße presste.

Ein Schrei bildete sich in meiner Kehle, während der Schmerz in der Schulter immer stärker wurde. Ehe er ein lautstarkes Volumen erreichen konnte, war ein merkwürdiges knackendes Geräusch an meine Ohren gedrungen, das mich die Luft hatte anhalten lassen. Ich bildete mir ein, dass auch der Soldat innehielt, als er den dunklen Riss im hellen Asphalt erkannte, der sich uns mit einem berstenden Knacken und in stetigem Tempo näherte.

Verzweifelt hielt ich nach dem Erdsoldaten Ausschau, der mich gerade zum Tode verurteilt hatte.

Bevor ich ihn aber finden konnte, hatte ich Schüsse gehört. Drei insgesamt, woraufhin das lastende Gewicht des Soldaten auf mir für einen Moment erdrückend wurde. Ich stieß keuchend die Luft aus, als ich verstand, dass der fremde Körper auf meinem zusammensackte und mich auf den reißenden Boden pinnte.

Das ist mein Ende. Was auch immer mit dem Soldaten war, ich war unter ihm eingeklemmt und konnte niemandem entkommen.

Völlig unerwartet verschwand das Gewicht von mir. Während ich hastig nach Luft schnappte, registrierte ich, dass man den östlichen Soldaten von mir gestoßen hatte.

Er landete direkt neben mir auf Augenhöhe, weshalb ich

keine Gelegenheit dazu hatte, mich auf das Einschussloch an seiner Schläfe vorzubereiten.

Der Schrei in meiner Kehle, der beinahe Form angenommen hatte, verwandelte sich in ein klägliches Wimmern. Übelkeit, Hass, Angst – alles stürzte auf mich ein. Ich konnte mich keinen Millimeter bewegen, sondern nur zitternd zusehen, wie dem Soldaten das Blut über die Stirn lief.

Als ich einen Griff an meinem verdrehten Arm spürte und hochgezogen wurde, hatte ich nicht mal die Kraft, mich dagegen zu wehren. Ich wusste, dass in diesem Augenblick entweder mein Todesurteil oder meine Rettung hinter mir stand und darauf wartete, dass ich mich umdrehte.

Es ging nicht. Egal wie schwindelig mir war, wie wenig ich noch auf meinen Beinen stehen konnte, ich schaffte es nicht, den Blick von den zwei toten Soldaten abzuwenden, die mich gerade noch bedroht hatten.

Ohne dass ich wusste, wer es war, wurde ich unbarmherzig zur Seite gedrückt und kam erst wieder richtig zu mir, als ich mit der Schulter gegen eine Mauer prallte.

Verwirrt blinzelte ich mich endgültig aus meiner Trance heraus und starrte den Mann an, der mich gerettet hatte.

Christopher stand vor mir und schien alles andere als glücklich, mich zu sehen.

3

Ich brauchte einen Moment, um zu begreifen, was gerade passiert war. Nicht nur, dass direkt vor meinen Augen zwei Soldaten niedergeschossen worden waren, sondern auch, dass ausgerechnet Chris derjenige gewesen war, der mir das Leben gerettet hatte. Ein Teil von mir bildete sich ein, dass es etwas zu bedeuten hatte, aber der war naiv und zitterte immer noch vor Angst. Der andere, weitaus vernünftigere Teil wusste, dass es sein verfluchter Job war.

Er sah mich kaum an, sondern konzentrierte sich auf unsere Umgebung, um keine unachtsame Sekunde, die über Leben und Tod entscheiden konnte, zuzulassen. Jedes Mal, wenn neue Schüsse erklangen, flog sein Blick in die Richtung, aus der sie gekommen waren. Jedes Mal verzogen sich seine Mundwinkel vor Wut ein bisschen mehr.

Für den Hauch eines Augenblicks sah er mich an. An seinem Kiefer befand sich eine Spur getrockneten Blutes, oberhalb seiner Augenbraue ebenfalls.

»Was hast du hier verloren?«, knurrte er, wobei ich neben Wut auch Fassungslosigkeit heraushörte; als wäre ich an einem vollkommen falschen Ort.

»Familie«, war das Einzige, was ich zustande brachte. Trotz seiner Anwesenheit war ich immer noch angespannt. Kurz versuchte ich durch den Rauch die zwei toten Soldaten zu erkennen, aber ich sah sie nicht mehr.

Chris straffte die Schultern und ließ die Waffe plötzlich sinken, mit der er unsere Umgebung anvisiert hatte.

»Der geht's gut«, erwiderte er und zog die Augenbrauen verwirrt zusammen.

Wie es aussah, verstand er nicht, dass es für mich etwas Wichtigeres gab, als das Land zu verteidigen. Es konnte eben nicht jeder so ein vorbildlicher Rekrut sein wie er.

»Sind sie im Bunker?«, fragte ich, als ich von weiter weg gebrüllte Befehle hörte, die im Knall einer weiteren Explosion untergingen. Automatisch wandte er sich in jene Richtung.

»Ja.« Dann drehte er sich plötzlich zu mir und sah mir so eindringlich in die Augen, dass ich unwillkürlich alles andere um mich herum ausblendete. »Malia, hör zu. Du darfst nicht hier sein.«

»Aber ...«, *ich muss doch helfen*, wollte ich sagen, aber seine vor Wut glühenden Augen brachten mich zum Schweigen.

»Du musst von hier verschwinden«, beharrte er.

»Ich weiß nicht, wohin«, gestand ich ehrlich, wobei ich plötzlich einen Kloß im Hals spürte. Ich wollte jetzt nur noch in den Bunker und sichergehen, dass es meinen Eltern und Aiden wirklich gut ging.

Allerdings sprach Chris damit von etwas anderem.

»Raus. Irgendwohin. Es ist für dich zu gefährlich, in der Stadt zu bleiben.«

»Für mich?«, fragte ich unsicher nach.

Er beachtete nicht, dass ich ihn perplex anblinzelte. Stattdessen hatte er erneut begonnen unsere Umgebung nach Soldaten abzusuchen.

Als hätte er etwas bemerkt, kam er auf mich zu und stieß mich so plötzlich ein Stück voran, dass ich mit Sicherheit hingefallen wäre, wenn er mich nicht festgehalten hätte. Im Augenwinkel sah ich, wie er sich an der Wand entlangtastete und dann auf einmal einbog.

Er stellte sich vor mich, schützte mich mit seinem Körper und wartete einen Augenblick.

So langsam befürchtete ich wirklich den heutigen Tag nicht zu überleben. Mein Herz kam mit alldem hier nicht klar; immer wieder raste es unkontrolliert in meiner Brust, sprang mir vom Magen bis in den Hals.

Jedes Mal, wenn ein Schuss zu hören war, zuckte ich zusammen und drückte mich enger an die Wand. Ich wusste nicht, ob wir in eine Gasse gelaufen waren oder an einer Kreuzung standen. Ein Blick in die andere Richtung deutete darauf hin, dass wir uns in einer Sackgasse befanden. Am hinteren Ende war der Rauch nicht so dicht und ich glaubte durch den grauen Schleier eine Mauer zu erkennen.

»Ja, für dich«, zischte er schließlich, ohne sich nach mir umzudrehen. Er trat einen Schritt zurück, woraufhin ich das Gleiche tat. »Falls meine Uniform das nicht deutlich genug macht, Malia ... es ist meine Pflicht, hier zu sein. Deine ist das nicht.«

Dass er die Uniform eines Feuersoldaten trug, war für mich

Beweis genug, dass er endgültig seine Ausbildung beendet hatte. Keine Ahnung, wieso mir die dunkelroten Streifen an seiner Jacke erst jetzt auffielen.

»Soll das bedeuteten, dass ich weglaufen soll?«

»Ja.«

»Was ist mit dem Bunker?«

Chris schwieg. Zuerst dachte ich, es läge daran, dass er nach Schritten lauschte. Doch da es nicht den geringsten Hinweis auf weitere Soldaten gab, ahnte ich, dass er mir nicht antworten wollte.

»Chris?«

Er ging noch einen Schritt zurück, allerdings ließ ich mich diesmal nicht davon verdrängen und blieb eisern stehen, sodass er gegen mich stieß.

Als hätte er damit gerechnet, dass ich mich rührte, fuhr sein Kopf mit einem finsteren Funkeln in meine Richtung.

»Warum bringst du mich nicht in den Bunker?«, fragte ich deutlicher und erwiderte seinen Blick entschlossen.

Chris hatte gesagt, meine Familie wäre im Bunker, aber wieso wollte er mich dann nicht zu ihnen schicken?

»*Du* bist da nicht sicher«, antwortete er schließlich, wobei ich selbst einen Moment nicht wusste, ob er die Wahrheit sagte oder nur das, was ich hören wollte. »Und ich will, dass du aus der Stadt verschwindest.«

»Ich will zu meiner Familie, Chris.« Ich kniff die Lippen zusammen, als ich sah, wie sich sein Blick veränderte.

Wenn ich gedacht hatte, kurz die Sorge in ihm aufflackern zu sehen, so war sie schon wieder verschwunden. Stattdessen wurde er von Sekunde zu Sekunde wütender auf mich. »Diskutierst du gerade ernsthaft mit mir?«

»Offensichtlich.«

»Malia.« Er schüttelte vernichtend den Kopf, obwohl ich feststellen musste, dass seine Mundwinkel verräterisch zuckten, als würde ihn das Ganze äußerst amüsieren. »Du wirst diese Stadt verlassen. Du nützt deiner Familie überhaupt nichts, wenn du eingezogen wirst. Willst du das?«

Natürlich wollte ich das nicht. Aber ich wollte – ich *konnte* sie nicht einfach so zurücklassen. Auch wenn sie im Bunker in Sicherheit wären, würde ich nicht aufhören mir Sorgen zu machen.

Auf einmal hob Chris die Hand. Ehe ich darauf reagieren konnte, hatte er sie bestimmt an meine Wange gelegt und mich gezwungen ihn anzusehen. Seine Berührung kribbelte, was meinen Puls aus dem Rhythmus geraten ließ.

»Geh jetzt. Klau dir ein Auto. Aber nicht hier. Irgendwo am Rand der Stadt. Fahr irgendwohin, nur so weit wie möglich weg von hier. Hast du das verstanden?«

Er sah mich eindringlich an. Das war so typisch für ihn. Ihm war egal, was ich wollte – es ging ihm nur darum, dass ich das tat, was er wollte.

Aber dummerweise war ich nicht mal wütend darüber; mein naives Ich hoffte immer noch, dass er mich nicht hasste, nur weil wir uns geküsst hatten. So, wie er danach reagiert hatte, war es nicht mal so unwahrscheinlich gewesen.

Er hatte mich weggeschickt und gemeint, ich solle ihn nicht noch einmal küssen. Wenn es nach mir gegangen wäre, hätte ich nicht mal ein Wort mit ihm gewechselt, aber da er mich zur Soldatin ausbildete, war das nicht so einfach.

»Malia?«

»Ja«, sagte ich schnell und blinzelte wieder, um die Erinnerung an diesen Kuss zu verdrängen. »Ja. Ich habe verstanden.«

»Such dir irgendwo ein Versteck und bleib da tagsüber. Wenn du nachts weitergehst, mach kein Feuer.«

Ich nickte.

»Es wird nicht mehr lange dauern«, sagte er, »dann arbeiten sie sich durchs ganze Land. Der Süden, Haven, ist erst der Anfang. Sie sind nicht hier, um zu verhandeln, sondern um die Ordnung der Natur wiederherzustellen«, fuhr er unbarmherzig fort.

Während er sprach, bemerkte ich, wie er kaum meinem Blick standhalten konnte. Immer wieder sah er auf meine Lippen, die schon zu einer Antwort ansetzten.

Doch er ließ mich nicht zu Wort kommen. »Du darfst unter keinen Umständen zurückkommen, Malia.«

»Ich soll meine Familie im Stich lassen?«, fragte ich empört.

»Sie sind in Sicherheit«, betonte er abermalig. »Du nicht.«

»Und was ist mit dir?«

»Mach dir meinetwegen keine Sorgen.« Ein kurzes, überhebliches Grinsen huschte ihm über die Lippen.

Dass ich mir eigentlich keine Sorgen machte, behielt ich für mich. Vielmehr hatte ich die merkwürdige Gewissheit, dass ich ihn in diesem Moment das letzte Mal sah.

Chris war ein Soldat, der vor nichts zurückschreckte. Er war mutiger als die anderen, ehrgeiziger und mindestens dreimal so lebensmüde. Das und dass er einen sehr guten Draht zum Präsidenten hatte, der es ihm ermöglichte, ein Training als Ausbilder zu durchlaufen, während er selbst noch ein Rekrut war, machte ihn zu einem Vorbild für viele.

Ich konnte nur hoffen, dass er auf sich aufpasste. Genauso wie jeder andere, den ich kannte. Wie Jasmine, wie Kay, wie Ben, wie meine Familie. Wie Sara.

»Okay«, sagte ich schließlich und schluckte. »Wohin muss ich?«

»Der Rauch ist nur hier im Zentrum so dicht. Je weiter du rausläufst, desto schneller findest du wieder den Weg. Ich habe gehört, dass sie sich auf die Mitte konzentrieren. Du solltest dich trotzdem beeilen.«

»Okay.« Zu mehr war ich nicht mehr in der Lage. Zu geschockt war ich von der Tatsache, dass ich mich allein auf den Weg machen sollte. Allein und in völliger Sorge um meine Familie.

Plötzlich nahm Chris seine Hand wieder von meiner Wange und trat einen Schritt zurück. »Warte kurz hier.«

Bevor ich etwas sagen konnte, war er schon aus der Gasse getreten und losgelaufen. Aus Reflex wollte ich einen Schritt hinterhersetzen, doch aus Angst, die östlichen Soldaten könnten mich bemerken, presste ich mich wieder gegen die Wand.

Meine Gedanken rasten. Dass er mich auch noch allein ließ, so ganz ohne Waffe, machte es nicht besser. Es fiel mir schwer zu atmen.

Als ich im Augenwinkel eine Bewegung erkannte, schreckte

ich zurück, stellte aber schnell fest, dass Chris schon wieder zurück war.

»Hier.« Er hielt mir zwei Pistolen hin. Ohne dass ich sie in die Hand nehmen musste, war mir klar, dass sie zu groß für mich waren. Sie wirkten schwer und klobig. Ganz anders als die, mit der wir trainiert hatten. »Die Magazine sind nicht mehr ganz voll, aber bis raus aus der Stadt muss es reichen.«

Ich wollte gar nicht wissen, woher er sie so schnell hatte, fragte aber auch nicht nach. Überrascht von mir selbst streckte ich die Hände nach den Waffen aus und wollte nach ihnen greifen, als Chris sie noch mal kurz zurückzog.

Er richtete den Blick darauf und drehte eine davon. »Hier kannst du sie sichern und entsichern.« Er zeigte auf einen kleinen Hebel.

Ich nickte.

»Wenn sie leer sind, such dir eine neue«, wies er mich an und richtete dann wieder den Blick auf mich. Eine Sekunde lang zögerte er noch, doch dann übergab er mir beide Pistolen.

Mit zitternden Händen steckte ich die Waffen in meine hinteren Hosentaschen und hoffte schon jetzt, die beiden Pistolen beim Laufen nicht zu verlieren. Vielleicht sollte ich sie besser in der Hand behalten. Vielleicht ...

Da ich meinen Blick verzweifelt auf den Boden gerichtet hielt, bekam ich erst mit, dass Chris näher getreten war, als ich seine Hände wieder auf meinen Wangen spürte. Unsere Blicke trafen sich kurz, aber Chris bat nicht um Erlaubnis, seine Lippen auf meine zu legen.

Er tat es einfach und ich ließ es zu.

4

Erschrocken riss ich die Augen auf – zumindest für eine Sekunde. Dann beendete mein Gehirn auch schon die Übermittlung jeglicher Informationen und schaltete sich ab.

Seine Hände fühlten sich warm an, seine Lippen sanfter als zuvor. Das Kribbeln, das sie in mir auslösten, verteilte sich so rasend schnell, dass ich vollkommen ausblendete, was um uns herum geschah. Aber nicht nur das. Ich vergaß auch, dass Chris eigentlich von mir verlangt hatte ihn nie wieder zu küssen.

Aber genau genommen war das hier nicht mein Verschulden. Höchstens, dass ich mir plötzlich wünschte, er würde nicht damit aufhören.

Ob die Welt gerade in Flammen unterging? Mir egal.

Ob ich bald sterben würde? Wahrscheinlich.

Ob mir dieses unbeschreibliche Gefühl seiner Lippen auf meinen gefiel? Mehr, als es sollte.

Sie entfachten ein Brennen in mir, weshalb ich es kaum schaffte, mein Herz wieder zu beruhigen. Es wusste, dass ich das hier nicht tun sollte, nach dem, wie er mich beim letzten Mal behandelt hatte, aber wie sollte ich hiermit aufhören können?

Dieser Kuss war so anders. In der Waffenkammer hatte er sich an mich gedrückt, seine Lippen auf meine gepresst. Gierig und völlig unkontrolliert. Das hier – das hier war gewollt. So hundert Prozent gewollt, dass ich allein bei dem Gedanken daran zitterte.

Es war, als würde ein Blutkörperchen nach dem anderen Feuer fangen und eine heiße Spur hinter sich herziehen. Ich stand vollkommen in Flammen, und das allein seinetwegen.

Obwohl ich mir geschworen hatte mich von ihm fernzuhalten, mich nicht auf ihn einzulassen, löste Chris etwas in mir aus, das ich nicht leugnen konnte.

Dieses Gefühl gefiel mir zu sehr: wenn der Puls ins Unermessliche stieg und ich mir wünschte schweben zu können. Nein, ich wünschte es mir nicht nur. Ich spürte bereits, wie ich den Boden unter den Füßen verlor – aber es machte mir nichts aus.

Chris löste schließlich seine Lippen von meinen, blieb aber so nah, dass ich spürte, wie sie sich beim Sprechen bewegten.

»Malia«, raunte er leise, eine Gänsehaut bedeckte meinen gesamten Körper, »du musst jetzt gehen.«

Ich wollte nicken, aber ich wusste auf einmal nicht mehr, wie ich es anstellen sollte. Meine Motorik versagte, erst recht als er mich in dieser absolut unpassenden, bizarren Situation ein weiteres Mal küsste und dadurch nicht weniger Chaos in mir verursachte.

Mein Herz wollte explodieren. Einerseits tat das Pochen so weh, dass ich es kaum aushielt, doch andererseits war genau dieser süße Schmerz das, was diesen Kuss überhaupt erst besonders machte. Ich hatte keine Ahnung, was er sich dabei dachte, und wenn ich ehrlich war, interessierte es mich auch überhaupt nicht. Es war mir egal, dass er mich jetzt noch tiefer in die Hölle beförderte. Meine eigene kleine Hölle, die so hell brannte, dass ich mehr davon wollte. Mehr Feuer. Mehr Wärme. Mehr Licht.

Das alles verschwand schlagartig, als Chris sich von mir löste. In der Angst, die gleiche Situation wie letztes Mal durchleben zu müssen, schaffte ich es nicht, ihm in die Augen zu sehen. Stattdessen fokussierte ich mich auf den Reißverschluss seiner Uniform.

Ach ja. Richtig. Haven. Feuer. Residenz. Krieg. Explosionen. Flucht.

Das wären eigentlich die Dinge, an die ich jetzt denken sollte, und nicht daran, dass ich noch einmal das Gefühl seiner Lippen spüren wollte. Trotz meiner Angst, ich könnte nicht das einzige Mädchen sein, von dem er sich so verabschiedete, war es genau das, was ich wollte. Ich wollte die Einzige sein. Und das war so dumm.

Als ich den Blick hob, sah mir Chris direkt in die Augen. Er wirkte völlig klar, nicht so verwirrt und überfordert wie nach unserem Kuss in der Waffenkammer. Ohne dass ich etwas dagegen tun konnte, schenkte mir das Funkeln in seinen Augen Hoffnung.

Hoffnung, die ich nicht haben durfte. Hoffnung, die er zerstören würde – und das tat er.

»Geh jetzt«, sagte er, klang aber nicht mehr so herrisch.

Er wollte sich einen Schritt entfernen und nahm seine

Hände von meinem Gesicht, doch ich griff aus Reflex nach seinen Handgelenken. Überrascht hielt er inne. Dass ich mindestens genauso überrascht war, ließ ich mir nicht anmerken.

»Was soll das?«, wollte ich verwirrt wissen.

»Was?«

»Das hier. Du.«

»Prinzessin, das ist der denkbar schlechteste Zeitpunkt, um mir eine Standpauke zu halten.« Er erwiderte meinen Blick mit leichter Arroganz, die mir klarmachte, wie recht er hatte.

War das der Moment, in dem man normalerweise den Traum eines Happy Ends und das *Sie lebten glücklich bis an ihr Lebensende* wie eine Seifenblase platzen sah?

In meinem Fall lautete die Antwort wohl Ja.

Bevor ich darauf etwas erwidern konnte, hatte er sich geschickt aus meinem Griff gelöst und war einen Schritt nach hinten gegangen.

»Verschwinde jetzt von hier«, erinnerte er mich unbarmherzig.

»Du bist mir eine Antwort schuldig, Chris«, startete ich meinen letzten Versuch, Antworten von ihm zu bekommen, aber er schmunzelte bloß darüber.

»Wenn du meinst.« Seine brennenden Augen hinderten mich daran, noch tiefer zu bohren.

»Wenn wir uns wiedersehen?«

»Das werden wir nicht.« Er ging noch weiter zurück und näherte sich dem Rauch, der ihn ganz langsam und leicht zu empfangen schien.

Ich öffnete abermals den Mund und wollte ihm widersprechen, doch da huschte das gewohnte Grinsen über seine Lippen und er zwinkerte mir zum Abschied zu.

Dann verschwand er im Nebel.

**

Dreißig Minuten. So lange lief ich durch Haven und direkt in das Ödland hinein, bis die Skyline meiner Heimatstadt nicht mehr viel größer war als meine Hand.

Wenn ich wie von Chris verlangt mit einem Auto hätte fliehen können, wäre es deutlich schneller vonstattengegangen. Aber dafür hätte ich erst mal wissen müssen, wie man überhaupt ein Auto klaute.

Von Weitem sah ich die schweren Rauchsäulen, die von den aufschlagenden Flammen beleuchtet wurden. Die Hoffnung, dass wir den östlichen Soldaten überlegen sein würden, schwand von Sekunde zu Sekunde. Das Feuer wurde immer schlimmer; von hier aus betrachtet konnte man meinen, es gäbe kein Gebäude, das den Flammen nicht zum Opfer gefallen war.

New Asia hatte uns so überrascht, dass das Militär kaum einen Gedanken daran verschwenden würde, das Feuer zu bekämpfen. Wenn Chris recht hatte, dann waren sie tatsächlich hier, um die Elite auszulöschen – wen interessierten dann ein paar Gebäude, die man wieder aufbauen konnte?

Es war doch das Leben eines Menschen, um das man sich tatsächlich Sorgen machen musste.

Den Blick auf die Stadt gerichtet blieb ich einen Moment

lang stehen. Um mich herum befand sich nichts weiter als eine wüstenähnliche, ausgetrocknete Landschaft. Es gab keinen Ort, wo ich mich verstecken konnte.

Aber bestimmt würde ich nicht mehr lange alleine sein. Es fiel mir schwer zu glauben, dass ich die Einzige sein sollte, die die Flucht aus Haven ergriffen hatte. Obwohl ... ich war die Einzige, die so dumm gewesen war, nicht im sichersten Unterschlupf der Stadt Zuflucht zu suchen.

Ich musste mir eingestehen, dass es schon etwas Bewundernswertes hatte. Das Feuer. Ich hatte noch nie so viel davon auf einmal gesehen.

Gerne hätte ich gewusst, wieso Haven angegriffen wurde. Der Präsident, mit Sicherheit das beliebteste Angriffsziel des Gegners, war schon vor Wochen abgereist.

Oder hatten sie Atlanta, unsere Hauptstadt, längst in Beschlag genommen und es geschafft, es nicht publik werden zu lassen?

Nein, das ergab keinen Sinn. Wie hätten sie das schaffen sollen? Keine brennende Stadt – vor allem keine brennende Hauptstadt – blieb lange verborgen.

Ein paar Meter von mir entfernt entdeckte ich einen umgefallenen Baumstamm. Ich ging darauf zu und ließ mich direkt davor auf den Boden fallen, um mich gegen das vertrocknete Holz zu lehnen. Die beiden Pistolen legte ich links und rechts von mir ab.

Meine Füße taten weh; eigentlich tat mir alles weh.

Inzwischen war es so dunkel geworden, dass ich ein ganz merkwürdiges Gefühl bekam. In der Regel war ich niemand, der Angst vor der Dunkelheit hatte, aber auf der anderen Seite war ich noch nie alleine im Nirgendwo gewesen. Und erst recht nicht bei Nacht und ohne eine Jacke.

Ich fröstelte. Die Sonne war längst verschwunden und hier draußen gab es nichts, worin sich die Wärme speichern konnte. Also zog ich die Knie an und rieb mir mit den Händen die nackten Arme warm.

Keine Ahnung, was ich jetzt tun oder wohin ich gehen sollte. Am liebsten wäre ich wieder zurückgekehrt. Es gab keine Sekunde, in der ich nicht an meine Familie oder die anderen denken musste. Nur diesen merkwürdigen Kuss versuchte ich zu vergessen, bevor ich mir entgegen jeder Vernunft unnötige Hoffnungen machen würde. Ich verschloss diesen Moment mit Chris tief in mir – auch wenn eine kleine Stimme in mir versuchte mir einzureden, dass es dafür längst zu spät wäre.

Für mich war klar, dass ich zurückkehren würde. Vielleicht würde ich ein paar Tage warten, bevor ich mich wieder auf den Weg in die Stadt machte. Bestimmt hatte sich die Lage bis dahin auch wieder beruhigt. Ganz sicher.

Natürlich hatte ich Angst, was ich bei meiner Rückkehr vorfände, was mir bis dahin passiert sein könnte und ob ich es überhaupt in die Stadt schaffte. Aber es ging um meine Familie und ich würde der Furcht ins Auge sehen, wenn das bedeutete, dass ich sie wieder in die Arme schließen konnte. Die Angst, sie für immer zu verlieren, war größer. Nach Jills Tod war mir erst so richtig klar geworden, dass Familie nichts Selbstverständliches war.

Nur weil Chris mir gesagt hatte, sie wären im Bunker sicher, lief ich nicht sofort dorthin zurück, sondern blieb noch eine Weile hier sitzen und ruhte mich aus. Zwar war ich die letzten Kilometer nicht gerannt, fühlte mich aber trotzdem so, als wäre ich es.

Erst später, als die Flammen noch höher schlugen, fiel mir wieder ein, dass ich mir ein Versteck suchen musste. Und das am besten, bevor die Sonne aufgehen würde. Während ich meinen Blick über die öde Landschaft schweifen ließ, fragte ich mich, wo. Wo sollte man sich verstecken, wenn es nichts gab außer einer hügelfreien, ausgetrockneten Landschaft mit tot aussehenden Bäumen?

Eine Antwort fiel nicht vom Himmel, egal wie sehr ich es mir wünschte. Also blieb mir nichts anderes übrig, als aufzustehen und weiterzugehen. Wohin, keine Ahnung. Hauptsache, erst mal weiter weg von der Stadt.

Allerdings fehlten mir die Kraft und der Mut, mein Tempo zu steigern. Ich fühlte mich schwach und jämmerlich, obwohl ich nicht mal weinen konnte. Der Schock saß immer noch zu tief, um überhaupt zu begreifen, was da passiert war. Es kam mir vor wie ein Traum, aus dem ich schweißgebadet aufgewacht war und an den ich mich nicht mehr erinnern konnte.

Bruchstückchenhaft flackerten immer wieder kleine Fetzen auf, von den Soldaten, die auf mich losgegangen waren und die Chris erschossen hatte. Das Einzige, was sich mir tief in mein Gedächtnis eingebrannt hatte, war das Bild, wie der tote Soldat direkt in mein Gesicht gestarrt hatte. Es war der

Beweis, dass ich mir nichts eingebildet oder es nur geträumt hatte.

Obwohl Chris mir befohlen hatte, die ganze Nacht zu laufen und mir erst am Morgen ein Versteck zu suchen, konnte ich nicht mehr. Mein Kopf war so voll und meine Beine so schwer, dass jeder Schritt einen stechenden Schmerz verursachte. Er zog sich quälend langsam durch meinen ganzen Körper und hinderte mich daran, konzentriert weiterzulaufen.

New Asia könnte mir in diesem Augenblick längst auf den Fersen sein und ich würde es nicht mal merken.

Was mir aber noch mehr Sorgen bereitete, war Essen und Trinken. Wenn ich in keine andere Stadt konnte, weil die im schlimmsten Fall auch längst besetzt war, wie lange würde ich überhaupt überleben? Nahrung war zwar noch nicht so problematisch, aber wenn ich kein Versteck fand und die Hitze der Sonne mich austrocknete, überlebte ich vielleicht nur zwei Tage ohne Wasser. Falls man mich bis dahin nicht schon längst gefunden hatte.

Während ich ziellos weiterlief, den Blick auf den Boden gerichtet, stieg ich über mehr und mehr Schrottteile hinweg, die zwar nicht besonders groß waren, jedoch zu einer Quelle des Schmerzes wurden, als ich an ihnen abrutschte und mir den Knöchel verstauchte; ein jäher Schmerz, der aber schnell wieder verschwand. Als mir die Teile beinahe bei jedem dritten Schritt im Weg lagen, hob ich den Kopf.

In ein paar Hundert Metern Entfernung stand ein Flugzeug. Von hier aus betrachtet schien es noch ziemlich klein, doch je näher ich kam, desto exakter sah ich die Größe der

Maschine. Zwar war sie in meinen Augen ungewöhnlich schmal, doch ein Versteck – oder zumindest ein Dach über dem Kopf – bot das Flugzeug allemal.

Wie in Trance marschierte ich auf das Flugzeug zu. Klar, sogar mir war bewusst, dass es in diesem endlosen Nichts viel zu gefährlich war, darin Unterschlupf zu finden. Sobald man das Flugzeug entdeckte, würde es wie eine Lichterkette zu Weihnachten in verschiedenen Farben aufleuchten und meinen Aufenthaltsort verraten.

Ich erinnerte mich vage daran, wie die Maschine hierhergekommen war. Damals, vor ein paar Jahren, zehn vielleicht, war es eine Sensation gewesen. Obwohl Flugzeuge als Transportmittel für Menschen nicht mehr eingesetzt wurden, um die Atmosphäre zu schonen, wollte man trotzdem den Versuch wagen.

So weit kam es aber nicht.

Kamerateams aus mehreren Städten waren vor Ort gewesen, quasi genau an der Stelle, wo ich in diesem Augenblick stand, und hatten sich mit dem Piloten unterhalten, als ein Triebwerk plötzlich explodierte, und das, obwohl es nicht einmal lief.

Offizielle Unfallursache der zuständigen Techniker war ein Kurzschluss gewesen, aber mir war diese Stellungnahme noch nie ganz glaubwürdig erschienen. Jemand wollte verhindern, dass man dieses Land so einfach verlassen konnte – zumindest war das meine Theorie.

Wie gesagt, nicht jeder befürwortete die Gentherapien, aber kaum jemand setzte sich dagegen zur Wehr. Falls doch, wurde man exekutiert oder – mit ein bisschen Glück – bis an den Rest seines Lebens ins Exil geschickt.

Publik waren diese gesetzlichen Morde nie gewesen. Die Regierung gab nicht mal zu, auf diese Weise gegen Widersacher vorzugehen, aber ich wusste spätestens nach einem Zwischenfall während des Trainings und Chris' Bemerkung davon.

Warum sie das Wrack nie weggeräumt hatten, wusste ich nicht. Aber ich war ihnen trotzdem irgendwie dankbar; schließlich hatte ich so ein Versteck gefunden. Zumindest für diese Nacht.

5

Wie eine undurchdringbare Mauer ragte das Flugzeug vor mir auf. Da die Rollen auf einer Seite abgebrochen waren, stand es schief, wurde aber vom einzigen noch vorhandenen Flügel gestützt. Auf der anderen Seite, dort, wo sich eigentlich der zweite Flügel befinden sollte, stach nur abgerissenes Metall hervor.

Da die mir zugewandte Flügelspitze bereits im Boden verschwand, weil der Wind den Sand aufgewirbelt hatte, brauchte ich nicht mal zu klettern. Ich nutzte die Metallfläche als Steg und näherte mich somit dem Flugzeug. Ich tat es, ohne großartig darüber nachzudenken, welche Konsequenzen das für mich und mein Überleben haben könnte.

Jeder Schritt hallte blechern in meinen Ohren wider, aber ich beachtete es kaum. Ich musste nur aufpassen, dass ich nicht aus Versehen schon wieder irgendwo abrutschte, da die Oberfläche ziemlich glatt war. Erst als ich das Ende des Flügels erreicht hatte und mich an der Außenwand des Flugzeugs abstützen konnte, wagte ich es, mich umzudrehen.

Zwar hatte ich allein durch die geringe Erhöhung einen besseren Blick über die verlassene Landschaft, konnte aber genauso wenig erkennen, ob ich verfolgt wurde oder nicht. Ich bezweifelte es inzwischen allerdings.

Bestimmt konzentrierten sich die Angreifer aus dem Osten darauf, alle Soldaten und Rekruten New Americas in der Stadt einzufangen. Ich konnte nur hoffen, dass sie es nicht schafften.

Neugierig versuchte ich einen Blick durch die gesprungenen Scheiben zu werfen, aber im Inneren des Flugzeugs war es zu dunkel.

Drei Meter von mir entfernt, dort, wo früher mal der Passagiereingang gewesen war, befand sich jetzt ein riesiges Loch. Fast hätte ich meine Hand danach ausgestreckt, aber mir war auch so klar, dass ich zu weit weg war. Kurz überlegte ich, wie ich hineinkommen könnte, bezweifelte aber schnell, dass ich noch Kraft und Geschicklichkeit hatte, um mich beim Springen gleichzeitig zu drehen; denn nur so würde es gelingen.

Ich hielt nach einer Steh- oder Greifmöglichkeit Ausschau, um dem Eingang näher zu kommen. Schrauben hätten dabei schon gereicht, aber die, die ich finden konnte, waren einfach zu klein oder nicht weit genug herausgedreht.

Mir fielen die Kletterlektionen von Chris wieder ein. Vielleicht könnte ich mich mit einem Seil ... okay, das war schon mal das erste Problem. Die Wahrscheinlichkeit, in der Wildnis ein Seil zu finden, war gleich null.

Nichtsdestotrotz suchte ich nach einer Halterung, weiter oberhalb des Flugzeugs, näher am Rücken des Metallriesen. Aber ich entdeckte nichts, also konnte ich die Option mit dem Klettern schon mal über Bord werfen.

Mehr aus Frust als aus realer Hoffnung riss ich gedankenlos an dem Rahmen des Bullauges und stolperte erschrocken ein paar Schritte zurück, als ich das Fenster auf einmal in den Händen hielt. Um nicht in die Tiefe zu stürzen, ließ ich das überraschend schwere Bauteil abrupt wieder fallen. Es war unter mir im Dreck gelandet, bevor ich selbst mit den Knien voran auf den Flügel aufschlug.

Ungläubig starrte ich auf das Loch, das ich verursacht hatte. Mit etwas Glück könnte ich genau durchpassen und so in das Flugzeug gelangen.

Um keine Zeit zu verlieren, krabbelte ich mit weichen Knien zurück ans Ende des Flügels und traute mich erst wieder aufzustehen, als ich mich an der Wand abstützen konnte.

Wie es wohl am geschicktesten wäre, in das Flugzeug zu gelangen? Egal, wie herum ich es anstellen würde, nichts schien schmerzfrei zu sein.

Ich tastete den Rahmen des Lochs nach scharfkantigen Stellen ab, damit ich mich nicht noch mehr verletzte, entdeckte aber nichts in der Art.

Trotzdem stieß ich mir den Ellbogen, als ich mich durch das Loch quetschte, wobei ich abspringen musste, um genug Schwung zu haben. Als ich die Hälfte geschafft hatte, griff ich erleichtert nach der Lehne des Sitzes vor mir und hievte mich komplett hinein.

Etwas ungeschickt landete ich mit den Knien auf den Polstern, war aber gleichzeitig froh, dass hier überhaupt etwas stand, das mich aufgefangen hatte.

Mit angehaltenem Atem verharrte ich in meiner Position und ließ meinen Blick durch den Innenraum wandern. Ich holte eine der Pistolen hervor und entsicherte sie so, wie Chris es mir gezeigt hatte.

Auf den ersten Blick erschien das Flugzeug leer. Nichts war zu hören, nichts zu sehen. Die Dunkelheit machte es mir unmöglich, jemanden zu entdecken, der sich vielleicht ebenfalls hier versteckt hatte – oder jemanden, der längst auf solche Idioten wie mich gewartet hatte.

Eine Weile verhielt ich mich ruhig und lauschte nur; allerdings verfälschte mein rasendes Herz das Resultat, weshalb ich schließlich vom Sitz rutschte und mir selbst Mut zusprach. Wenn ich nicht noch stundenlang warten wollte, hatte ich keine andere Wahl, als selbst nachzusehen, ob hier jemand war.

Hinter mir befand sich das Cockpit. Ich warf einen kurzen Blick hinein, doch der kleine Raum war leer. Genauso wie der Rest des Flugzeuges, wie ich später feststellte. Rechts und links befanden sich jeweils zwei Sitze in insgesamt zehn Reihen. Vorsichtig schritt ich den Gang hinunter, wobei ich mit den Händen über die Lehnen fuhr. Der Stoff war rau, fast schon klebrig vom Staub. Manche Stellen waren aber so angekokelt, dass ich schnell die Hand wegnahm. Sie waren hart und spitz und fühlten sich unangenehm an.

Am Ende des Ganges befand sich eine Bordtoilette. Mit der Pistolenspitze drückte ich die Tür auf, um hineinzusehen; Leere begrüßte mich.

Das war doch schon mal gut. Anscheinend war hier niemand. Nur ich. Und das war irgendwie noch gruseliger als erwartet.

Für mich war es das Zeichen, meine Pistole wieder zu sichern und sie wegzustecken. Auf der Suche nach irgendetwas Nützlichem ließ ich meinen Blick schweifen.

Hinter den letzten Sitzen befanden sich abschließbare Schränke, die in die Wand eingebaut waren. Probehalber zog ich an den Griffen, drehte daran, doch der erste Schrank war fest verschlossen.

Beim zweiten hatte ich deutlich mehr Glück. Zuerst dachte ich, dass auch die Tür verschlossen wäre, doch sie klemmte nur etwas und ließ sich – wenn auch mit einem ekelerregend hohen Quietschen – öffnen.

Neben ein paar Erste-Hilfe-Koffern fielen mir sofort die gefüllten Flaschen auf, die jemand lieblos in den Schrank geworfen hatte. Sie sahen haargenau so aus wie die Trinkflaschen, die jede Familie bei sich zu Hause hatte – was mich unweigerlich an Sara und unseren Streit denken ließ.

Damals war mir zum ersten Mal bewusst geworden, dass sie neidisch auf mich und meine erfolgreiche Gentherapie war. Dass ich nie eine Soldatin werden wollte, war für sie noch schlimmer, weil sie sich umso mehr gewünscht hatte in die High Society aufzusteigen.

Aber sie war zu geblendet von den Vorzügen dieses Lebens, um zu begreifen, was es tatsächlich bedeutete. Krieg, Tod, die Macht, jemandem das Leben zu nehmen. Angst. Ungeheure Angst sogar, wenn man bedachte, dass der Krieg ausgerechnet jetzt eingetroffen war.

Kopfschüttelnd riss ich mich von diesen Gedanken los und konzentrierte mich wieder auf die Flaschen. Egal, wie lange sie hier schon liegen mochten, ich holte mir eine und schraubte den Deckel ab. Probehalber roch ich daran, aber das Wasser roch wie ganz normales Wasser. Nach nichts.

Obwohl mir ein bisschen komisch dabei war, nahm ich einen Schluck. Dann noch einen und noch einen. Keine Ahnung, wie lange ich durch die Ödnis gelaufen war, aber meine Kehle bedankte sich in jedem Fall dafür, dass ich sie wieder mit Flüssigkeit versorgte.

Ich zwang mich dazu, nicht zu viel auf einmal zu trinken, und setzte die Flasche wieder ab. Automatisch fiel mein Blick wieder in die Wunderkiste, die noch viel mehr bereithielt als nur etwas zu trinken.

Ich sah Müsliriegel, mehrere Konservendosen mit Nudeln, dann getrocknetes Brot, an dem ich jedes Mal im Supermarkt konsequent vorbeigelaufen war. Doch jetzt erschien es mir wie ein Fünf-Sterne-Menü, weshalb ich mir die quadratische Verpackung nahm und geschickt aufriss. Ich fischte eine Platte heraus. Als ich auch daran roch, gelangte ein frischer Duft in meine Nase, der mich an das Brot meiner Mum erinnerte.

Bevor ich mich allerdings traute hineinzubeißen, hatte ich es entzweigebrochen. Es lag entweder noch nicht so lange hier, wie ich gedacht hatte, oder es blieb überraschend lange frisch.

Und ich würde wohl kaum an verdorbenen Lebensmitteln sterben. Wenn doch, wäre das eine ziemlich grausame Ironie.

Ich biss hinein. Ebenso wie durch das Wasser schien sich dabei ein Reflex in mir einzuschalten, der mich dazu zwang, das Brot so schnell in mich hineinzustopfen, dass mir das Kauen schwerfiel. Aber das war in Ordnung.

Das Wasser unter den angewinkelten Ellbogen geklemmt ging ich mit dem Brot zum ersten unversehrten Sitz und ließ mich daraufffallen. Meine Augen hatten sich schon an die Dunkelheit gewöhnt, weshalb ich nun völlig entspannt feststellte, dass sich niemand unter den Sitzen versteckt hatte, was ich vorher gar nicht überprüft hatte.

Während ich aß, ließen mich meine Gedanken ausnahmsweise in Ruhe. Ich machte mir keine Sorgen mehr, hatte keine Angst mehr – müder wurde ich aber trotzdem. Mein Körper schien auf einmal rundum versorgt zu sein, weshalb er das System in rasanter Geschwindigkeit herunterfahren wollte.

Ich versuchte dagegen anzukämpfen, doch meine Lider wurden so schwer, dass ich sie nur mit Mühe offen halten konnte.

Nachdem ich das vierte Brot verdrückt und noch einmal einen Schluck Wasser getrunken hatte, legte ich Brotpackung und Flasche auf den Sitz neben mir und holte die Waffen hervor, auf die ich mich einfach gesetzt hatte.

Während ich die eine ebenfalls zur Seite legte, behielt ich die andere in der Hand. Ich suchte mir eine bequeme Position – was in dem schiefen Flugzeug nicht so einfach war – und ließ meinen Körper die Kontrolle übernehmen. Die Augen fielen mir auf der Stelle zu.

Mit den letzten leisen Gedanken an meine Familie hoffte ich, dass sie sich keine allzu großen Sorgen um mich machten. Bald würde ich zurückkehren. Das schwor ich mir.

6

Ein Schwall bitterkaltes Wasser landete in meinem Gesicht und riss mich unsanft aus dem Schlaf.

»Aufwachen!«

Mein Griff um die Waffe verstärkte sich, doch ehe ich dazu kam, sie zu heben, blinzelte ich in ein mir bekanntes Gesicht. Nichtsdestotrotz hatte mein Herz ein oder zwei Schläge ausgesetzt, bevor es richtig loslegte.

Ich war eingeschlafen. Als ich mich hastig umsah, fiel mir wieder ein, dass Haven angegriffen worden und ich geflohen war. Genau. So war ich hierhergekommen.

Aber wie war Kay hierhergekommen?

Ich blinzelte die Kleine überrascht an, die sich gerade die nasse Hand an ihrer Uniform abwischte, und spürte, wie mir das Blut ins Gesicht schoss. Erleichterung und Scham durchfluteten mich. Erleichterung, weil sie es war, Scham, weil es auch ein feindlicher Soldat hätte sein können.

»Kay?«, fragte ich schließlich mit kratziger Stimme, als sie nicht aufhörte mich wütend anzustarren.

Sie trug noch ihre Wasseruniform vom Training, mit den blauen Streifen an der Seite und den silbernen Sternen auf den Oberarmen. Anscheinend hatte Chris sie nicht früher weggeschickt, im Gegensatz zu mir. Ihre Haare hatte sie zu einem Dutt gebunden, einige Strähnen fielen ihr in die Stirn – man sah ihr deutlich an, dass sie gelaufen war.

Ihr Blick verdüsterte sich, während ich mich kein Stück rührte.

»Sag mal, geht's noch?«, fragte sie mich in scharfem Tonfall. »Hängt hier irgendwo ein Schild *Fluchtlounge – Eintritt frei*?«

»Was?« Ich hatte absolut keine Ahnung, wovon sie hier sprach.

Vorwurfsvoll zeigte sie auf die Wasserflasche und die geöffnete Packung Brot neben mir.

»Und einfach an meine Schränke gehen tust du auch! Was soll die Scheiße?«

»Ich ... ich ...«

»Weißt du was? Es interessiert mich überhaupt nicht. Verpiss dich einfach aus meinem Sichtfeld! Am besten jetzt.«

»Aber ich wusste nicht, dass du ...«

»Hörst du schwer? Es interessiert mich nicht«, unterbrach sie mich erneut, wobei sie wütend ihre Finger in die Lehne des Sitzes direkt vor mir bohrte. Ich hatte sie zwar schon oft so außer sich erlebt, allerdings war mir nicht klar gewesen, dass sie noch einen draufsetzen konnte.

Um ihre sowieso kaum vorhandene Geduld nicht überzustrapazieren, erhob ich mich schnell vom Sitz. Eigentlich wollte ich an Kay vorbeitreten, doch sie rührte sich keinen Millimeter. Stattdessen starrte sie mich abwertend an, beinahe so, als wäre unsere Freundschaft – wenn es denn eine war – ihr gar nichts wert.

»Also ist das dein Versteck?«, fragte ich leise und versucht versöhnlich.

Kay hob angepisst die Augenbraue – so als wäre es schon zu viel, überhaupt meine Stimme zu hören.

»Soll ich 'n Klingelschild anbringen?«

Ich seufzte. »Ich hab's ja verstanden.« Zum Beweis trat ich einen Schritt zur Seite und wollte an ihr vorbei, als sie sich mir erneut in den Weg stellte. Sie war etwas kleiner als ich, weshalb sie den Kopf in den Nacken legte, um mir in die Augen sehen zu können.

Ein stures Funkeln lag in ihrem Ausdruck. »Wie bist du hier reingekommen?«

»Durch das Fenster.«

»Ja, das habe ich gesehen. Wie hast du es herausgefunden?«

Ich zuckte mit den Schultern. »Zufall«, brachte ich leise hervor, aber immerhin war es die Wahrheit. »Ich habe einfach nur vor Wut an dem Rahmen gerissen und auf einmal hatte ich ihn in der Hand.«

»Glück!«, zischte Kay mich an, drehte sich dann plötzlich um und trat den Rückweg an.

Da es inzwischen hell geworden war, erkannte ich auch endlich, wie verwüstet das Innere des Flugzeugs in Wirklichkeit war. Die Sitze waren verbrannter als erwartet, Schrottteile lagen überall verteilt und dort, wo mal der Eingang gewesen war, klaffte ein riesiges, unsauberes Loch. Es sah aus, als hätte man ein großes Stück Metall einfach herausgerissen; dicke Eisendrähte ragten spitz hervor.

Kay stand direkt vor diesem Loch und brüllte: »Hey, Ben! Es ist nur Malia! Du kannst jetzt also wieder so tun, als hättest du Eier in der Hose, und herkommen!«

Obwohl ich inzwischen einen ziemlich guten Draht zu Kay bekommen hatte, freute ich mich komischerweise viel mehr Ben zu sehen als sie. Vielleicht, weil er mit Chris befreundet war und mir eventuell sagen konnte, ob es ihm gut ging. Und weil er bestimmt nicht so wütend war wie Kay.

Schnell stopfte ich mir die Waffe in die hintere Tasche meiner Jeans und folgte der Kleinen, die sich einfach aus dem Loch fallen ließ.

Ich erreichte die Luke, als sie schon wieder stand und sich den Dreck von der Hose klopfte. Da die Sonne beinahe den Zenit erreicht hatte, blendete sie mich so stark, dass ich zuerst nichts erkennen konnte.

Doch dann sah ich ihn. Er saß auf dem Flügel – dort, wo das Flugzeugteil mit der Spitze in den Boden reichte – und blickte zu mir hoch. Anscheinend blendete die Sonne ihn ebenfalls, denn er schirmte sie mit der Hand an der Stirn ab und verzog konzentriert die Lippen.

Ein Grinsen stahl sich auf meine. Heute Nacht hatte ich noch geglaubt ganz allein diesen Weg des Überlebens gehen zu müssen, aber das Schicksal meinte es wohl gut mit mir. Es schickte mir gleich zwei Begleiter. Auch wenn einer davon immer noch ziemlich wütend darüber war, freute ich mich, dass es Kay gut ging.

Mit neuem Mut setzte ich mich an den Rand der Öffnung und ließ mich genau wie Kay die zwei oder drei Meter auf den Sand fallen. Obwohl ich tags zuvor noch Angst davor gehabt hatte abzustürzen, fiel es mir in diesem Moment ausgesprochen leicht, freiwillig zu springen. Auch wenn die Landung wehtat und mir ein stechender Schmerz durch die Fußgelenke raste, konnte ich einfach nicht aufhören zu grinsen.

Ben kam mir längst entgegen, als ich mich erhob und direkt auf ihn zurannte. Noch ehe ich es begreifen konnte, hatte ich mich in seinen Armen wiedergefunden und mein Gesicht an seine Schulter gedrückt. Auch er zog mich an sich, als würden wir uns schon Jahre kennen – dabei hatten wir erst seit ein paar Wochen gemeinsam Training und da sprachen wir auch nicht oft miteinander.

Aber er war einfach jemand, den man auf Anhieb mochte. Zwar wirkte sein Gesichtsausdruck immer etwas grimmig, doch sobald er zu lächeln begann, waren jegliche schlechten Empfindungen wie weggeblasen. Man konnte ihn gar nicht *nicht* mögen.

»Weißt du, ich glaub ja echt nicht an Schicksal. Aber das kann kein Zufall sein«, lachte Ben und zog mich noch näher an sich, als wollte er ein Kuscheltier zerquetschen. Dabei wiegte er mich hin und her.

Da ich kaum den Mund bewegen konnte, brachte ich mehr schlecht als recht hervor: »Bin absolut deiner Meinung.«

»Bäh!«, ließ Kay uns angeekelt wissen. »Leute, ihr wisst schon, dass Inzest auch in diesem Jahrhundert noch illegal ist?«

Keine Ahnung, wie sie auf Inzest kam – vermutlich, weil wir in einem Team waren –, aber das interessierte mich absolut nicht mehr. Ihre Wut prallte einfach an mir ab, weil ich mich so darüber freute, dass sie hier waren und ich nicht mehr alleine war.

Das hier war der vielversprechende Anfang, zurück nach Haven zu gehen und meine Familie zu finden. Zusammen mit den beiden würde ich es auf jeden Fall schaffen und nicht auf halbem Weg den Mut verlieren. Wer konnte schon sagen, wie die Lage in Haven sein würde, wenn ich zurückkehrte? Vielleicht brauchte ich gar keine Angst haben, weil die östlichen Soldaten längst alle eingesperrt waren – aber was, wenn sie uns überlegen waren? Wie viele Soldaten würden dann auf mich losgehen und verhindern, dass ich meine Familie wiedersah?

Ben riss mich mit seinem Lachen aus den Gedanken. »Komm her, Zicke. Für dich ist auch noch Platz.«

»Ich kotz dir gleich vor die Füße!«, würgte Kay demonstrativ, woraufhin ich in mich hineingrinste und mich wieder von Ben löste. Kurz betrachtete ich ihn eingehend.

Genauso wie Kay war er schmutzig im Gesicht; an seiner Unterlippe klebte eine Blutkruste, aber alles in allem wirkte er Himmel sei Dank unverletzt.

Als er meinen Blick auf seine leicht geschwollene Unterlippe bemerkte, betastete er sie mit seinen Fingerspitzen.

»Hat Stunden gedauert, bis es nicht mehr geblutet hat«, gab er leise zu und zog dabei besorgt die Augenbrauen zusammen. Sein Lächeln verblasste.

»Scheiße«, meinte ich spontan dazu und legte den Kopf schief, so wie es meine Ärztin immer tat, wenn sie nachdachte. Leider wusste ich nicht viel über die Gentherapien. Nur das, was eben alle wussten.

Schon kurz nach der Geburt wurden uns Injektionen des Serums E4 im Halbjahres-Rhythmus verabreicht. Erst im Jugendalter fand dann möglicherweise eine Veränderung der Gene statt, die uns – laut Regierung – zu etwas Besonderem machte.

Im Falle einer *erfolgreichen* Therapie waren wir nach einer umfangreichen und intensiven Ausbildung in der Lage, eines der vier Elemente zu kontrollieren. Zusätzlich besaßen wir ein paar übermenschliche Fähigkeiten; zum Beispiel unsere hohe Schmerzgrenze, die uns mehr Ausdauer verschaffte, und natürlich auch die körperliche Eigenschaft, Verletzungen in Sekunden zu heilen.

Bei Ben jedoch dauerte die Heilung länger als nur ein paar Sekunden. Seine Therapie war noch nicht vollständig abgeschlossen; seine Gene mutierten nicht so, wie sie es eigentlich sollten.

Gleich am ersten Tag des Trainings war er umgeknickt – normalerweise hätte er spätestens nach vierundzwanzig Stunden wieder fit sein müssen, doch es hatte vier Tage gedauert, bis er überhaupt wieder gehen konnte, ohne zu humpeln.

Ich hielt überrascht inne, als er mich plötzlich erneut in seine Arme zog und beschützend an sich drückte.

»Meine Fresse!«, beschwerte sich Kay schon wieder und

lenkte mich davon ab zu glauben, Ben wolle mir irgendetwas ins Ohr flüstern. Ich spürte seine Wange an meiner. »Wenn ich in eine Freakshow gewollt hätte, wäre ich da vorne einmal rechts abgebogen und zusammen mit 'nem Fanbus wieder nach Haven gefahren.«

»Hast du auch irgendwelche nützlichen Beiträge?«, erwiderte er genervt und drehte sich wieder aus der Umarmung heraus, ließ aber seinen Arm auf meinen Schultern liegen.

»Ich hab 'ne Menge Scheißwut, die ich nur zu gerne an einem von euch auslassen würde«, erklärte Kay uns auf ihre Weise.

»Wie habt ihr es bis hierher geschafft, ohne euch gegenseitig umzubringen?«, fragte ich die beiden, während ich sie abwechselnd ansah.

Da Ben aber nur fragend mit den Schultern zuckte, als wüsste er es selbst nicht, und Kay wütend die Arme vor der Brust verschränkte, blieb die Antwort ein Geheimnis.

Er zwinkerte mir verschwörerisch zu. »Glaub mir, ich war mehrmals kurz davor, sie zu zertrampeln.«

»Wisst ihr, was ich echt richtig scheiße finde?«, meldete Kay sich wieder zu Wort. Bevor einer von uns etwas sagen konnte – mir fiel sowieso keine schlagfertige Antwort ein –, hatte sie sich selbst geantwortet: »Dass ich euch zwei nutzlose Krüppel am Arsch kleben habe. Träumt bloß nicht davon, dass ich meine Überlebenschance mit euch teile. Mit *niemandem*. Und jetzt macht, was ihr wollt. Geht Steine sammeln oder Regenwürmer jagen, mir egal.«

Ben und ich beobachteten sie schweigend dabei, wie sie

sich umdrehte und zurück zum Flugzeug ging. Wie ich marschierte sie den Flügel nach oben und verschwand geschickter durchs Fenster als ich gestern. Allerdings war ich dabei bei Weitem nicht so wütend gewesen.

Mit mir im Arm setzte Ben sich in Bewegung und zog mich dadurch mit sich.

»Die kriegt sich schon wieder ein«, kommentierte er Kays Benehmen. »In ein paar Stunden kommt sie mit ein paar Keksen zu uns. Sie würde sich niemals entschuldigen, aber das ist ihre Art, es wenigstens zu zeigen.«

Wir setzten uns auf den Flügel. Da ich ein gutes Stück höher saß als er, nahm er seinen Arm von meinen Schultern.

»Ich hoffe es«, antwortete ich seufzend und blickte unwillkürlich dorthin, wo sich Haven befand.

Die Rauchsäulen waren so gut wie verschwunden, aber im Großen und Ganzen wirkte alles ruhig. Die grauen Wolken hätten auch ein Hinweis auf schlechtes Wetter sein können, doch leider war das so gut wie ausgeschlossen.

Erst recht, wenn man von seinem ungnädigen Erinnerungsvermögen die Bilder vom Vortag gezeigt bekam.

Nach einer Weile in Gedanken fügte ich ehrlicherweise hinzu: »Ich habe nämlich echt Hunger.«

7

Wir taten nichts anderes, als draußen auf dem Flügel zu lungern und auf Haven zu starren. Die meiste Zeit schwiegen wir sogar, während wir den leisen Explosionen lauschten, die der Wind zu uns trug. Obwohl das Feuer längst vorüber war, wirkte die Stadt kein bisschen ruhiger.

Froh, dass ich mich nicht dort befand, war ich aber trotzdem nicht. Es gab einfach zu viele Menschen, die ich dort zurückgelassen hatte. Dass ich bei dem Gedanken daran immer wieder auf die Kennung an meinem Handgelenk blicken musste, machte alles nur noch schlimmer. Sie ließ mich an Chris und das Versprechen denken, meine Familie zu finden.

Immer wenn das Knallen hinter uns erklang, spürten wir eine leichte Vibration des Metalls unter uns. Inzwischen wussten wir, dass es Kay war, die irgendetwas im Flugzeug machte und uns daran aber nicht teilhaben lassen wollte.

Ben hatte sie einmal gefragt, ob wir ihr helfen könnten, aber sie hatte ihn nur so lange angeschwiegen, bis er wieder gegangen war.

Ich hatte mein Glück noch nicht versucht. Sie war immer

noch beleidigt, weil ich es mir – ohne zu fragen – in ihrem Versteck gemütlich gemacht hatte.

Blinzelnd sah ich nach oben, wo die untergehende Sonne gerade von Wolken verdeckt wurde, sodass merkwürdige fleckige Schatten auf dem trockenen Boden entstanden.

Während ich die Knie angewinkelt hatte, lag Ben neben mir ausgestreckt auf dem Flügel und hatte die Arme hinterm Kopf verschränkt.

Wir warteten schon seit Stunden darauf, dass Kay sich beruhigt hatte, aber bisher hatten wir einfach kein Glück. Ich dafür umso mehr Durst. Keine Ahnung, wie Ben das so lange ohne Trinken aushielt.

Es gefiel mir ganz und gar nicht, dass wir nichts taten. Ich hatte zwar noch nie vor Tatendrang gestrotzt, aber das hier war auch nichts, worüber man einfach hinwegsehen konnte. Am liebsten wäre ich einfach zurück in die Stadt gegangen, nur leider rückte Kay meine Pistolen nicht raus. Unbewaffnet zurückzukehren wäre das Dümmste, was ich je hätte tun können.

»Ben?«, fragte ich leise und wandte meinen Kopf zu ihm.

Ohne mich anzusehen, nickte er fragend und gab einen gesummten Laut von sich. Inzwischen war die Schwellung seiner Unterlippe vollständig zurückgegangen; nur sollte er besser nicht mehr lange in der Sonne bleiben, wenn er keinen Sonnenbrand bekommen wollte. »Wie lange sitzen wir hier eigentlich noch?«

»Ich schätze, so lange, bis Kay sich wieder eingekriegt hat.«

»Im Moment sieht es nicht so aus, als würde sie das überhaupt jemals tun.«

Ich hörte Ben leise lachen. »Früher oder später wird sie das schon. Das weiß sie auch, deswegen lässt sie uns zappeln.«

»Ich habe keine Lust auf diesen Kindergarten«, gestand ich offen und hob meinen Blick in Richtung Haven. »Da drüben geht gerade die Welt unter und wer weiß, wo das noch alles der Fall ist. Wir können doch nicht einfach hier rumsitzen und hoffen, dass sie uns verschonen.«

»Malia«, seufzte Ben und erhob sich ächzend aus seiner liegenden Position, sodass wir uns auf Augenhöhe befanden. »Hör mal. Ich weiß, dass wir irgendwas tun müssen, aber wir sollten warten. Die Lage muss sich erst mal wieder beruhigen, bevor wir irgendwas unternehmen.«

»Aber sollten wir nicht auch da sein und dafür sorgen, dass das passiert?«

Ich konnte ehrlich gesagt selbst nicht glauben, so etwas aus meinem Mund zu hören, aber ich konnte auch nicht leugnen, dass ich diesen plötzlichen Willen zu kämpfen wegen meiner Familie hatte – und wegen Chris.

Es war dümmer als dumm, ja, aber ich wollte ihn wiedersehen und verstehen, was hinter seinem Verhalten steckte und wieso um alles in der Welt er mich geküsst hatte.

Aus dem Augenwinkel sah ich, wie Ben mit den Schultern zuckte. »Wir sind doch nur Rekruten. Genau genommen erst seit zwei, drei Wochen. Ich glaube, wir würden keine große Hilfe sein, sondern nach zehn Minuten sterben.«

»Wow! Das nenn ich Optimismus«, erwiderte ich mit

einem leichten Schmunzeln und stieß Ben mit dem Ellbogen an.

»Nicht mein Stil.« Er zwinkerte mir zu und fuhr sich durch die blonden Haare, die ihm an der schweißnassen Stirn klebten. Selbst schuld, wenn er sich so in die Sonne legte. »Also«, fragte er, »erzählst du mir jetzt, wie du es da raus geschafft hast?«

»Chris«, gestand ich, ohne zu zögern. Immerhin war es die Wahrheit – die Ben anscheinend ziemlich lustig fand. »Was denn?«

Er schüttelte grinsend den Kopf. »Ach, nichts. Es ist nur so, dass wir uns das schon gedacht haben.«

»Wieso das?« Seine hochgezogene Augenbraue war Antwort genug. Er brauchte auch gar nichts zu erklären, ich wusste auch so, dass er auf das hinauswollte, was sich zwischen Chris und mir abspielte. Was auch immer das war und woher auch immer er das wusste.

»So war das nicht«, wehrte ich ab, wobei ich selbst merkte, dass es wie eine billige Ausrede klang. »Ich habe meine Eltern gesucht. Er hat mich gefunden, als zwei Soldaten mich festhielten.«

»Und dich gehen lassen.«

»Nein. Er hat mich weggeschickt.«

Ben schürzte die Lippen. »Was irgendwie dasselbe ist«, erklärte er nachdenklich. »Muss ich eigentlich erwähnen, dass er damit gegen die Vorschriften verstoßen hat?«

»Vorschriften?«

»Klar. Jeden Rekruten in Sicherheit zu bringen.«

»Er ist doch selbst einer«, sagte ich, doch dann erinnerte ich mich daran, dass er die Uniform eines Feuersoldaten getragen hatte.

»Nicht mehr«, seufzte er, sah dabei aber alles andere als zufrieden aus. »Kurz nachdem der Alarm losging und sie wussten, dass es keine Übung war, hat Zoé seine Ausbildung beendet.«

»Das kann sie?« Ich dachte, das könnte nur der Präsident oder in Ausnahmefällen die Gouverneurin.

Ben zuckte mit den Schultern. »Sieht ganz so aus. Es gibt bestimmt irgendeine Klausel, die sie dazu bevollmächtigt.«

»Warum hat Zoé nicht dasselbe mit euch getan?«

»Schätze, weil wir vorher abgehauen sind«, erklärte er, wobei sich ein schelmisches Lächeln auf seine Lippen stahl. »Wir konnten unbemerkt aus der Turnhalle verschwinden. Ich glaube, Kay hat mir damit den Hintern gerettet. War schließlich ihre Idee, abzuhauen.«

»Stimmt, immerhin lebt ihr noch.«

»Du sagst das so komisch.« Er hob skeptisch eine Augenbraue, wodurch das Lächeln wieder verschwand.

Ich zuckte nur mit den Schultern. »Ich mache mir nur Sorgen um meine Familie.«

»Ich glaube, das machen wir alle. Schließlich dachten wir, wir wären die Überlegenen, oder?«

»Dass uns niemand etwas anhaben könnte?«

»Ganz genau«, stimmte er mir zu und ließ die Schultern sinken. Als er sich daraufhin wieder mit dem Rücken auf den Flügel legte, folgte ich seinem Beispiel, musste aber die Augen schließen, um nicht von der Sonne geblendet zu werden. »Vielleicht sind wir das immer noch«, fuhr er fort, »überlegen, meine ich. Wir bekommen es nur nicht mit, weil wir nicht mehr da sind.«

»Es müssen echt viele östliche Soldaten sein, wenn sie es schaffen, uns immer noch anzugreifen.«

»Oder sie haben eine Geheimwaffe. Irgendetwas, um uns unfähig zu machen.«

Als er das sagte, erinnerte ich mich wieder an diese merkwürdige Spritze, die aussah wie der Touchpen für mein Tablet. Der eine Soldat hatte mir dieses Ding in den Unterarm stechen wollen – bislang wusste ich immer noch nicht, wozu das gut war.

»Sie hatten solche schwarzen Spritzen«, sagte ich schließlich und schätzte mithilfe meiner Hände die Größe ab. »Aber keine Ahnung, ob da Gift oder so drin war oder ob sie mir vielleicht Blut abnehmen wollten. Wozu auch immer.«

»Schwarze Spritzen? Klingt irgendwie ... ziemlich gruselig. Haben sie dich damit gestochen?«

Ich schüttelte den Kopf. »Chris hat sie vorher getötet.«

»Ja, das sieht ihm ähnlich.«

»Das Töten?«

Er nickte. »Auch. Aber er hasst Nadeln. Ich wüsste nur zu gern, wie er die Blutabnahmen überstanden hat.«

»Bestimmt mussten sie ihn bewusstlos schlagen«, überlegte ich schmunzelnd. Ich hatte gar nicht gewusst, dass er Angst vor etwas hatte – er war irgendwie nicht der Typ, den ich als ängstlich bezeichnen würde.

»Mit Sicherheit«, stimmte er mir zu und erwiderte mein Grinsen frech. »Ich wette, sie haben ihn auch gefesselt, falls er um sich ...«

»Hey, ihr Pappnasen!«, rief Kay auf einmal hinter uns und schlug so heftig gegen die Außenwand des Flugzeugs, dass ein tiefes Grollen durch den Flügel zog.

Erschrocken fuhren wir hoch und drehten uns zu ihr um, während sie etwas aus dem großen Loch warf, das wie eine Strickleiter aussah.

»Bewegt eure Ärsche hierher! Da kommt ein Auto und ich habe echt keinen Bock darauf, dass sie uns entdecken.«

Ben reagierte zuerst. Er erhob sich blitzschnell aus seiner Position und zog mich mit vom Flügel. Aus einem unerklärlichen Grund konnte ich mich nicht dazu zwingen, nicht zu dem heranrasenden Geländewagen zu sehen.

Ich spürte, wie mein Herz dabei einen Freudensprung machte. Immerhin waren das unsere Autos. Die Symbole der High Society, der Elite. Aber Bens Reaktion machte mir deutlich, dass jede Hoffnung vergebens war.

Das da war niemand von uns.

Erst auf halbem Weg fing ich mich wieder und löste mich aus Bens Griff. Auch wenn wir die Motorengeräusche noch nicht hören konnten, beeilten wir uns auf die Strickleiter zuzulaufen und ins Innere des Flugzeugs zu gelangen.

Als wir dort ankamen, packte Ben mich an der Hüfte und warf mich so weit er konnte hoch, um Zeit zu sparen. Meine Hände griffen automatisch nach den Seilen und umklammerten sie. Ich musste noch zwei Schritte aufwärts und ließ mich von Kay durch das Loch ziehen. Sofort drehten wir uns zu Ben um und hievten ihn den letzten Meter ebenfalls ins Wrack.

Kay brauchte nur einen geschickten Griff, um die Leiter zu uns zu ziehen, und löste sie aus der improvisierten Halterung.

Erst jetzt schien mein Herz zu begreifen, dass wir ein Problem hatten, das in rasender Geschwindigkeit auf uns zukam. Der Muskel in meiner Brust setzte genauso schnell hinterher.

»Ben, geh mir aus dem Weg«, durchbrach die Kleine zischend die angespannte Stille zwischen uns.

In diesem Moment bekam ich Panik. Ohne dass ich darüber nachdachte, suchte ich meine beiden Waffen, doch sie waren vom Sitz verschwunden. Kay hatte auch mein Wasser und die Reste des Brotes weggeräumt. »Was machen wir jetzt?«

»Mal ganz gepflegt die Ruhe bewahren.«

Sie klappte ausgerechnet den Sitz, auf dem ich die Nacht verbracht hatte, nach vorn und sah mich auffordernd an. Ich setzte mich augenblicklich in Bewegung und staunte nicht schlecht, als sich ein Schlupfloch darunter offenbarte. Die Metallplatte, die unter dem Sitz festgeschraubt war, bewegte sich mit ihm und gab somit ein weiteres – nein, das hauptsächliche Versteck in diesem Flugzeug frei.

Am liebsten hätte ich vor Erleichterung gelacht, aber die Sache war noch nicht überstanden.

»Eigentlich sollte ich euch da draußen verrotten lassen«, zischte Kay bitter, sah dabei jedoch niemanden von uns an. »Aber euer Teamgetue hat ja prima auf mich abgefärbt.« Im Augenwinkel sah ich, wie Kay das Gesicht verzog, als wäre ihr plötzlich übel. »Ich glaub, ich kotz gleich.«

Ich ignorierte sie und quetschte mich stattdessen durch die Öffnung unter dem Sitz. Sie war zwar nicht besonders groß, aber ich tauchte ohne Probleme in die Schwärze ein.

Es war gerade mal so viel Platz hier drin, dass ich aufrecht sitzen konnte. Keine Ahnung, wie Kay es geschafft hatte, diesen kleinen Raum zu bauen. Es musste ewig gedauert haben.

Als ich Bens Füße sehen konnte, rutschte ich schnell zur Seite und quetschte mich an die Wand. Allein durch seine Anwesenheit wirkte es hier unten gleich zehnmal enger.

»Irgendwie entwickelt sich gerade eine Klaustrophobie in mir«, flüsterte er erstickt und stöhnte plötzlich schmerzhaft auf, als Kay ihm versehentlich in den Bauch trat. Er musste sogar den Kopf schieflegen, um überhaupt sitzen zu können.

»Du kannst gern wieder rausgehen, wenn du dich dann besser fühlst«, zickte sie ihn an, während sie den Sitz ausrastete und fallen ließ.

Ich zuckte bei dem Knall zurück und stieß dabei schmerzhaft mit dem Hinterkopf gegen die Metallwand in meinem Rücken. Überall waren plötzlich Körperteile, überwiegend meine eigenen und Bens Beine, die beunruhigender Weise den ganzen Raum ausfüllten. Nur Kay schien in diesem Loch genug Platz zu haben.

Sie saß mit verschränkten Armen unter der Luke. »Ihr haltet jetzt die Fresse. Wenn ich wegen euch ins Gras beißen muss, schwöre ich euch, ich komme zurück und bringe euch eigenhändig um.«

8

Es wurde schnell unerträglich warm hier drin, sodass ich mich nur zu gern ausgestreckt hätte, aber das ging nicht. Zum einen wegen des Platzmangels, zum anderen traute ich mich nicht, mich einen Millimeter zu bewegen und dabei im schlimmsten Fall Geräusche zu machen.

Allerdings dauerte es auch nicht lange, bis der Geländewagen hörbar zum Stehen kam. Es klang so, als gerieten die Reifen ins Schleudern und schlitterten die restlichen Meter wie auf einer Eisfläche über den Sand.

Das leise Quietschen der Bremsen bereitete mir eine Gänsehaut. Oder war es die Angst, dass ich gerade die letzten Sekunden meines Lebens zählte?

Zitternd holte ich tief Luft – und fing mir dafür gleich einen warnenden, nein, tötenden Blick von Kay ein, die immer noch bereit zum Angriff unter der Luke saß.

Das einzige bisschen Licht, das den Raum erhellte, drang von außen hinein. Dort, wo sich vorher mal Schrauben befunden haben mussten, waren jetzt nur noch helle Punkte zu sehen. Genau genommen gab es davon neun Stück. Vor Nervosität zählte ich sie immer wieder, um mich abzulenken.

Als das Wrack von einem lauten Schlag erschüttert wurde, wie wenn jemand auf den Flügel gesprungen wäre, erstarrte ich und vergaß sofort, bei welcher Zahl ich stehen geblieben war. Mein Blick flog zu Kay, die immer noch lauernd nach oben sah.

Wenn sie uns finden würden, wären wir tot. Wir saßen quasi schon in der Falle. Ich wusste ja nicht mal, ob es die Feinde oder doch unsere eigenen Soldaten waren. Entweder suchten sie uns, um uns zu beschützen, oder, um uns zu töten. Ehrlich gesagt, wenn es mich vor dem möglichen Tod bewahrte, wollte ich nicht mal wissen, auf welcher Seite die Soldaten über uns standen.

Meine Organe rutschten eine komplette Etage tiefer, als ich die Schritte direkt über uns hörte. Zuerst kamen sie näher, dann entfernten sie sich wieder. Es waren mindestens zwei Personen. Ich stellte mir vor, wie sie die Waffen gezogen hatten, bereit, uns umzulegen, wenn wir plötzlich aus der hintersten Ecke des Flugzeugs gekrochen kämen.

Die Schritte wurden wieder lauter. Wir starrten nach oben, als könnte dadurch das Geschehen für uns sichtbar werden. Ben, der inzwischen mehr lag als saß, wirkte nicht mutiger als ich. Daher war ich umso überraschter von Kay, die ihr kühles Gesicht immer noch glaubhaft wahrte.

Dann hielten sie plötzlich an; wenn ich mich nicht täuschte, ungefähr einen Meter von uns entfernt.

Kaum waren sie stehen geblieben, erklangen neue Schritte, diesmal aber wieder weiter weg. Ein dritter Mann war dazugekommen; er klang weniger vorsichtig, denn er marschierte einfach auf die beiden anderen zu.

»Gentlemen?«, sagte der eine mit einer Stimme, die von Spott durchtränkt war.

»General«, erwiderten die anderen beiden wie aus einem Mund ... und warteten. Genauso wie wir, auch wenn sie dabei bestimmt nicht das Gefühl hatten, als hätte ihr letztes Stündlein geschlagen. Obwohl ... der General klang nicht gerade erfreut.

Einer sprach schließlich zuerst. »Es ist niemand hier, General.«

Mich beschlich sofort das Gefühl, dass der sogenannte *General* nicht nur jemand vom Militär war, sondern auch der General von New Asia, der die Abschaffung der Gen-Experimente forderte. Nach einem kurzen Blickkontakt mit Kay und Ben wusste ich, dass sie denselben Gedanken hatten.

»Ich verstehe nicht, was Sie mir da sagen, Tides«, sprach besagter Mann. »Mir war doch so, als hätten Sie uns mitgeteilt, jemanden hier gesehen zu haben.«

»So ist es, General«, erwiderte der Angesprochene.

»Nun, dann wollen Sie mir sagen, dass Sie gelogen haben?«

Bei dem kalten Klang seiner Stimme musste ich schlucken.

»Nein, General«, meldete sich wieder jener zu Wort, den der General Tides nannte. »Aber es scheint, als seien sie entkommen. Weit können die Zielpersonen aber nicht sein.«

Der General erwiderte nichts darauf, weshalb ich wieder den Drang verspürte, den Atem anzuhalten und mich keinen Millimeter zu rühren. Kay und Ben verhielten sich ebenfalls still. Würde jetzt ein Geräusch von uns kommen, könnten sie uns sofort bemerken.

»Durchsucht diese Maschine!«, befahl der General schließlich mit Nachdruck. »Jeden. Einzelnen. Zentimeter.«

»Jawohl, General.«

Aufgrund ihrer einwandfrei synchronen Aussprache fuhr mir ein kalter Schauer über den Rücken. In meinem Nacken kribbelte es.

Erneut erklangen Schritte, vermutlich die des Generals, der das Wrack wieder verließ. Auf einmal hörte ich, wie etwas blechern aufschlug, als ginge er über den Flügel; bei jedem Schritt zog sich mein Herz schmerzhaft zusammen. Auch wenn es jetzt nur noch zwei Soldaten waren, hieß das nicht, dass wir uns verteidigen konnten, sollten sie uns finden. Wir würden es vermutlich nicht mal hier raus schaffen.

Ein Motor wurde gestartet, kurz darauf noch einer. Mit wie vielen Autos waren sie überhaupt hergekommen? Standen draußen noch mehr oder ließen sie die beiden Soldaten einfach so zurück?

Was auch immer auf uns wartete: Meine Beine würden diese Position nicht mehr lange aushalten. Ich hatte die Knie anwinkeln müssen, weshalb diese bereits jetzt schmerzten, als hätte ich sie wochenlang nicht bewegt, von der Hitze ganz zu schweigen.

Ich schloss einfach die Augen und versuchte an nichts zu denken.

Es dauerte eine halbe Ewigkeit, ehe die beiden Soldaten wieder miteinander sprachen. Die ganze Zeit über durchsuchten sie das Wrack, fanden allerdings nichts – und das hatten wir eindeutig Kay zu verdanken.

Wenn sie die Luke nicht entdeckt oder gar selbst gebaut hätte, wären wir längst tot.

Mehr als einmal hatte ich das Gefühl gehabt, sie wären kurz davor, das Versteck zu finden. Nur weil Kay von innen einen kleinen Riegel vorgeschoben hatte, glaubte ich, dass wir mit dem Schrecken davonkommen würden. Im ersten Moment dachte ich noch, sie hätten uns dadurch entdeckt, und wartete auf den Kugelregen – der allerdings auch nicht kam.

Mein Herz blieb stehen, als sich einer der beiden auf einen Sitz fallen ließ, der unter seinem Gewicht knirschte.

»Also, wie lange wollen wir noch jedes Staubkorn dreimal umdrehen?«, fragte der, wie ich vermutete, Sitzende genervt.

»Bis wir etwas gefunden haben«, antwortete der Zweite.

»Macht es dir was aus, wenn ich dir so lange dabei zusehe? Ich habe auf die Scheiße hier keinen Bock mehr.«

»Alexej«, seufzte der andere fast schon vorwurfsvoll und näherte sich uns mit müden Schritten. »Er ist unsere letzte Mission. Dann können wir nach Hause.«

Der Angesprochene schnaubte abfällig. »Wenn wir sie nicht finden, können wir ganz bestimmt nicht nach Hause. Dann verlängert der General unseren Dienst um weitere zwei Jahre – und ich habe die Schnauze so was von gestrichen voll.«

»Wir werden sie schon finden.«

»Gan, du bist so ein Weichspüler.«

»Und du ein Jammerlappen.«

»Wenigstens sehe ich ein, dass wir hier fertig sind und nicht das Geringste vorzuweisen haben.«

Irgendwie empfand ich Mitleid mit ihm. So, wie er sich anhörte, wollte er diesen Krieg genauso wenig wie ich und ebenfalls zurück in die Heimat. Ich konnte ihn verstehen. Nur dass ich noch nicht mal einen Monat beim Militär war, anders als er, der, wie es sich anhörte, schon Jahre seinen Dienst für New Asia leisten musste.

»Mal ehrlich«, fuhr Alexej zischend fort. »Was bildet der General sich eigentlich ein? Wir werden von 'nem Hosenscheißer herumkommandiert. Jedes Mal, wenn ich ihn sehe, will ich ihm einfach nur in die Fresse schlagen.«

Gan lachte leise. »Ich glaube, das wollen wir hier alle. Apropos, wir sollten langsam zurück. Vielleicht haben die anderen eine Spur gefunden.«

»Ja, meinetwegen.«

Als sich Alexej vom knirschenden Sitz erhob, ließ ich erleichtert die Schultern hängen. Ich zählte die Sekunden, bis sie gegangen waren – dann konnte ich endlich wieder Arme und Beine bewegen, ohne von Kay Morddrohungen zu kassieren.

Ben warf mir ein aufmunterndes Lächeln zu. Vermutlich dachte er das Gleiche wie ich.

Während sich die Soldaten von uns entfernten, sprachen sie kein Wort. Erst als sie das Fenster oder vielleicht auch das Loch erreicht zu haben schienen, hob Gan die Stimme: »Denkst du auch, dass wir was übersehen haben?«

»Machst du Witze?«, erwiderte Alexej genervt. Seine Stimme war leiser. Bestimmt war er längst draußen. »Wir haben alles abgesucht. Da drin ist nichts.«

»Dann lass uns hier abhauen.« Gan klang frustriert, folgte seinem Kollegen dann aber nach draußen.

Es dauerte noch einen Moment, dann erklangen die dumpfen Schritte wieder. Deshalb ging ich davon aus, dass sie nicht einfach aus dem Loch gesprungen waren, sondern den Weg durch das Fenster gewählt hatten.

Gut für uns; so hörten wir zumindest, dass sie das Wrack ganz sicher verlassen hatten.

Auch wenn die Schritte schon eine Weile verklungen waren, traute sich immer noch keiner von uns ein Wort zu sagen. Wirklich sicher fühlte ich mich ehrlich gesagt auch nicht gerade. Sie konnten uns immer noch vor dem Flugzeug auflauern.

Diese Angst verflog, als Motorengeräusche zu uns durchdrangen. Für Kay war das offensichtlich das Zeichen, sich näher an eines der Schraubenlöcher zu lehnen und hindurchzuschauen. Gespannt und mit eingeschlafenen Gliedern beobachtete ich sie und hoffte, dass sie endlich wieder die Luke öffnete.

»Und?«, wisperte ich schließlich erstickt mit dem Gefühl, langsam keine Luft mehr zu bekommen.

Kaum eine Sekunde später schob die Kleine den Riegel beiseite und drückte die Hände gegen die Bodenplatte. Sie brauchte zwei Anläufe, bis der Sitz einrastete, kletterte dann aber schnell an die frische Luft. Ben folgte ihr zuerst, da er mir meinen Weg blockierte.

Bereits jetzt hörte ich Kay wütend vor sich hin grummeln, sodass ich mir ein Grinsen nicht verkneifen konnte, als ich den beiden ans Licht folgte.

Das Gefühl, wieder zu stehen und atmen zu können, durchströmte mich wie ein Wasserfall voller Erleichterung. Ben half mir auf die Beine. Sie zitterten immer noch, weshalb ich mich zur Sicherheit am nächstbesten Sitz abstützte.

Ich wartete, bis sich mein Puls wieder normalisiert hatte und sich in meinem Kopf nicht mehr alles drehte. Dann ließ ich das Lachen einfach zu. Zuerst sahen mich die beiden, insbesondere Kay, verstört an, doch dann war sie die Erste, die mit einstimmte.

»Scheiße, Mann!«, stieß Ben schließlich aus und grinste uns an, als hätten wir gerade den Teufel besiegt. »Wie hast du das nur gemacht, Zicke?«, fragte er die Kleine.

»Betriebsgeheimnis«, säuselte Kay geheimnisvoll und verdrehte die Augen, als Ben sie in die Seite knuffte. »Sei froh, dass ich zu viel Mitleid mit dir habe, um dich auszuliefern.«

Er salutierte gespielt. »Jawohl, Ma'am. Bin sehr froh, Ma'am.«

»Die waren schon komisch, oder?«, fragte ich, als ich verstand, dass Ben auf die Ausdrucksweise der beiden Soldaten anspielte.

»Nichts weiter als Sklaven«, meinte Ben. »Genau genommen sind die also nicht besser dran als wir. Nur dass wir nicht gezwungen werden so zu heucheln.«

Kay verschränkte die Arme vor der Brust; das Lachen war längst von ihren Lippen verschwunden.

»Also, wie sieht der Plan aus?« Damit sprach sie genau das aus, worauf ich eigentlich keine Antwort haben wollte.

Am liebsten hätte ich mich wieder in diesem Loch versteckt, doch ich wusste selbst, dass wir irgendetwas unternehmen mussten. Ich brauchte nur noch ein wenig Zeit, um den

Schock von gerade eben zu verarbeiten. Dann wäre ich auch bestimmt wieder bereit meine Familie zu retten.

Nur einen kleinen Moment ...

Mehr als demotiviert ließ ich mich auf die Armlehne des Sitzes fallen, der mir am nächsten war, und stieß erschöpft die Luft aus. Die linke Schläfe pochte schmerzhaft, aber ich versuchte es zu ignorieren.

»Ist es noch sicher hier?«, warf Ben in die Runde und sah erst Kay, dann mich fragend an.

Allerdings wusste ich nicht, was ich erwidern sollte, und zuckte nur mit den Schultern. Ich tauschte einen ratlosen Blick mit Kay aus; sie konnte wohl am besten beurteilen, wie sicher ihr Versteck war.

»Was guckt ihr so blöd?«, beschwerte sie sich. »Ich weiß es doch auch nicht. Ich bezweifle aber, dass sie so schnell wiederkommen werden.«

»Oder sie beschatten jetzt das Wrack«, sagte Ben.

»Dann säßen wir in der Falle«, schlussfolgerte ich missgelaunt.

Ben hob fragend seine Augenbrauen. »Also, bleiben oder verschwinden?«

»Bleiben«, war Kays eintönige Antwort.

Aber irgendwie stimmte ich ihr nicht zu. Mein Bauchgefühl sagte mir, dass wir nicht bleiben sollten. Chris hatte das doch gesagt.

»Verschwinden«, erwiderte ich stattdessen, traute mich aber auf einmal nicht mehr, ihnen in die Augen zu sehen. Ich wollte nicht, dass sie Chris damit in Verbindung brachten.

»Verschwinden?«, hakte Ben nach und klang irgendwie kaum überzeugt.

Verständlich.

Ich nickte. »Lasst uns noch hierbleiben, bis es Nacht wird. Dann gehen wir weiter. Ich denke, wir sollten einfach nicht zu lange auf demselben Fleck bleiben.«

»Und was sollen wir die ganze Zeit machen?«, fragte er mich ernsthaft um Rat.

»Na ja«, murmelte ich schulterzuckend. »Schlafen. Ihr seid doch bestimmt die ganze Nacht gelaufen, oder? Außerdem etwas essen ... einfach ein bisschen ausruhen.«

Kay wirkte alles andere als zufrieden, sagte aber nichts mehr dazu. Stattdessen ging sie zu den Sitzen in der ersten Reihe und ließ sich darauffallen.

Ben und ich tauschten einen vorsichtigen Blick aus.

»Du kannst dich auch erst mal hinlegen. Ich halte so lange Wache«, schlug er mir vor und lächelte mich an. Allerdings formte er noch mit den Lippen *Ich habe Hunger*, ohne dass Kay es sehen konnte.

Dennoch zuckte ich ertappt zusammen, als sie die Hand hob und auf uns zeigte. »Die Pistolen sind übrigens dahinten im Schrank.« Kaum hatte sie den Satz beendet, stand sie auf einmal wieder und starrte uns entsetzt an. »Ben, sieh nach, ob sie noch da sind. Los!«

Von Kays aggressivem Unterton überrumpelt tat er das, was sie sagte, ging schnell rüber zum Schrank und öffnete ihn. Dieser hatte sich allerdings kaum verändert. Die Wasser- und Lebensmittelvorräte waren nicht angerührt worden. Genauso wenig wie meine Pistolen, die zwischen den Müsliriegeln lagen.

»Alles noch da!«, rief Ben der Kleinen zu.

Sie kniff skeptisch die Lippen zusammen. »Entweder sind diese Idioten dümmer, als ich dachte, oder sie wollen uns verarschen.«

Ich konnte ihr nur zustimmen. Wenn sie alles durchsucht hatten, mussten sie auch die Vorräte gefunden und wenigstens etwas geahnt haben. Vielleicht dachten sie auch, es sei nur ein vorbereitetes Versteck, das nicht genutzt wurde – obwohl sogar ich in diesem Fall dann die Waffen mitgenommen hätte.

»Dann sollten wir wirklich verschwinden«, stimmte mir der Blonde schließlich zu, nahm sich die Waffen und steckte sie in seine Hosentaschen. »So, Ladys, dann schlaft euch mal ordentlich aus.«

»Schnauze«, grummelte Kay von vorne, war aber längst wieder aus unserem Sichtfeld verschwunden. Man sah nur noch ihre Beine, die sie über die Armlehne gelegt hatte.

Ich versuchte es mir ebenfalls bequem zu machen, aber es dauerte eine Ewigkeit, bis ich überhaupt müde wurde. Nur weil ich wusste, dass wir die ganze Nacht unterwegs sein würden, rief ich mich zur Ruhe und döste immerhin ein bisschen.

Mit Kay und Ben an meiner Seite war die Welt für diesen Moment wenigstens ansatzweise zu verkraften.

9

Eine zaghafte Berührung an der Schulter holte mich langsam aus dem Schlaf. Etwas neben der Spur blinzelte ich Ben an, der neben mir hockte und mich angrinste, als hätte ich den Witz des Jahrhunderts gerissen.

»Hm?«, grummelte ich; ich fühlte mich matschig im Kopf. Es fiel mir schwer, ihn überhaupt richtig anzusehen.

»Na, ausgeschlafen, Schnarchnase?«

Ich rieb mir die Schläfen, ohne ihm dabei zu antworten, und setzte mich richtig hin, was mir zugegebenermaßen nicht leichtfiel.

Nebenbei bemerkte ich, dass es draußen langsam dunkel wurde. »Wie lange war ich weg?«, fragte ich ihn.

»Ein paar Stunden. Aber das ist schon okay. Kay hat die Wache übernommen, damit ich schlafen konnte.«

»Ist sie immer noch böse?«

Er schüttelte den Kopf, zuckte aber gleichzeitig mit den Schultern. »Ich denke nicht. Zickig wie immer, aber wütend nicht mehr. Immerhin durfte ich mir 'ne Flasche Wasser nehmen.«

»Oh, klingt gut«, seufzte ich und ließ mich noch mal tiefer

in den Sitz sinken. Ich hatte das Gefühl, mich noch nicht wirklich bewegen zu können. Ein ganz mieser Nachteil, falls wir in diesem Moment angegriffen werden würden.

Ben stupste mich an der Schulter an. »Du solltest dir was zu essen nehmen. Wir wollen aufbrechen, sobald es dunkel ist.«

Mit einem Nicken bedankte ich mich und sah ihm gedankenverloren dabei zu, wie er durch das Loch nach draußen sprang. Ich hörte ihn auf dem Boden aufkommen – dann kehrte wieder Ruhe ein. Anders als ich hatte Ben so gewirkt, als könnte er jeden Moment aufbrechen; als freute er sich sogar darauf, gleich weiterzuziehen. Ich wollte einfach nur hier sitzen bleiben und den Nacken entspannen. So, wie er gerade schmerzte, hatte ich mich ordentlich verlegen.

Lange ließ ich mich davon aber nicht aufhalten. Stattdessen ging ich gähnend zum Schrank und nahm mir das Brot heraus, das ich gestern angefangen hatte, damit das komische Zittern in meinen Beinen aufhörte. Zögernd griff ich auch nach der Flasche, die direkt danebengestanden hatte, und hoffte, dass es meine war. Auch wenn es mich andernfalls nicht gestört hätte, wäre es der Kleinen bestimmt gegen den Strich gegangen.

Als ich mich umdrehte, ließ ich vor Schreck das Brot fallen. Kay war am Ende des Ganges aufgetaucht und starrte mich abwartend an. Sie hatte ihren schmalen Mund zusammengepresst.

»Ich wollte nicht ...«, setzte ich schnell an, wurde aber unterbrochen.

»Was? Klauen?« Sie klang genervt. »Keine Angst. Ich will dich dafür nicht mehr erschießen. Apropos, hier hast du eine wieder. Stört dich hoffentlich nicht, dass ich die andere behalte.« Ich schüttelte den Kopf, als sie mir eine der Pistolen durch die Sitzreihen zuwarf.

Da mir immerhin die Wasserflasche nicht aus der Hand gefallen war, musste ich sie mit links fangen. Keine Ahnung, wie, aber ich schaffte es.

»Du hast da was fallen gelassen.« Sie zeigte mit dem Kinn auf das Brot am Boden.

Damit sie nicht wieder wütend auf mich werden würde, ging ich schnell in die Hocke und fischte nach einer Ecke der Verpackung. War schwierig, da ich die Waffe dabei nicht fallen lassen wollte.

Als ich wieder aufrecht zum Stehen kam, sah ich, ohne es zu wollen, Kay in die Augen.

Die Kleine hatte amüsiert eine Augenbraue erhoben. »Und jetzt dreh dich dreimal im Kreis.«

»Was?«

»Ich wollte nur sehen, ob du dich mit Absicht wie ein Roboter verhältst.« Grinsend ließ sie sich mit der Hüfte gegen einen der Sitze fallen und legte den Arm darauf ab. »Ben hat mir gesagt, wie du es hierhergeschafft hast.«

Ich blinzelte sie nur stumm an. So, wie sie mich ansah, traute ich mich nicht mal mich zu bewegen.

»Und?«, wollte sie anscheinend gelangweilt wissen. »Wie kommt's, dass Romeo dich einfach weggeschickt hat? Hast du ihm in seine Kronjuwelen getreten?«

»Ähm ... so war das nicht.«

»Schade. Wenn du ihm keine reingehauen hast, will ich es gar nicht wissen. Ich wollte dich nur noch mal daran erinnern, dass ich keinen Bock auf deine Heulerei hab ... wenn du also auf die Idee kommst, mich mit deinem Liebeskummer belästigen zu wollen, spar es dir.« Da sie immer noch grinste, klang sie nicht so böse, wie sie es vielleicht vermitteln wollte. »Wenn du dich auf den Möchtegernschönling einlässt, bist du selbst schuld.«

»Mach ich nicht.« Dass es dafür längst zu spät war, musste ich ihr ja nicht auf die Nase binden. Und jetzt erst recht nicht mehr.

»Wenn du meinst, gut.« Für sie. Nicht für mich. »Dann solltest du dich mal fertig machen. Im Cockpit habe ich ein paar Uniformen gebunkert. Hol dir 'ne Jacke oder so.«

Ehe ich mich bei ihr bedanken konnte, hatte sie sich vom Sitz abgestoßen und war aus dem Flugzeug verschwunden.

Zuerst stand ich etwas unschlüssig herum und überlegte, wie ich Kays Stimmungswechsel zu verstehen hatte. Da ich aber keine Antwort fand, holte ich mir eine Jacke aus dem Cockpit. Die letzte Nacht war schon kalt genug gewesen; deshalb nahm ich ihr Angebot gern an, wenn mir das dieses Mal erspart bleiben würde.

Ich musste ein bisschen wühlen, bis ich eine Jacke gefunden hatte. Leider waren sie mir alle zu klein, aber das war auch okay. Immerhin hatte ich jetzt wieder eine.

Wie Kay das wohl alles hierhergebracht hatte? Bestimmt waren ihre Bodyguards eingeweiht – oder sie war sogar selbst mit dem Auto hierhergefahren. Zuzutrauen war es ihr in jedem Fall. Dass sie die Uniformen nach dem Training einfach geklaut hatte, auch.

Erst als ich aus dem Wrack nach draußen sprang, wurde mir so richtig bewusst, dass wir tatsächlich unsere bewaffnete Flucht fortsetzen würden. Einerseits war ich erleichtert darüber, aber andererseits machte es mir mehr als nur ein bisschen Angst. Wir würden uns noch weiter von meiner Familie entfernen und nicht wissen, wann wir wieder zurückkämen. Ich wusste nicht mal, ob sie oder gar Chris noch lebten.

Meine beiden Begleiter saßen wieder auf dem Flügel und teilten sich eine Dose mit Käsewürfeln. Während Ben der Vernünftige war, warf die Kleine die Würfel in die Luft und fing sie mit dem Mund auf.

Dieser Anblick entspannte mich auf einmal wieder. Mir wurde klar, dass ich mich glücklich schätzen konnte, ausgerechnet von den beiden gefunden worden zu sein. Ich hätte auch auf völlig Fremde treffen können, die noch mehr Angst gehabt hätten als ich. Sie hätten mich runtergezogen; Kay und Ben taten das genaue Gegenteil.

Durch sie fühlte ich mich stärker. Motivierter. Mutiger.

Eine Weile setzte ich mich ebenfalls auf den Flügel und teilte mein Brot mit ihnen. Wir sprachen nicht, sondern hingen unseren eigenen Gedanken nach.

Vermutlich war eine Stunde vergangen, als Kay plötzlich aufstand und sich die Hände an ihrer Hose abwischte.

»So. Heute ist auf jeden Fall eine perfekte Nacht, um nicht

draufzugehen. Lasst uns die Rucksäcke packen und von hier verschwinden.«

***

Die Kleine hatte wirklich an alles gedacht. Wie angekündigt schnappten wir uns die zwei Rucksäcke, die sie ebenfalls im Cockpit versteckt hatte, und luden so viel hinein, dass wir sie noch tragen konnten. Ben nahm die schweren Wasserflaschen; Kay und ich wechselten uns mit dem Rucksack voller Lebensmittel ab.

Ehrlich gesagt konnte ich nicht mal einschätzen, wie lange wir danach schweigend unterwegs waren. Anders als gestern war heute allerdings der Mond unser ständiger Begleiter, sodass die Umgebung nicht ganz so gruselig wirkte. Dank Kay hatte ich immerhin auch eine Jacke und musste nicht frieren.

Einmal pro Stunde – glaubte ich zumindest – hielten wir an, setzten uns auf einen umgefallenen Baumstamm oder den Boden und machten eine kurze Pause. Da niemand von uns eine Uhr hatte, sahen wir das auch nicht so genau. Wichtig war nur, dass wir bei Sonnenaufgang ein neues Versteck gefunden hatten.

Nach unserer letzten Pause fielen Ben und ich absichtlich ein Stück zurück. Wir merkten, wie ungeduldig Kay langsam wurde, weshalb wir lieber auf Abstand gingen.

»Kann ich dich was fragen?«, kam es nach einer Weile von Ben.

Überrascht sah ich zu ihm hoch, aber er wich meinem Blick aus. »Was denn?«

Er verzog die Lippen zu einem nachdenklichen, geraden Strich und konzentrierte sich auf etwas vor uns. Im Mondlicht wirkten seine Gesichtszüge noch markanter, beinahe böse. Aber eigentlich sah er ja immer böse aus.

»Na ja«, begann er lang gezogen; kurz huschte sein Blick zu mir. »Wie gut kennst du Chris eigentlich?«

Erst Kay, jetzt er. Hatten sie etwa mitbekommen, wie er mich geküsst hatte, oder wieso ritten sie so auf ihm herum? »Was genau meinst du? Ob wir ...?«

»Ob ihr *was*?« Er wirkte verwirrt, schien im selben Moment aber zu verstehen, worauf ich hinauswollte. »Was? Nein. Was er in seiner Freizeit macht, interessiert mich eigentlich herzlich wenig.«

»Was dann?«

»Na ja. Wie gut du ihn eben kennst. Ihn, als Person, nicht als ... Körper. Oder so ähnlich.« Über seinen merkwürdigen Gesichtsausdruck musste ich widerwillig schmunzeln. Er sah aus, als würde er selbst nicht verstehen, was er da eigentlich von sich gab.

Ich dachte nicht lange über eine Antwort nach. »Was soll man schon großartig über ihn wissen? ›Arschloch‹ beschreibt seinen Charakter doch ganz gut, oder?«

»Schon.«

»Aber?«

»Alles gut«, winkte er plötzlich ab – und ich verstand, dass er darauf schon mal nicht hinauswollte.

»Ben.«

»Ja?«

»Was sollte ich denn über ihn wissen?« Dass er damit auch meine Neugier anstacheln würde, war so was von zu erwarten gewesen. Auch wenn ich mich sonst ganz gut von allem fernhalten konnte, war ich in meiner Neugier kaum zu bändigen.

Während Sara jedoch ihre Nase in alles steckte, was sie finden konnte, stellte ich meine Nachforschungen geschickter an. Nämlich so, dass es niemand mitbekam.

Bei Ben war es dafür längst zu spät. Und wenn es um Chris ging, sowieso. Es war längst kein Geheimnis mehr, dass sich mein Herz jedes Mal, wenn ich an ihn dachte, wie ein Ballon anfühlte, dem langsam die Luft entwich.

»Na ja«, begann Ben zum dritten Mal seinen Satz, konnte mir aber immer noch nicht in die Augen sehen. »Es gibt einen Grund, warum Chris so ist, wie er ist. Der perfekte Soldat.«

»Ach, tatsächlich?« Es fiel mir schwer, meine Ungeduld zu verbergen. Ich hasste es, wenn ich jemandem alles aus der Nase ziehen musste, obwohl ich eigentlich selbst so ein Jemand war.

»Also, weißt du es? Hat er es dir gesagt?«

Ich runzelte leicht genervt die Stirn. »Nein, Ben. Er hat mir überhaupt nichts gesagt. Was denn auch?«

»Hey!«, rief Kay laut und hinderte Ben daran, mir auf die Frage zu antworten.

Erschrocken von ihrem Stimmvolumen sahen wir beide hoch – doch Kay sagte nichts mehr, sondern streckte ihren Arm in unsere Richtung.

Erst als Ben sich umdrehte, verstand ich, dass sie nicht auf uns wartete, sondern uns etwas zeigte.

Mit angehaltenem Atem drehte ich mich um.

Helle weiße Punkte erschienen in einigen Kilometern Entfernung und strahlten direkt auf uns. Es waren Scheinwerfer; mindestens drei Geländewagen der Regierung rasten auf uns zu.

10

Ich dachte nicht nach, sondern ließ den Rucksack von den Schultern fallen und wies Ben an, das Gleiche zu tun. Stolpernd lief ich ein paar Schritte rückwärts, fiel aber nicht hin. Erst dann drehte ich mich um und schloss schnell zu Ben auf, der mir schon ein gutes Stück voraus war.

Kay hatte ebenfalls begonnen zu rennen. Genauso wie sie holte ich meine Pistole hervor und warf im Sprint immer wieder einen Blick über die Schulter, um zu kontrollieren, ob die Autos nah genug waren, dass ich auf sie schießen konnte. Aber glücklicherweise – und unglücklicherweise – waren sie noch zu weit weg.

Ben, der nach wie vor mit der langsamen Entwicklung seiner Gene zu kämpfen hatte, ging zuerst die Puste aus. Schnaufend hielt er dennoch unserem Tempo stand. Noch, jede-nfalls.

»Scheiße!«, stieß ich schwer atmend aus, während ich mich umsah. Es musste doch irgendwo ein Versteck geben! Ein Loch, einen Busch, einen großen Stein, einen Fluss, irgendetwas. Aber nichts. Nur karge, trockene Landschaft mit meilenweitem Nichts. »Scheiße, Scheiße!«

»Super Idee!«, rief Kay von der Seite bissig zu mir herüber. »Ich habe ja gesagt, dass wir beim Flugzeug bleiben sollen!«

»Wie weit sind sie weg?«, hatte Ben dazwischengebrüllt, bevor Kay und ich anfangen konnten uns zu streiten.

Ich riskierte einen Blick zurück. »Maximal einen Kilometer. Wenn überhaupt. Ich weiß es nicht.«

»Es ist schlimm genug, dass sie da sind«, blaffte die Kleine, während sie sich ebenfalls umdrehte.

Mein Körper war nicht so wach wie mein Kopf. Ich wusste, dass ich normalerweise schneller laufen konnte, aber meine Beine kamen meinen Anweisungen kaum nach. Kein Wunder, von dem bisschen trockenem Brot konnte man auch gar nicht richtig zu Kräften kommen.

Immer panischer sah ich mich nach einem Versteck um – aber es gab einfach nichts. Vor uns lag reines Flachland; nicht mal ein toter Baum war noch zu finden, von einem plötzlichen Loch im Boden ganz zu schweigen.

»Fuck!«, rief Ben zwei Schritte hinter mir. »Was machen wir jetzt?«

»Laufen!«, entschieden Kay und ich wie aus einem Mund.

Alles in mir schien nur noch mit Notstrom zu funktionieren, damit meine Beine sich darauf konzentrieren konnten, um mein Leben zu rennen. Ich spürte mein Herz so kräftig wie noch niemals zuvor in meiner Brust. Obwohl ich durch das Training und die Gentherapie eine verbesserte Ausdauer hatte, war ich noch lange kein Windsoldat.

Mit einem besser entwickelten Element hätte Ben uns einfach hier wegbringen können: Er war ein Windsoldat – und gerade derjenige von uns mit Komplikationen in den Genmutationen. Vermutlich hatte er noch weniger Kontrolle über sein Element als ich.

Scheiße. Wenn wir weiter in diesem Tempo rannten, würden wir bald nicht mehr in der Lage sein, überhaupt zu gehen. Es war sowieso nur eine Frage der Zeit, bis die Soldaten uns eingeholt hatten. Zwar saßen sie in den Autos unserer Regierung, doch langsam war ich mir sicher, dass es dieselben Soldaten sein mussten, die uns heute Mittag fast entdeckt hatten.

Ich geriet einen Moment ins Straucheln. Die Scheinwerfer waren inzwischen so nah, dass ich einen leichten Schatten auf dem Boden unter mir erkennen konnte. Sie kamen näher. Viel zu schnell.

Motorengeräusche drangen an meine Ohren, der Wind, der bei jedem weiteren Schritt stärker zu werden schien, zerrte an meiner Kleidung, meinen Haaren. Trotz der Hitze, die durch das Laufen in meinem Körper erzeugt wurde, überlief mich eine Gänsehaut.

Ben fiel weitere zwei Meter zurück. Da ich ihn nicht hängen lassen konnte und wollte, blieb ich kurz stehen, griff nach seinem Arm, als wir auf einer Höhe waren, und schleifte ihn immer weiter mit mir, auch wenn sein Keuchen dabei schlimmer wurde.

Kaum ein paar Sekunden später drehte Kay sich zu uns um, richtete die Waffe in unsere Richtung und zielte. Keine Ahnung, warum mein Herz vor Schock auf die Hälfte seiner Größe schrumpfte, obwohl ich es eher als Ganzes gebraucht hätte – aber für einen schrecklichen Moment hatte ich wirklich Angst, Kay würde uns abknallen und sich selbst aus dem Staub machen.

Während Ben und ich aber weiterliefen, blieb Kay noch kurz stehen, bis wir aus dem Schussfeld waren, dann feuerte sie auf die Autos. Ich wusste nicht, ob sie traf, aber da die Motorengeräusche nicht nachließen, ging ich nicht davon aus.

Es juckte mich in den Fingern, sie dabei zu unterstützen – vielleicht könnten wir so noch etwas Vorsprung gewinnen –, aber ich konnte Ben nicht loslassen. Während ich ihn zwang weiterzulaufen, rannte Kay immer ein Stück vor und hielt nach einem Versteck Ausschau.

Das Schlimmste war, dass ich kaum Hoffnung hatte, irgendwie entkommen zu können. Wir waren keine Maschinen; wir waren Menschen. Wir waren nicht die Soldaten, die wir hätten sein sollen. Wir waren einfach zu schwach, zu leichtgläubig.

Hätten wir doch niemals dieses Flugzeug verlassen! Dann müsste ich jetzt nicht mit dem schlechten Gewissen und der Angst kämpfen, verloren zu haben.

Wir saßen in der Falle.

Ich brauchte mich nicht umzudrehen, um zu wissen, dass die Autos uns dicht auf den Fersen waren. So dicht, dass wir vielleicht noch eine Minute hatten, bevor sie uns erreichen würden.

»Wir schaffen's nicht«, keuchte Ben neben mir, als hätte er meine Gedanken gelesen. Ich erwiderte darauf nichts, sondern zerrte ihn nur weiter.

Hastig tastete ich nach der Waffe in meiner Jeans und zog

sie heraus. Mehr oder weniger blind, schwer atmend und zitternd richtete ich die Pistole auf die Autos, zielte auf nichts Bestimmtes. Ich drückte einfach ab.

Erst nach dem fünften Schuss schien ich getroffen zu haben, denn nach einem lauten Knall verschwand auf einmal ein Paar Scheinwerfer. Prüfend warf ich einen hastigen Blick über die Schulter und stellte fest, dass ich einen Reifen getroffen hatte. Das Auto stand quer zu uns.

Wenigstens einer. Vielleicht könnte ich auch die anderen beiden treffen.

Kay, die gesehen hatte, wie ich einen Wagen hatte aufhalten können, zielte geschickter auf die Reifen als ich. Allerdings ertönte nach zwei Abzügen ein leeres Klacken – sie schmiss mit einem wütenden Aufschrei die Pistole in Richtung Autos.

Die Angst, aber auch der Wille, das zu überleben, war inzwischen so stark geworden, dass ich meinen Herzschlag kaum noch spüren konnte. Adrenalin schoss in Tonnen durch meine Adern und befahl meinem Gehirn mich am Leben zu halten. Mir irgendwie die Kraft zu geben, an meine Familie zu denken.

Ich musste es schaffen. Ich wollte sie wiedersehen.

Jegliche Hoffnung verflog, als das Auto hinter uns plötzlich so stark beschleunigte, dass der Motor aufheulte. Aus Angst, er würde uns einfach überfahren, sah ich immer wieder nach hinten, doch er lenkte aus und überholte uns.

Ehe ich reagieren konnte, war ich gegen die Motorhaube geknallt.

In diesem Moment spürte ich nichts. Ich spürte nicht, wie

Ben mir entrissen und ich über die Motorhaube geschleudert wurde. Ich war mir nicht mal sicher, ob es passiert war.

Mein Verstand schrie mich an: »Steh auf! Steh auf! Steh auf!«, aber ich wusste nicht, wovon zum Teufel er eigentlich sprach. Alles war schwarz. Ich hatte keine Ahnung, wo oben und wo unten war, geschweige denn, was ich hier überhaupt tat.

Mein Schädel brummte. Der Schmerz war gekommen, ehe ich ihn greifen und von mir fernhalten konnte. Er überrannte mich.

Etwas traf mich in der Seite. Zwei Mal. Zweimal krümmte ich mich, brachte aber nicht mehr als ein schmerzersticktes Keuchen zustande. Alles in mir zog sich zusammen.

Ich blinzelte benommen und erkannte, wie sich eine Gestalt schemenhaft vom Nachthimmel über mir abzeichnete, von der ich glaubte, dass sie mich angrinste. Oder war es der goldene Drache auf seiner Brust? Ich wusste es nicht. Nicht mal dann, als mir der Lauf eines Maschinengewehres direkt ins Gesicht gehalten worden war, ehe wieder alles schwarz wurde.

Wir hatten versagt.

***

Während der wenigen Male, die ich wieder zu mir kam, war meine Sicht so verschwommen, dass ich nicht begriff, ob ich bei Bewusstsein war oder ob ich es mir nur einbildete.

Zuerst wachte ich im Laderaum eines der Autos auf. Kay

und Ben waren nicht da. Ich war mit etwas gefesselt, das mir in die Handgelenke schnitt, wenn ich daran zog. Außerdem schlug ich immer wieder mit der Schulter gegen irgendetwas, das höllisch spitz war. Bei jeder Erschütterung prallte ich dagegen.

Irgendwann musste ich wieder ohnmächtig geworden sein, denn als ich das nächste Mal die Augen öffnete, strahlten mich grelle Lichter an.

Ich wurde über den Laderaum gezogen, wobei meine Jeans am Oberschenkel aufriss. Ich blieb irgendworan hängen, genauso wie mein Ellbogen, der von einem seltsamen Taubheitsgefühl beherrscht wurde. Anscheinend hatte ich mich instinktiv mit letzter Kraft gegen den Griff an meinem Fußgelenk gewehrt, denn ich konnte mir nicht erklären, wieso man mir sonst mit der Faust ins Gesicht schlug.

Daraufhin fühlte ich mich wie benebelt; mein Körper spürte überhaupt nichts mehr, bewegte sich nicht mehr, atmete aber noch. Unkontrolliert wanderten meine Gedanken zu Aiden. Ich klammerte mich an sein Gesicht und verspürte den irrsinnigen Wunsch, dass sie mich zu ihm brachten.

Als ich das nächste Mal zu mir kam, hing ich mit dem Kopf nach unten über der Schulter eines Soldaten, wodurch mir Blut in den Ohren pochte und immer lauter wurde.

Kurz öffnete ich die Augen und sah den Boden. Wir waren in einem Gebäude – welchem? Keine Ahnung.

Man ließ mich fallen. Einen Moment lang glaubte ich zu träumen und während des Fallens aufzuwachen, aber als ich auf etwas Hartem landete, blieb mir die Luft weg. Ich hatte das Gefühl, man hatte mir einen Betonklotz auf die Brust geworfen, weshalb ich nicht atmen konnte, doch dann tat es nur noch weh. So sehr, dass ich die Tränen nicht zurückhalten konnte.

Mit einem verschwommenen Blick nahm ich im Augenwinkel eine Bewegung wahr. Auch ohne hinzusehen, erkannte ich den östlichen Soldaten, der sich von mir entfernte. Es war mir egal, ob er meine Tränen sah – ich ließ sie einfach still über meine Schläfen laufen.

Als sich der Schmerz ruckartig zu verdoppeln schien, holte ich zitternd Luft. Alles brannte. Meine Hände, meine Beine, meine Schultern, meine Brust, mein Gesicht. Ich konnte mich keinen Zentimeter rühren, ohne das Gefühl zu haben, von einem Panzer überrollt zu werden.

Vorsichtig tastete ich den Untergrund ab, während ich den Blick starr auf die Decke über mir gerichtet hielt. Ich lag auf einer Matratze; sie war nicht besonders weich und so dünn, dass ich glaubte direkt auf dem Boden zu liegen. Ich fixierte eine der ausgeschalteten Röhrenlampen über mir – und dachte einfach an nichts. Mein Kopf war leer. Ich konnte mir keine Sorgen machen, nicht wütend sein, mich nicht dafür hassen, dass ich hier gelandet war. Ich fühlte nur noch Schmerz und heiße Tränen, die mir die Kehle zuschnürten.

Ich wusste nicht, wie viel Zeit vergangen war, bis ich spürte, wie ich ruhiger wurde und die Tränen versiegten. Irgendwann hatte ich die Augen geschlossen und genoss nun die Stille um mich herum, die mich vergessen ließ, was passiert war.

Deswegen bekam ich wohl auch nicht mit, wie jemand geräuschlos an meine Zellentür trat und mich beobachtete. Es wurde mir erst bewusst, als er das Wort an mich richtete.

»Hatte ich dir nicht gesagt, dass du mir nicht vertrauen sollst, Prinzessin?«

11

Ich zuckte beim Klang seiner Stimme zusammen. Nicht nur, weil ich erschrak, überhaupt eine Stimme zu hören, sondern auch, weil ich erkannte, zu wem sie gehörte. Sofort schrie alles in mir danach, hochzusehen, ihn anzusehen. Aber es ging nicht. Schon bei dem Versuch, mich zu bewegen, durchfuhr mich ein stechender, Knochen brechender Schmerz.

Meinem Herzen war das total egal. Plötzlich musste ich an den Kuss vor meiner Flucht denken. Chris hatte gesagt, wir würden uns nicht wiedersehen – doch jetzt stand er hier. Er war hier und würde mich aus dem Gefängnis holen.

Ich musste mich zusammenreißen, nicht erneut in Tränen auszubrechen. Es fiel mir schwer, weil mir gerade alles zu viel wurde. Alles stürzte auf mich ein; einfach alles. Unfähig mich zu bewegen, lauschte ich, wie er in meine Zelle kam. Irgendetwas in mir fragte sich, wieso er Zugang hatte, aber so, wie ich ihn kannte, hatte er ihn bestimmt aus irgendjemandem herausgeprügelt.

Ganz vorsichtig ließ ich den Kopf nach links fallen, damit ich ihn ansehen konnte. Da es nicht besonders hell war, konnte ich seinen Gesichtsausdruck kaum erkennen. Chris kam auf mich zu; er hatte eine kleine Box dabei, die er neben meiner Matratze ablegte.

»Ich dachte, ich hätte mich klar ausgedrückt«, sagte er leise. Kaum eine Sekunde später ließ er sich neben mir nieder.

Ich musste den Kopf noch weiter drehen, um ihn ansehen zu können. Bei jedem Millimeter explodierte etwas in meinem Schädel, als wollte es ausbrechen.

»Du bist hier«, hauchte ich erschöpft, weil ich kaum noch die Kraft hatte zu sprechen. Meine Zunge war zu schwer, sodass ich die Worte nicht richtig formen konnte.

»Schh«, machte er, womit er mir bedeutete ruhig zu bleiben. »Sie haben dich übel zugerichtet. Du solltest dich ausruhen.«

Ich schluckte den Knoten im Hals tapfer hinunter, als ich meinen Kopf wieder zurückdrehte und glücklicherweise feststellte, dass das Pochen nicht mehr so schlimm war. Automatisch schlossen sich meine Augen.

In dem Versuch, mich wieder in den Griff zu kriegen, hörte ich, wie Chris die Box öffnete. Vermutlich legte er den Deckel ab und kramte leise darin herum.

Womit hast du das verdient?, fragte ich mich, während mein Herz das absolute Gegenteil tat, als zur Ruhe zu kommen. Es schlug aufgeregt gegen meine Rippen, wobei es auf die doppelte Größe angeschwollen war. Es behauptete, gewusst zu haben, dass er mich auf jeden Fall retten würde, doch mein Verstand versuchte dagegen anzukämpfen.

Chris war niemand, auf den man wetten durfte. Es gab keine Garantie, dass er überhaupt meinetwegen hier war, auch wenn er mich geküsst hatte.

Als ich auf einmal ein Sprühgeräusch hörte, ahnte ich, was er vorhatte. Ich brauchte nicht mal zwei Sekunden zu warten, da spürte ich schon ohne Vorwarnung etwas Kaltes und Brennendes auf meiner Wange. Er tupfte den Knochen mit Desinfektionsmittel ab; das erklärte den strengen Geruch.

Aber wieso tat er das überhaupt? Ich würde doch heilen. Früher oder später.

Eine Weile hing ich der naiven Hoffnung nach, Chris wäre nur gekommen, um mich zu holen. Ich dachte immer wieder an den Kuss.

Er sagte nichts, während er sich um mich kümmerte. Nachdem er mit meiner Wange fertig war, tupfte er meine Augenbraue ab. Ich wusste nicht genau, was er mir dorthin klebte, aber irgendetwas war es auf jeden Fall.

Auch wenn ich spürte, wie meine Unterlippe pulsierte und spannte, rührte er sie nicht an.

»Ist irgendwas gebrochen?«, fragte er stattdessen, den Blick auf den Verbandskasten gerichtet.

Ich schüttelte langsam den Kopf. »Glaube nicht«, kam es leise von mir zurück, aber sicher war ich mir nicht. Es tat zwar alles weh, aber der Schmerz war erträglich. Ich brauchte nur einen Tag und es wäre alles wieder okay.

Tatsache war, dass man mich noch nie so behandelt hatte. Die einzigen Schläge, die ich bisher abbekommen hatte, waren die meines dreijährigen Bruders. Und beim Training hatte es außer der einen Ausnahme mit Chris keine derartigen Attacken gegeben, zumal er damals auch nicht dafür gesorgt hatte, dass ich mich nicht mehr bewegen konnte.

Das hier war anders. Ich wusste nicht, wieso sie mir das angetan hatten. Vielleicht, weil wir geflohen waren, weil wir anders waren, weil sie Spaß daran hatten, andere zu verletzen.

Chris' Hände auf meinem Körper rissen mich aus den Gedanken. Als ich sie rechts und links ziemlich weit oben an meinem Oberschenkel spürte, schlug ich die Augen auf und zuckte zurück. Er beachtete es allerdings nicht, sondern drückte vorsichtig zu.

Zuerst verstand ich nicht, was er da machte – bildete mir sogar ein, er würde diese glückliche Situation ausnutzen, um mich anzufassen –, doch dann, während er langsam bis zu meinem Knie hinuntertastete, kapierte ich, was er tat. Er überprüfte, ob ich mir etwas gebrochen hatte. Wenn das stimmte, war aber alles schon verheilt.

Ich hatte mir vielleicht ein paar Rippen geprellt, als der Geländewagen in mich hineingefahren war, aber es fühlte sich nicht mehr so an.

Schweigend starrte ich an die Decke und ließ es zu, dass Chris meinen Körper abtastete. Er zögerte keine Sekunde, meinen Brustkorb zu überprüfen, ging dabei aber überraschend nachsichtig vor. Vermutlich bemerkte er, wie heftig die Ader an meinem Hals pulsierte und mein Herz irgendwie versuchte diese Situation zu rechtfertigen.

Aus Reflex hielt ich die Luft an, als er seine Hände links und rechts um meinen Brustkorb legte und wieder vorsichtig zudrückte. Bevor er sie nicht wegnehmen würde, atmete ich nicht. Weil ich das Gefühl hatte, ziemlich lange nicht zu atmen, war mir klar, dass er mich länger als nötig festhielt.

Und wieder gefiel es mir.

Chris war hier, um mir zu helfen. Ich konnte gar nicht anders, als seine Anwesenheit, seine Nähe schön zu finden.

Einen Augenblick später entfernte er sich von mir.

»Du kannst froh sein, dass du noch lebst, Prinzessin. Sie töten alle«, richtete er das Wort wieder leise an mich und nahm dabei meine ihm am nächsten liegende Hand. Die linke.

Vor Panik setzte mein Herzschlag aus. »Alle?«

»Elementsoldaten und -rekruten«, klärte er mich auf.

Selbst nach dieser Erklärung beruhigte sich mein Puls nur schwer. »Was ist mit Kay? Und Ben?«, wollte ich mit kratziger Stimme wissen und schaffte es irgendwie, meinen Kopf in seine Richtung zu drehen.

Langsam hatten sich meine Augen an die Dunkelheit gewöhnt; endlich erkannte ich Chris – aber nicht das, was ich erhofft hatte. Er sah weder besorgt noch fürsorglich aus. Genauer gesagt zeigte er überhaupt keine Emotionen, während er meine Fingerknöchel desinfizierte.

»Die leben. Keine Sorge.«

Immerhin ein kleiner Hoffnungsfunke. Aber …

»Und was machst du hier?«

»Mach dir darum keine Gedanken«, blockte er ab und weckte damit das erste Mal wirklich mein Misstrauen.

Eigentlich hätte ich schon reagieren müssen, als er in meine Zelle gekommen war, aber erst jetzt fiel mir auf, wie ruhig er wirkte. Beinahe so, als hätte er überhaupt keine Angst davor, jeden Moment erwischt zu werden.

Hatte er vielleicht die Soldaten in der Nähe getötet?

Auf einmal legte er meine Hand zurück auf die Matratze und sammelte die schmutzigen Tupfer ein. Auch das tat er in aller Ruhe.

Mein erster Impuls war, seine Uniform zu kontrollieren. Allerdings erkannte ich sofort die vier quadratisch angeordneten Sterne auf seinem Oberarm und die dunkelroten Streifen auf der Jacke und entspannte mich gleichzeitig wieder.

Aber wieso sah er dann so unverletzt aus? Wurde er nicht zusammengeschlagen?

Ich suchte nach Anzeichen, fand aber keine. Er heilte auch schneller als ich und er war stärker als ich. Seine Therapie musste schon mindestens vor einem Jahr abgeschlossen worden sein. Im Gegensatz zu ihm steckte ich diesbezüglich noch in der Entwicklungsphase eines Kleinkindes.

»Schlaf jetzt«, sagte er in bestimmtem Unterton. »Ich komme wieder, wenn es dir besser geht.«

Mein Blick flog zu ihm – doch bevor ich realisierte, was ich da tat, hatte ich den Arm gehoben und nach seinem Handgelenk gegriffen. Es war mir am nächsten, da er gerade die Box schloss.

Chris, der mir die ganze Zeit, seit er hier war, nicht ein Mal in die Augen gesehen hatte, tat es in diesem Moment nahezu ausdruckslos. Nur ein kleines Flackern in seinen Pupillen verriet, dass er auf meine Berührung reagierte. Wie, wusste ich allerdings nicht. Da er sich nicht rührte, wurde ich nervös.

Wenn er hier war, um mich zu retten, würde er weder gehen noch bei mir bleiben. Er würde mit mir verschwinden. Er würde verdammt noch mal nicht hier hocken und mich anstarren, als wäre ich diejenige von uns beiden, die ihn gerade belog.

Das tat weh. Ohne dass ich mir wirklich sicher sein konnte, erkannte ich allmählich, dass das Funkeln in seinen Augen eine Lüge war. Eine fast perfekte, so leicht zu glaubende Lüge, dass ich mir noch jämmerlicher, noch verprügelter vorkam.

Bitte bleib!, hörte ich mich, nein, mein Herz sagen, das immer noch darauf hoffte, mir das alles nur einzubilden.

Für ein paar schmerzhafte Momente sah er mir einfach nur in die Augen; so tief, dass ich davon ausging, er bemerkte meinen jämmerlichen Wunsch, von ihm gerettet zu werden. Eigentlich wartete ich nur darauf, dass er sich darüber lustig machte – aber er sagte nichts.

Er löste sich nur von meinem schwachen Griff, schob die Kiste beiseite und setzte sich an mein Kopfende. Da direkt hinter mir eine Wand war, ließ er sich dagegenfallen. Aus dem Augenwinkel beobachtete ich Chris dabei, wie er in seine Jacke griff und eine Packung Kaugummis herausholte. Die Szene war so bizarr, dass sich fast ein Schmunzeln auf meine Lippen stahl, doch die bittere Wahrheit traf mich hart.

Er wollte mich nicht retten. Aber was wollte er dann?

Nach minutenlangem Schweigen quälte ich mich hoch. Obwohl mir alles wehtat, hatte ich auf einmal das Bedürfnis, mich nicht so wehrlos zu zeigen. Ich spürte seinen Blick auf mir, doch solange ich nicht saß, ignorierte ich ihn. Gott sei Dank hatte ich sowieso nicht erwartet, dass er mir helfen würde – das tat er nämlich auch nicht, weshalb es mindestens dreimal so lange dauerte.

Der stechende Schmerz in der rechten Seite war dabei am schlimmsten. Er raubte mir fast den Atem. Vermutlich kam der vom Tritt des Soldaten oder vom Zusammenprall mit der Stoßstange des Wagens, der mich gerammt hatte. Keine Ahnung. Als ich saß, weigerte sich meine Lunge den Schmerz einfach wegzuatmen. Ich verbarg meine Qual mehr schlecht als recht, denn Chris sah mich mit hochgezogenen Augenbrauen vorwurfsvoll an.

»Hörst du eigentlich mal auf das, was man dir sagt?«, wollte er eine Spur zu genervt wissen und ließ mich keine Sekunde aus den Augen. So langsam glaubte ich aber nicht mehr daran, dass er das nur tat, um meine Schmerzen zu analysieren.

»In der Regel«, konterte ich mit zusammengebissenen Zähnen. *Wenn ich einfach nicht mehr an den Schmerz denke, wird er bestimmt verschwinden*, redete ich mir ein. Die Hoffnung darauf genügte mir.

Chris verzog die Lippen zu einem herablassenden Grinsen. »Das kann ich nicht bestätigen«, kommentierte er meine Worte.

Ich überhörte es einfach und stellte ihm die Frage, die mich große Überwindung kostete. Denn ich hatte Angst vor der Antwort. »Wieso haben sie dich zu mir gelassen?«

»Alles der Reihe nach, Prinzessin«, bremste er mich aus. »Wenn du so schnell wieder von den Toten auferstehen kannst, bist du zuerst dran.«

»Womit?«

»Mir zu erklären, was du hier machst.«

Verwirrt zog ich die Augenbrauen zusammen. »Sie haben uns gefunden.«

»Offensichtlich«, meinte er alles andere als glücklich. »Und warum?«

Bevor ich antwortete, hatte ich nicht anders gekonnt, als seinen Blick fragend zu erwidern. Ich verstand ihn nicht – er wusste doch allem Anschein nach, was passiert war. Vielleicht war er sogar selbst dabei gewesen, als sie uns mit den Autos verfolgt hatten.

Nein. Ich sollte mir so was nicht einreden.

Es war bestimmt anders, als ich glaubte. Es musste einfach.

Ich zuckte mit den Schultern, was ein großer Fehler war. Ein Stechen jagte mir die Wirbelsäule hinab.

»Ich weiß es nicht«, stieß ich um Luft ringend hervor. »Wir haben gewartet, bis es dunkel wurde, dann sind wir weiter …«

»Lektion eins«, unterbrach er mich grob und hob dabei die Hand, als würde er mich tadeln wollen. Genauso sprach er auch mit mir: wie mit einem Kind, das etwas Dummes getan hatte. »Wenn du auf der Flucht bist, bleib allein. Lektion zwei: Wenn du nicht gefunden werden willst, bleib allein. Lektion drei: Wenn du überleben willst, bleib allein. Soll ich weitermachen?«

»Nein.«

Er rollte mit den Augen; anschließend richtete er den Blick auf seine ineinander verschränkten Hände, die er auf seinen Knien abgelegt hatte. »Gut. Ist nämlich jetzt schon langweilig geworden.«

»Es war bestimmt nicht ihre Absicht, dass wir hier landen«, versuchte ich Kay und Ben zu verteidigen. Immerhin waren sie meine Freunde, auch wenn das bei der Kleinen noch etwas problematisch war – aber nichtsdestotrotz war auch sie meine Freundin. »Ich war froh, dass ich nicht mehr alleine war.«

Ein überhebliches Schnauben kam ihm über die Lippen. »Du siehst, was es dir gebracht hat. Und genau das enttäuscht mich, Malia. Ich dachte, du wärst klüger.«

12

Als er meinen Namen aussprach, bekam ich eine Gänsehaut. In manchen Momenten war die Art, wie er ihn sagte, zum Dahinschmelzen – doch wenn er ihn wie eben aussprach, so kühl, so spöttisch, wehrte sich alles in mir gegen die Gefühle, die ich für ihn hatte.

»Ich bin unklug, weil ich nicht allein sein wollte?«

Sein niederschmetternder Ausdruck in den Augen war eigentlich Antwort genug, aber Chris musste dem noch die Krone aufsetzen. »Weil du dein Leben mit dem der anderen auf eine Stufe stellst. Das macht dich zu keinem besseren Menschen, falls du das geglaubt hast – höchstens zu etwas Austauschbarem.«

Ich versuchte, nicht wütend zu werden, aber das war leichter gesagt als getan. Insbesondere, weil ich den Moment, in dem er mich geküsst hatte, noch einmal vor meinem inneren Auge ablaufen ließ.

Ich fühlte mich benutzt.

»Zu etwas Austauschbarem?«, wiederholte ich seine Worte bedächtig ruhig, schaffte es aber nicht lange, ihm in die Augen zu sehen.

»Zu nichts Besonderem«, verbesserte er sich schließlich. »Obwohl ich zugeben muss, ich dachte, du wärst besonders. Nicht so naiv, fast schwach. Anfangs hattest du echt Potenzial, aber jetzt?« Er ließ die Frage in der Luft hängen, als würde er eine Antwort von mir erwarten. »Jetzt bist du wie jede andere.«

Ich wusste ehrlich gesagt nicht, wie mein Verhalten noch erbärmlicher werden konnte. Denn ich tat so, als hätte ich keine Ahnung, was er mir damit sagen wollte, obwohl mein Herz längst brannte.

»Wovon redest du da?«, wollte ich es genau wissen.

Chris antwortete nicht; allerdings spürte ich seinen Blick wieder auf mir ruhen. Je länger er nichts sagte, desto intensiver bohrten sich seine stechenden Augen wie Nadelstiche in mein Gesicht.

Er wartete darauf, dass ich hochsah. »Wie lange hat es eigentlich gedauert, bis sogar *du* verstanden hast, dass du mir an die Wäsche willst?« Ehrlich interessiert und mit einem arroganten Zug um die Lippen legte er den Kopf schief.

»Wie bitte?« Zu mehr war ich nicht imstande. Hatte ich seine Frage gerade richtig verstanden?

»Ich sehe es in deinen Augen«, hatte er erklärt, ehe mein Körper überhaupt die Gelegenheit hatte durchzudrehen. Ich war einfach nur wie erstarrt. »Du hast keine Ahnung, wie du deine Emotionen verbirgst. Also versuch besser gar nicht dich da rauszureden. Das wäre jetzt ziemlich peinlich.«

Ich wollte aber widersprechen. Einfach weil etwas in mir sagte, ich sollte mich gegen ihn wehren, ihn anschreien, wie er so etwas behaupten konnte – aber es stimmte. Vielleicht wollte ich ihm nicht, wie er es nannte, *an die Wäsche*, aber ich konnte auch nicht leugnen, dass ich ihm gegenüber etwas empfand. Ich empfand sogar verboten viel für diesen Mann, der das nicht mal verdient hatte.

Aber wie sollte ich mir das begreiflich machen? Ich wusste nicht mal, wie man sich gegen das Verliebtsein wehrte. Wie sollte ich mich dann gegen den Schmerz wehren, der jetzt nicht mehr nur körperlicher Herkunft war?

Chris deutete mein Schweigen wohl als Zustimmung. »Weißt du, das ist genau das, was ich meine. Du bist wie jede andere«, fuhr er unbeirrt, aber überraschend frustriert fort. »Du bist berechenbar und leicht zu manipulieren. Auch du erwartest irgendwas von mir, das ich dir nicht geben kann.«

»Ich erwarte überhaupt nichts.«

»Oh, und wie du das tust«, widersprach er mir wieder spöttisch, aber wütend. »Aber vermutlich hat dir auch nie jemand gesagt, dass du dich nicht auf Typen einlassen solltest, die wissen, welche Knöpfe man drücken muss. Scheiße, ich habe dich zweimal geküsst und du siehst mich an, als wäre ich irgendein beschissener Superheld.«

Das war wie ein Schlag unter die Gürtellinie. Und warum? Weil er recht hatte, verdammt.

War es nicht genau das, was ich immer vermeiden wollte? Der Grund, weshalb ich ihn immer nur aus der Ferne betrachtet hatte? Ich wollte nie so ein Mädchen werden, das Chris gerade beschrieben hatte.

Dass ich etwas für Chris empfinden würde, was über meine

kindische Schwärmerei hinausging, war nie geplant gewesen. Ich hatte sogar versucht es nicht zu tun, aber er war einfach immer da. Egal, in welcher Situation der letzten vier Wochen, er war dort, wo ich war, tauchte plötzlich auf oder wartete längst auf mich. Und als ob das nicht genug gewesen wäre, musste er auch noch alles tun, um meine Aufmerksamkeit zu bekommen – und wofür? Um mir jetzt das Messer ins Herz zu rammen, nachdem er mich auf eine Art und Weise geküsst hatte, die nicht gelogen sein konnte?

Dachte ich zumindest.

Denn es war die bisher schlimmste Lüge in meinem Leben.

»Aber du bist kein Superheld«, stellte ich nach ein paar schweigsamen Sekunden fest und erntete dafür ein Lachen.

Es klang hämisch. »Ich bin der Idee gar nicht so abgeneigt, wenn ich ehrlich bin. Aber nein. Ich bin das komplette Gegenteil davon«, säuselte er. Als ich ihn ansah, zwinkerte er mir zu und verspottete mich offensichtlich damit. »Ich bin der Böse, der die kleinen, unschuldigen Mädchen verdirbt.«

»Haben sie dich deswegen nicht verprügelt?«

»Weil ich gemein zu kleinen, unschuldigen Mädchen bin?«, fragte er und hob vernichtend eine Augenbraue.

Ich verzog die Lippen – was mich sofort daran erinnerte, dass ich besser keine Gefühlsregung zeigen sollte. Meine Lippe verübelte es mir ebenfalls, denn sie pochte unter den neuen Schmerzen. »Weil du das Gegenteil eines Superhelden bist.«

»Sozusagen.«

»Und auch nicht eingesperrt«, fügte ich hinzu und wusste

langsam, dass ich mich gefährlichem Terrain näherte. Dabei wollte ich doch einfach nur weiter glauben, er wäre durch einen unglücklichen Zufall hier.

Chris grinste. »Du bist ja doch nicht so dumm.«

Ich musste den Blick abwenden. Sie hatten ihn nicht hier eingesperrt und sie hatten ihn auch nicht verprügelt. Das konnte nur eines bedeuten. Und ich wollte es einfach nicht wahrhaben.

Die Worte waren mir entglitten, ehe ich sie aufhalten konnte. »Aber warum?«

Wir wussten beide, dass damit nicht meine – anscheinend doch nicht vorhandene – Dummheit gemeint war.

Aus dem Augenwinkel sah ich, wie Chris die Beine anwinkelte und seine Arme locker darüberlegte.

»Willst du die Wahrheit wissen oder doch lieber eine Lüge hören? Und ich muss erwähnen, dass ich an deiner Stelle zur Lüge tendieren würde.«

»Wahrheit«, beschloss ich, ohne zu zögern.

»Dann kennst du sie längst.«

Automatisch sah ich hoch und versuchte nicht mal zu verbergen, dass er mir damit meine Ahnung bestätigte. Nur wollte ich es aus seinem Mund hören. Ich wollte mir nicht den Kopf darüber zerbrechen, was er mich glauben lassen wollte und was die Wahrheit war.

»Keine Ahnung, was du meinst«, log ich und zwang mich gleichzeitig seinem bohrenden Blick standzuhalten.

Trotz der Dunkelheit erkannte ich, wie langsam das Feuer in seinen Augen flackerte. Ausgerechnet jetzt.

»Du weißt es«, widersprach er mir mit einem verführerischen Unterton in der Stimme. »Also sprich es schon aus. Du hast nichts zu verlieren.«

Ich entschied mich für die weniger schlimme Variante. »Bist du einer von denen?«

Mein Herz begann wie wild zu rasen, als sein Grinsen noch breiter wurde. Es kribbelte in meinen Fingern, die begonnen hatten sich in die Matratze zu krallen.

»Netter Gedanke, aber ich passe«, erwiderte er amüsiert und gleichzeitig mit einem gewissen Stolz, der mir einen Schauer über den Rücken jagte. »Es ist sogar noch viel besser.«

Ich schluckte. Was gab es Besseres, als ein Teil von New Asia zu sein? Denn das war er. Irgendwie. Keine Ahnung, ob er von ihnen eingeschleust worden war oder ob er tatsächlich hier aufgewachsen war und jetzt einen Krieg herbeigeführt hatte.

Es machte mich wütend. Ich war traurig, ich war verwirrt und es fühlte sich an, als hätte man mir das Herz herausgerissen.

»Führst du sie an?«, fragte ich, obwohl ich bereits wusste, welche Antwort ich bekommen würde.

»Jackpot«, hauchte er, während das Feuer in seinen Augen zunahm. »Du hast ja keine Ahnung, wie gut sich das anfühlt.«

Ich wollte es auch nicht. »Also hast du sie hierhergeholt? Und den Krieg?«

Er zuckte mit den Schultern. »Schuldig.«

»Warum?«

Eigentlich hatte ich von Chris erwartet, dass er der Vorzeigesoldat New Americas war. Er war das Vorbild für viele; jeder wollte so sein wie er, so kämpfen wie er, sich so verhalten wie er. Sein guter Draht zum Präsidenten hatte ihm so vieles ermöglicht. Darunter zum Beispiel die vorzeitige Möglichkeit, Rekruten auszubilden.

Hatte Chris auch ihm die ganze Zeit über etwas vorgemacht?

»Weil es mir Spaß macht zuzusehen. Liegt das nicht auf der Hand?«

Ich schüttelte den Kopf und konnte trotz Schmerzen nicht sofort wieder damit aufhören. »Nein.«

»Dann kennst du mich nicht, Prinzessin«, stellte Chris vernichtend fest, was mich nur noch wütender machte.

Ich wusste auch so, dass ich ihn nicht kannte. Dazu hatte er mir nie wirklich eine Möglichkeit geboten. Er präsentierte sich schließlich immer so, wie er eben am begehrenswertesten war. Er flirtete mit den Mädchen, er gab sich selbstbewusst und charmant. Sogar wenn er eine Beleidigung hinter einem Kompliment versteckte, war er nicht automatisch jemand, den man hassen konnte.

Er war ein Arschloch, ja. Aber das wusste er, und er wusste auch, wie er damit umgehen musste.

Und das war das Gefährliche an ihm.

»Stimmt«, pflichtete ich ihm säuerlich bei. »Sonst hätte ich sicher gemerkt, wie du mich die ganze Zeit über belogen hast.«

Daraufhin wurde auch Chris' Blick düsterer. »Falls es dir noch nicht aufgefallen ist: Das tue ich ständig. Aber ich habe dich vor mir gewarnt«, erinnerte er mich unbarmherzig an sich selbst. »Wenn du nicht auf mich hören willst, hast du dir das ganz allein zuzuschreiben.«

Ja – da hatte er recht. Ich hatte es mir selbst zuzuschreiben, dass ich dachte, alles wäre nur Fassade und er eigentlich ein guter Mensch.

Denn das war er nicht.

Wie auch immer er es geschafft hatte – er hatte den Krieg in unser Land gebracht. Er war dafür verantwortlich, dass Hunderte von Menschen starben, um ihr Leben bangten oder um das ihrer Familie.

Er nahm in Kauf, dass ich verrückt vor Sorge um sie wurde. Dass ich hier war, dass ich verprügelt worden war.

Wie kann man für so jemanden auch nur den Funken eines Gefühls übrighaben? In meinen Augen sollte Chris nicht mehr der Mann sein, den ich gern gewollt hätte. Mein Verstand wusste das, aber mein Herz natürlich nicht. Es war immer noch zu geblendet, zu verletzt und erst recht zu naiv, um sich vorzustellen, Chris hätte das nur aus Spaß getan.

Niemand tat so etwas aus Spaß. Aber ich bezweifelte, dass er mir seine Ziele verraten würde.

Ich fragte mich nur, was er ihnen geboten hatte. Schließlich musste es einen Grund geben, wieso er als Elementsoldat noch nicht getötet worden war und dass er sie sogar anführte.

Vielleicht war ja auch das eine Lüge.

»Und wie soll ich dir jetzt glauben?«, fragte ich, ohne ihn anzusehen.

»Kannst du nicht. Ich hatte dir doch schon gesagt, dass das Lügen in der Natur des Menschen liegt.«

Als ob das irgendeine Rechtfertigung hierfür wäre. »Davon hast du dann wohl besonders viel abbekommen.« Ich starrte ihn wütend an.

Anstatt mir zu antworten, zwinkerte er mir bloß zu und erhob sich viel zu schnell. Dabei nahm er den Verbandskasten mit.

»Du kannst doch jetzt nicht einfach gehen.« Ich wollte es wie einen Befehl klingen lassen, aber anders als er war ich darin so ungeübt, dass es wie ein jämmerlicher Versuch klang, ihn aufzuhalten.

Ich zwang mich aufzustehen, aber sobald ich mein Bein anwinkelte, traf mich ein heftiger Schmerz in der Hüfte. Vorsichtig testete ich das andere, aber auch das wollte sich ohne Qual nicht rühren.

Chris sah auf mich herab. »Siehst du doch.«

»Und was passiert jetzt mit mir?«

»Nichts«, erwiderte er gleichgültig. »Du bleibst erst mal hier.«

Ich verstand die Welt nicht mehr. Wie konnte ich mich so in einem Menschen täuschen? Erst schickte er mich aus der Stadt, um mich anscheinend von alldem hier fernzuhalten, dann wurde ich eingefangen und erfuhr, dass Chris für den Krieg verantwortlich war und mich auch noch hierbehalten wollte?

Entweder war das der schlechteste Witz aller Zeiten oder mein Schicksal wollte mich für irgendetwas bestrafen. Ich wusste nur nicht, was ich getan haben sollte, um das zu verdienen.

»Du willst mich einsperren?« Ich konnte nichts dagegen tun, dass meine Stimme eine Oktave höher schoss.

Chris entfernte sich von mir. »Ich rette dir das Leben, Prinzessin. Vergiss das nicht.«

»Und warum?«

»Für alle Fälle«, meinte er mit einem anzüglichen Funkeln in den Augen. »Da oben gehen ziemlich viele drauf.«

In diesem Moment wäre ich gern so dumm gewesen, wie er dachte. Denn ich verstand zu genau, was er mir damit sagen wollte. Dass ich es nicht wert war, aber dann doch, falls es sonst keine Mädchen mehr gab, die er benutzen und denen er wehtun konnte.

Aber wieso versuchte ich eigentlich noch ihn zu verstehen? Er hatte gerade mehrmals bewiesen, dass ich besser aufgeben sollte, hinter seine Fassade blicken zu wollen. Es klappte nämlich nicht.

Da mich sein Geständnis, dass ich nichts weiter war als eine Garantie, sprachlos machte, konnte ich ihn nur anstarren und musste dabei zusehen, wie er meine Zelle verlassen wollte.

Erst als er die Tür erreicht hatte, schien ich es zu begreifen, und unternahm den letzten Versuch, doch noch aufzustehen.

»Warte!«, rief ich ihm lauter als beabsichtigt hinterher, wovon er sich aber nicht stören ließ. Und ich konnte nicht aufstehen. »Was ist mit meiner Familie?«, fragte ich leicht atemlos vor Schmerzen. Sie zogen sich durch den ganzen Brustkorb. »Hast du sie gesehen?«

Es dauerte eine Ewigkeit, in der er mir nicht antwortete und mich verzweifelt auf ein Ja hoffen ließ. Aber er sagte so lange nichts, bis er die Zelle verlassen und die Tür wieder verriegelt hatte, als hätte er befürchtet, ich könnte irgendwohin laufen.

Natürlich. Aber dafür musste ich mich erst mal überreden, mich einem Selbstmordkommando anzuschließen.

Ich wollte schon den Mund aufmachen, als er mich durch die Gitterstäbe hindurch ansah.

»Ja. Sie leben«, sagte Chris schließlich kühl und verschwand.

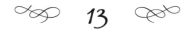

13

Hier unten war niemand. Außer mir natürlich. Ich war allein, auch nach Tagen noch. Falls es überhaupt Tage waren – ich hatte das Zeitgefühl verloren. Es könnten auch nur ein paar Stunden gewesen sein, vielleicht auch Wochen.

Mein einziger Gesprächspartner war in dieser Zeit ich selbst. Immer wenn ich eingeschlafen war und wieder aufwachte, hatte man mir etwas zu essen gebracht. Das bedeutete, dass ich niemanden zu Gesicht bekam – und Chris schon gar nicht.

Seit unserem letzten Gespräch vor einer gefühlten Ewigkeit war er nicht mehr gekommen. Warum, wusste ich nicht. Vielleicht machte es ihm Spaß, dass ich jedes Mal nach dem Aufwachen ein bisschen verrückter wurde.

Ein paar Tage lang hatte ich mir die Seele aus dem Leib gebrüllt, in der Hoffnung, es würde doch jemand kommen und wenigstens mit mir reden.

So fühlte ich mich nur einsam. Anfangs hatte ich noch Wut und Angst empfunden, doch davon war fast nichts mehr übrig geblieben. Auch das konnte ein Plan von Chris gewesen sein, damit ich ihm bei unserer nächsten Begegnung nicht mehr an die Gurgel springen würde.

Aber das wollte ich. Sehr sogar. In manchen Momenten war ich so wütend und voller Hass auf ihn, dass ich gegen die Zellentür trat, dagegenschlug und jedes Mal aufschrie, wenn meine Hand vor heftigem Schmerz pulsierte. Ich heilte immer noch nicht richtig, aber wenigstens fühlte sich mein Gesicht wieder normal an. Von den Schlägen und Tritten waren nur noch blaue Flecke zu sehen.

Mein Feuer funktionierte ebenfalls nicht wirklich. Da ich zu viel Zeit damit verbrachte, mir Sorgen um meine Familie und um Ben und Kay zu machen, lenkte ich mich manchmal mit Training ab, aber es schien, als wäre meine Flamme einfach erloschen.

Ich schob es auf meine chaotischen Gefühle. Ich war wütend, ich war verzweifelt, ich war traurig, ich war besorgt, ich war hasserfüllt, ich war voller Sehnsucht nach dem Mann, der mir das hier antat.

Und – ganz ehrlich? – der Zug, in den ich vor Tagen hätte einsteigen müssen, der, der mich weit weg von all dem Chaos, dem Herzklopfen gebracht hätte, war längst abgefahren. Jetzt steckte ich hier fest. Ausweglos.

Ich hasste Christopher dafür. Nicht nur, weil er mich hier einsperrte, sondern weil er mich dazu gebracht hatte, Gefühle für ihn zu haben. Er hätte es verhindern können, aber nach dem, was ich jetzt über ihn wusste, war auch klar, dass er es genoss, mir seelische Schmerzen zuzufügen.

Chris sagte, er würde mir hiermit das Leben retten, aber davon bekam ich nicht viel mit. Er machte es eigentlich nur noch schlimmer. Aber das konnte ich ihm ja nicht sagen – er war ja nie hier. Zumindest nie, wenn ich wach war.

Nach einigen Tagen stellte ich fest, dass das Essen immer gleich schmeckte, daher stopfte ich es nur in mich rein, weil ich irgendetwas in den Magen bekommen musste. Ich musste etwas gegen das Schwächegefühl in mir tun, allerdings schien selbst das Essen nicht zu helfen.

Aber was sollte es dann? Wenn ich doch wenigstens ein paar Antworten bekommen könnte ... aber die würde er mir ganz sicher nicht einfach so geben.

Eigentlich wunderte es mich nicht, dass ausgerechnet Chris im Alleingang das Land in den Krieg gestürzt hatte. War es nicht er gewesen, der mich vor einem Krieg gewarnt hatte?

Wenn ich doch nur wüsste, ob ich ihn dafür noch mehr verachten oder ihm sogar dankbar sein sollte. Immerhin hatte er mich aus der Stadt geschickt. Ohne meine Familie, die immer noch irgendwo auf mich wartete. Und das war sogar noch schlimmer als der Selbstvorwurf, Kay und Ben mit hineingezogen zu haben.

***

Ich wachte auf, als das Licht auf dem Flur eingeschaltet wurde. Es war vor ein paar Stunden stockfinster geworden, weshalb ich trotz unmenschlicher Rückenschmerzen irgendwann eingeschlafen war. Kurz verwirrt, wo ich war, blinzelte ich die brennende Müdigkeit aus meinen Augen und sah zur Zellentür.

Da ich keine Ahnung hatte, wie lange ich mit niemandem mehr gesprochen hatte, freute ich mich fast, dass ich wach war, als jemand kam. Das hätte mir zumindest erklärt, wieso es in meinem Bauch so verräterisch kribbelte.

Es wurde schlimmer, als er hinter den Gitterstäben meiner Zelle erschien. Mein Herz setzte einen Schlag aus.

Chris erwiderte meinen Blick zuerst ausdruckslos, als wäre er überrascht, dass ich wach war, doch als ich mich rührte und langsam aufstützte, entstand auf seinen Lippen ein dreckiges Grinsen.

Es war komisch, ihn nach so langer Zeit wiederzusehen. Ehrlich gesagt hätte ich nicht mal damit gerechnet, dass er noch mal zu mir runterkommen würde – aber hier stand er nun. Die Frage war nur, ob er vorhatte mich laufen zu lassen oder sich weiter über meine dummen Gefühle für ihn lustig zu machen. Vielleicht wollte er auch was ganz anderes. Etwas, das ich nicht wollte. Zumindest würde das sein Grinsen erklären.

Trotz allem war ich irgendwie erleichtert, dass er gekommen war. Ich wusste, dass es falsch war, so zu empfinden – vor allem, weil er mich hier eingesperrt hatte –, aber ich war einfach froh ihn zu sehen. Überhaupt irgendjemanden zu sehen, den ich kannte und mit dem ich mich unterhalten konnte.

Nach einer gefühlten Ewigkeit rührte Chris sich wieder. Er streckte den Arm nach etwas neben meiner Zelle aus.

»Du siehst aus, als könntest du mal 'ne Dusche vertragen«, begrüßte er mich fast schon fröhlich, wobei ihn das Piepen des Codeschlosses begleitete.

Natürlich gab es keine Entschuldigung von ihm. Wieso hatte ich überhaupt gehofft, er würde Reue zeigen, und dann auch noch mitten in der Nacht? Stattdessen sollte ich duschen? Ja, dass *er* auf so einen nächtlichen Gedanken kam, sollte mich eher weniger wundern. Alles an ihm war Überraschung.

»Wie lange bin ich schon hier unten?«, fragte ich ablenkend und setzte mich langsam auf.

Mein Nacken war steif, mein Rücken inzwischen so hart wie ein Brett. Ehrlich gesagt erschien mir eine Dusche gar nicht so verkehrt.

Chris schob meine Zellentür auf, blieb aber auf der Schwelle stehen. »Neun Tage.«

»Neun Tage?«, fragte ich erstaunt und dachte auf einmal krampfhaft darüber nach, ob es stimmte. Es fühlte sich für mich so an, als wäre ich schon einen ganzen Monat hier und nicht erst neun Tage. »Ja, dann brauche ich ganz sicher eine Dusche.«

»Aus diesem Grund bin ich hier, Prinzessin.«

Obwohl ich mich inzwischen von der Prügelattacke fast vollständig erholt hatte, musste ich mich an der Wand abstützen, um überhaupt aufstehen zu können. Mein Kreislauf fand das wohl nicht so gut, denn er protestierte mit einem heftigen Schwindelgefühl und einem kurzen, explosiven Pochen gegen meine Stirn.

Als ich wieder hochsah, hatte Chris sich mit der Schulter gegen den Stahlrahmen gelehnt und lächelte mich süffisant an. Ich konnte sein Gesicht nicht richtig sehen, da es in meiner Zelle dunkel, auf dem Flur aber taghell war und das Licht mich blendete.

Allerdings galt das nicht für seine Augen, worin sich das Feuer reflektierte.

Ich zögerte; vielleicht sollte ich jetzt besser nicht mit ihm mitgehen. Obwohl ... wenn er irgendetwas mit mir vorhatte, konnte er es auch hier und jetzt durchziehen. Vielleicht wollte er wirklich nur, dass ich duschte. Vielleicht wollte er nur nett sein.

Ist klar. Und Longfellow wollte in Wahrheit bestimmt Balletttänzer werden.

»Du kannst auch weiter stinken, wenn's dir gefällt«, provozierte er mich, nachdem er mein Unwohlsein bemerkt hatte.

»Nein danke«, erwiderte ich eine Spur zu angefressen und wusste sofort, dass ich auf seine Provokation eingegangen war. Für mich war das ein Eigentor, für Chris ein doppelter Sieg.

Das brennende Funkeln in seinen Augen wurde heller, amüsierter, je weiter ich mich ihm näherte. Kurz bevor wir auf einer Höhe waren, hatte ich unbewusst die Schultern gestrafft, es aber nicht über mich gebracht, ihn anzusehen. Er würde sofort erkennen, wie viel Angst ich in Wirklichkeit hatte. Und das auch noch vor ihm.

Gerade als ich an ihm vorbeitreten wollte – ich wiegte mich schon in Sicherheit –, griff er nach meinen Handgelenken und drehte sie mir auf den Rücken. Unter Protest wehrte ich mich instinktiv, erntete dafür aber bloß ein leises Lachen. Ich war zu schwach, um irgendetwas gegen ihn ausrichten zu können.

Deshalb schaffte er es mit Leichtigkeit, mich mit Kabelbindern zu fesseln.

Eigentlich sollte mir das noch mehr Angst machen, aber die Wut in mir siegte. »Was soll das denn?«, schnaubte ich.

Am liebsten hätte ich ihm dieses spöttische Grinsen von den Lippen gekratzt – doch wie?

»Wusstest du nicht, dass ich auf Fesselspiele stehe?«, provozierte er mich weiter.

Ich wollte schon den Mund aufmachen, doch Chris unterbrach mich schnell. Zu meinem Glück, denn mir fiel nicht mal eine simple Beleidigung ein, obwohl ich ihm gerne Hunderte davon an den Kopf geworfen hätte.

»Reine Sicherheitsmaßnahme«, fuhr er dann erklärend, aber immer noch grinsend fort. »Wir wollen ja nicht, dass diesem schönen Gesicht hier etwas passiert und du dich aus dem Staub machst.« Er zwinkerte mir zu.

Arschloch. Ha! Wenigstens eine Beleidigung, auch wenn ich sie nicht mal aussprach. Er konnte es aber vermutlich auch so in meinen Augen lesen, sonst würde er mich ganz bestimmt nicht so schadenfroh ansehen.

Immerhin setzte er sich bald darauf in Bewegung, griff aber nach meinem Ellbogen, damit ich ihm folgen würde. Obwohl seine Berührung unangenehm war – mein Körper drehte dabei vollkommen durch, als würde er sich darüber freuen –, war sie überraschend sanft.

Auf dem Weg zur Dusche erwischte ich mich immer wieder dabei, wie ich darüber nachdachte, mir die Fesseln abzureißen und wenigstens den Versuch zu wagen, wegzulaufen.

Leider hatte er den Kabelbinder so fest zugezogen, dass mir das Plastik bei der kleinsten Bewegung brennend in die Haut schnitt. Allein das war schon der ausschlaggebende Punkt für mich, stillzuhalten und mein Glück nicht zu sehr herauszufordern. Ich musste einfach nur geduldig sein. Irgendwann würde er mich schon hier rausholen.

Die Dusche war im Endeffekt nur ein Katzensprung von meiner Zelle entfernt. Keine Ahnung, wieso er mir dafür überhaupt Fesseln angelegt hatte – ich redete mir zumindest ein, ich wüsste es nicht, damit ich meine Angst unter Kontrolle halten konnte.

Wir blieben vor einer weißen Stahltür stehen, neben der sich ebenfalls ein Codeschloss befand. Mein Begleiter tippte schnell irgendeine Kombination ein, öffnete die Tür und schob mich in einen hellen, sauberen Raum. Eigentlich hatte ich das genaue Gegenteil erwartet; eher, dass das Badezimmer dreckig sein und muffen würde, aber hier hätte man sogar vom Boden essen können.

Ich zuckte unweigerlich zusammen, als die Tür hinter mir ins Schloss fiel. Automatisch drehte ich mich um, hoffte, dass Chris draußen geblieben war, aber er stand direkt hinter mir und wartete auf eine Reaktion. Fragend hob er die Augenbrauen; immerhin war dieses dämliche Grinsen aus seinem Gesicht verschwunden.

»Dreh dich um«, verlangte er kühl von mir, aber ich konnte dem nicht sofort nachkommen.

Mein Herz raste aus zwei verschiedenen Gründen. Der erste war, dass ich mit Chris alleine war und ich das Verlangen spürte, mich in seine Arme zu werfen. Der zweite war, dass ich mit Chris alleine war und ich Angst davor hatte, mich mehr als gedacht in ihm getäuscht zu haben. Er war ein attraktiver Mann, der keine Frau anbetteln musste, um das zu bekommen, was er wollte – außer bei mir.

Ich war nicht bereit dazu, ihm oder irgendjemand anderem körperlich näher zu kommen. So eine war ich nicht und wollte ich auch nicht werden.

Offensichtlich genervt von meiner Sturheit griff er nach meiner Schulter und drehte mich grob herum. Ich konnte nicht genau sagen, wieso ich die Augen zusammenkniff und auf einen Schubs in Richtung Dusche wartete – aber meine Panik schien im ersten Moment völlig unbegründet.

Chris befreite mich mit einem schnellen Schnitt vom Kabelbinder um meine Handgelenke.

Zuerst wollte ich mich dafür bedanken, doch ein erneuter Angstmoment schnürte mir die Kehle zu. Als er an mir vorbeiging, streifte er mich mit seinem Ellbogen. Ich konnte nicht erklären, wieso, aber jedes Mal, wenn er mich berührte, geschah etwas in mir, das sich zur gleichen Zeit richtig und falsch anfühlte.

Jetzt war es sogar noch schlimmer, weil ich wusste, dass Chris den Tod Hunderter in Kauf genommen hatte, nur um ... ich wusste nicht mal, was er vorhatte.

Aber egal, was es war, es war keine Rechtfertigung für dieses grauenhafte Chaos.

Schweigend stellte er mir über ein kleines Display neben der Dusche das Wasser ein. So viel Hightech war ich nicht mal zu Hause gewohnt. Daher war ich leicht überrascht, dass den Gefangenen so viel Luxus geboten wurde. *Überrascht* traf es wohl nicht ganz – eher misstrauisch.

Ein prüfender Blick verriet mir, dass er die Temperatur auf hundert Grad Fahrenheit einstellte. Wie großzügig von ihm, mich weder einzufrieren noch zu verbrennen.

»Zieh dich aus«, wies er mich an, aber auch dieses Mal nicht so forsch, sondern fast freundlich. Was aber noch lange nicht bedeutete, dass ich darauf reagieren konnte. Als er das bemerkte, warf er mir einen Blick über die Schulter zu. »Seife ist schon drin. Klamotten liegen da.« Mit einem eindringlichen Blick deutete er auf den kleinen Haufen zusammengelegter heller Kleidung, der auf dem Toilettendeckel lag.

Mir fiel auf, dass er mich abwartend ansah. »Du gehst nicht?«, fragte ich ihn.

Er lachte kurz auf. »Ich muss doch auf dich aufpassen«, informierte er mich gespielt fürsorglich und ließ sich gleichzeitig mit der Schulter gegen die Duschwand fallen, von der aus er mich beobachten konnte. Seine Augen funkelten mich verführerisch an. »Falls es dich stört, dass ich dich nackt sehe, mach doch einfach die Augen zu. Dann bekommst du es nicht mit.«

Ich war so wütend auf ihn, verkniff mir aber jeglichen Kommentar. Wenn er jetzt schon sagte, er würde nicht gehen, wäre jeder Versuch, ihn doch dazu zu bringen, sowieso überflüssig. Trotzdem rührte ich mich kein Stück vom Fleck und lauschte nur dem prasselnden Duschwasser, das bereits nach wenigen Minuten für etwas Nebel im Raum sorgte.

»Wir werden diesen Raum erst wieder verlassen, wenn du geduscht hast.«

Ich verzog das Gesicht – er machte sich nur noch mehr über mich lustig, indem er mit mir sprach, als wäre ich ein Kleinkind.

Vermutlich war es letztendlich noch mehr Wut auf ihn, die mich dazu trieb, seiner Aufforderung einfach nachzukommen. Wenn ich ihm eines zutraute, dann, dass er mir am Ende selbst die Klamotten auszog und mich unter die Dusche warf, wenn ihm die Warterei zu langweilig wurde.

Erst jetzt rieb ich mir vorsichtig – und vor allem nervös – die Handgelenke. »Kannst du dich wenigstens umdrehen?«

Chris legte fragend den Kopf schief, als hätte er nicht ganz verstanden, was ich gesagt hatte. Ich traute mich aber nicht, meine Worte zu wiederholen – aber nicht aus Angst, er könnte über mich herfallen. Hätte er das wirklich gewollt, hätte er es längst getan.

Nein, eher hatte ich inzwischen Angst, er würde nur nach Gründen suchen, um sich weiter über meine Naivität lustig zu machen.

Ich ließ erleichtert die Schultern sinken, als er meiner Bitte nachkam – auch wenn er es mit amüsiert verzogenen Lippen tat. Womöglich zog ich mich deshalb nicht gleich aus, sondern zögerte noch so lange, bis er ungeduldig seufzte.

Mir war klar, dass ich mich anstellte und dass Chris schon – keine Ahnung, wie viele – Mädchen nackt gesehen hatte.

Ich wollte nur keins davon werden. Erst recht, weil mich

bisher niemand nackt gesehen hatte, seit ich in die Schule gekommen war. Ich hatte das noch nie gemocht.

Mit geschlossenen Augen und tief durchatmend zog ich mir schließlich mein dreckiges Top sowie meine zerrissene Jeans aus. Erst überlegte ich, die Unterwäsche anzubehalten, aber das wäre ein gefundenes Fressen für Chris gewesen. Also wäre jetzt ein guter Moment, meine Schüchternheit gemeinsam mit meiner Kleidung abzulegen und nur ein Mal so zu tun, als hätte ich keine Angst vor ihm.

Nachdem ich die Socken ausgezogen hatte, stieg ich schnell unter die großräumige warme Dusche. Mein Herzschlag passte sich laut hämmernd dem Rhythmus des prasselnden Wassers an, das sich wie Regen auf meiner Haut anfühlte. Um so schnell wie möglich das schmutzige Gefühl loszuwerden, griff ich nach der Seife.

Ich versuchte, nicht daran zu denken, dass Chris noch hinter mir stand. Zuerst gelang es mir ganz gut, immerhin hatte ich ihm den Rücken zugedreht und er selbst gab keinen Mucks von sich. Nichtsdestotrotz beeilte ich mich – ich wollte ihm besser nicht zu viele Gelegenheiten bieten.

Dafür war es allerdings schon zu spät. Ich wusste nicht, wann er sich umgedreht hatte. Tatsache war aber, dass er es getan hatte. Ein prüfender Blick über die Schulter hatte genügt.

Wütend starrte ich auf die weißen, makellos glänzenden Fliesen und wusch mir die Seife vom Körper. Dabei spürte ich seinen intensiven Blick auf mir – fast so, als hätte er noch nie zuvor die Rückseite eines nackten Mädchens gesehen.

»Muss schwer für dich sein, oder?«, meinte er.

Meine Knie wurden plötzlich weich. Mein eigener Körper verhöhnte mich dafür, dass ich so leicht zu kontrollieren war. Chris brauchte nur diesen einen verführerischen Unterton in seine Stimme zu legen, und schon geriet mein Puls vollkommen aus dem Rhythmus.

Mir gefiel das nicht. Mir gefiel das ganz und gar nicht.

»Keine Ahnung, was du meinst!«, stieß ich mit zusammengebissenen Zähnen hervor und versuchte vergebens, das Beben in meiner Stimme zu verbergen.

Hinter mir erklang sein amüsiertes Lachen. »Komm schon, Prinzessin. Sogar ein Blinder sieht, wie prüde du bist.«

»Denkst du, das geht dich was an?« Trotz des warmen Wassers, das über meinen verspannten Rücken lief, erschauderte ich. Chris war einer der wenigen Menschen, bei denen ich es sofort registrierte, wenn sie mich beobachteten. Allerdings wusste ich nicht, ob das an ihm lag oder an dem, was auch immer da zwischen uns war.

»Ja«, war seine einsilbige Antwort, während ich nach der Shampooflasche griff. »Weil du jetzt gerade darüber nachdenkst, dass wir ganz allein in diesem Raum sind. Du bist nackt – und ich könnte es ganz schnell werden.«

»Nicht mal, wenn wir die letzten Menschen auf der Welt wären«, konterte ich schnell, obwohl ich – dank ihm – jetzt wirklich daran denken musste. Aber bestimmt nicht so, wie er es gern gewollt hätte.

»Du bist nicht die Erste, die das zu mir sagt«, informierte er mich unnötigerweise. Ich wollte überhaupt nicht wissen, wie viele Mädchen er schon gehabt hatte oder noch vorhatte zu haben. »Und damit übrigens kläglich scheitert.«

Auf einmal widerten mich meine eigenen Gedanken an. Wie hatte ich ihn überhaupt küssen können, wenn er schon so viele andere gehabt und sich ihnen gegenüber vermutlich auch so charmant verhalten hatte. Das Schlimme war, egal wie sehr ich mich dagegen wehrte, eines dieser naiven Mädchen zu werden – ich war es längst. Schon beim allerersten Kuss hatte er mir den Boden unter den Füßen weggerissen und mich in das Loch gestürzt, wo all seine Trophäen landeten.

»Glaubst du«, widersprach ich ihm schließlich doch, weil er einfach nicht aufhörte mich anzugaffen.

»Weiß ich«, verbesserte er mich arrogant – und ich hörte, wie sich ein Reißverschluss öffnete.

Ohne dass ich etwas dagegen tun konnte, drehte ich mich automatisch um und vergaß dabei vollkommen, dass Chris so auch meine Vorderseite zu sehen bekam. Aber ich kam nicht mal dazu, mir schützend die Hände vor die Brust zu halten. Innerhalb von Sekunden stand er auf einmal vor mir, hatte sich aber lediglich die Jacke ausgezogen.

Panik erfasste mich. Instinktiv wollte ich die Flucht ergreifen, stieß aber nur mit dem Rücken gegen die kalten Fliesen. Als könnten sie mich beschützen, presste ich mich gegen sie und starrte den jungen Mann mit schreckgeweiteten Augen an.

Er musste doch sehen, wie mir mein Herz bis zum Hals schlug, aber überraschenderweise beachtete er meinen nackten Körper überhaupt nicht. Fast hatte ich den Eindruck, er wäre absichtlich so nah an mich herangetreten, dass er ihn nicht mal ansehen konnte – aber wir sprachen hier von Chris.

Als er seine Hand auf meinen Mund drückte, wusste ich überhaupt nicht mehr, was ich denken sollte. »Kann sein, dass meine Klamotten von oben bis unten verkabelt sind, also halt einfach deinen süßen Mund, Malia, und hör zu, kapiert?«

14

Wie ein Roboter nickte ich steif. Chris war längst von oben bis unten durchnässt, aber anscheinend störte es ihn nicht. Sein dunkles T-Shirt klebte auf seiner Haut, doch die Tropfen perlten an seiner Hose ab, als würden sie gegen eine Glasscheibe prasseln.

»Braves Mädchen«, säuselte er und nahm daraufhin seine Hand von meinem Mund. »Also, zuerst: Sie mischen Medikamente in dein Essen. Daher liegst du seit Tagen flach. Sie blockieren die Zellerneuerung und schränken das sensorische Nervensystem ein, was bedeutet, dass du nicht heilst.«

Ich nickte, als hätte ich so was schon geahnt. »Mein Feuer?«

»Genau das Gleiche. Deswegen rührst du nichts mehr an, bis ich dir nicht gesagt habe, was du davon essen kannst.«

Ich nickte wieder nur und betete gleichzeitig, dass er mir weiterhin bloß in die Augen sehen würde.

Da der erste Schock allerdings verdaut war, spürte ich jetzt, wie meine Wangen vor Scham glühten.

»Gut«, sagte er zufrieden. »Sobald die Wirkung nachlässt, trainierst du dein Feuer weiter, verstanden? Es ist wichtig, dass du es besser beherrschst.« Chris sah mich eindringlich an, weshalb seine nächsten Worte wie eine Drohung klangen. »Du bleibst so lange hier unten, bis ich mir sicher sein kann, dass du da draußen nicht draufgehst.«

»Okay«, krächzte ich erstickt hervor. Langsam wurde mir schwindelig.

Ich sah panisch von seinem linken Auge zum rechten, weil er so nah vor mir stand, dass ich mich auf eins der beiden konzentrieren musste. Es ging aber nicht.

Genauso wie das Atmen. Es fühlte sich an, als würde etwas meinen Brustkorb zerdrücken; meine Rippen bohrten sich in meine Lunge und machten es mir fast unmöglich, Luft zu holen. Dass Chris so nah vor mir stand, dass er fast meine nackte Brust berührte, machte es noch schlimmer.

Als er völlig unvorbereitet seine Hände an meine Wangen legte und mich so dazu zwang, ihn anzusehen, erstickte ich fast an dem Schamgefühl. Dabei gab er mir nicht mal einen Grund, mich zu schämen. Etwas funkelte in seinen Augen, das ich nicht deuten konnte.

»Ist es so schlimm, hier zu sein?«, fragte er leise und sah mir dabei immer noch direkt in die Augen.

Da ich keine Worte fand, nickte ich wieder nur. Mein Herz schlug derweil immer noch so heftig in meiner Brust, dass ich glaubte, es würde einfach den Geist aufgeben und mich hängen lassen.

Das Schlimmste war: Ich wollte nicht, dass Chris wieder ging. Ich wollte genau das hier. Egal, was er tat. Egal, warum.

»Du bist hier in Sicherheit«, sagte er eindringlich und fast sogar fürsorglich. Zumindest gaukelte mir mein Gehirn das vor. »Verstehst du das nicht?«

Mein Mund öffnete sich, ohne dass ich überhaupt darüber nachdachte, was ich erwiderte. »Du hast mich eingesperrt!«, stieß ich mechanisch hervor – oder eher mein Unterbewusstsein, das noch versuchte mich vor einer Dummheit zu bewahren. »Du begaffst mich beim Duschen und draußen herrscht Krieg. Wie soll ich mich da sicher fühlen?«

»Du wirst es verstehen.«

Auch wenn seine Hände noch immer mein Gesicht festhielten, schüttelte ich den Kopf. Am liebsten hätte ich die Augen geschlossen, um seinem manipulierenden Blick zu entkommen.

Chris verstärkte seinen Griff. »Wenn du dich für die richtige Seite entscheidest, wirst du es.«

»*Richtige Seite?*«, fragte ich nach.

»Meine Seite.« Er kniff ungeduldig die Lippen zusammen.

Für einen Moment konnte ich ihn nur anstarren und hoffen, dass ich noch kontrolliert genug war, um meinen Mund zu halten. Aber irgendwo in mir befand sich ein Teil, der gern vor Wut auf Chris eingeschlagen hätte.

Dieser Teil kämpfte sich schließlich an die Oberfläche und stürzte mich noch tiefer in den Hass hinein.

»Deine Seite tötet Menschen«, stellte ich kühl fest. »Du bist dafür verantwortlich, Chris, und das ist ganz bestimmt nicht das Richtige.«

Ein kurzes belustigtes Lächeln huschte über seine Lippen. »Es sterben nur die, die zu schwach sind.«

»Darüber kannst du nicht einfach entscheiden«, erwiderte ich ihm immer noch in kühlem Ton.

»Hör mir mal zu, Prinzessin«, schnaubte er und besaß die Dreistigkeit, kurz aufzulachen. »Im Krieg passieren solche Dinge. Das müssen sie, egal wie beschissen sie sind und egal wie viel sie dabei zerstören.«

Ich wollte etwas erwidern, aber bevor ich den Mund überhaupt öffnete, hatte er seinen Daumen auf meine Lippen gelegt und es mir unmöglich gemacht, mich zu bewegen, zu atmen, irgendetwas zu tun.

Er durfte mir nicht so nah sein. Scheiße, ich wusste nicht, wie ich das abstellen sollte.

»Aber glaub mir«, fuhr er säuselnd fort. »Du bist lieber hier gefangen als da draußen. Dort bist du nichts weiter als eine beschissene Zielscheibe, auf die ein hoher Preis gesetzt ist. Ein klein wenig Dankbarkeit wäre also angebracht.«

Dankbarkeit? War das sein Ernst? Die Fassungslosigkeit darüber brachte mein Sprechvermögen zurück.

»Wie kannst du glauben, dass ich dir dankbar bin? Du bringst alle in Gefahr, du tötest ...«

Er unterbrach mich mit einem spöttischen Lachen, das mir eine Gänsehaut bereitete. Es war Angst einflößend, wie schnell er sein Gesicht wechseln und mich glauben lassen konnte, ein Fremder würde vor mir stehen.

»Jedes Ziel hat seine Verluste und mir ist es egal, wie hoch der Preis ist. Es interessiert mich nicht, ob dabei irgendwer stirbt – das interessiert niemanden.«

»Das ist nicht wahr.«

»Es ist alles nur ein Spiel, Malia«, erklärte er grinsend; seine Augen funkelten entzückt. »Und nur der, der bereit ist die meisten Opfer zu bringen, wird es gewinnen.«

***

Etwa zehn Minuten später saß ich mit neuen, sauberen Klamotten auf der dünnen Matratze meiner Zelle und sah schweigend dabei zu, wie Chris die Zellentür wieder schloss und verschwand. Noch bevor das Licht ausging, hatte ich mich mit nassen Haaren in das Kissen fallen lassen, das er mir noch geholt hatte.

Ich brauchte mehrere Anläufe, bis ich ihm dafür nicht mehr dankbar war – auch wenn ich wirklich froh war etwas zu haben, in das ich meine Hände krallen konnte.

Meine Verzweiflung wurde immer schlimmer. Nicht nur, weil ich mich in einem völligen Gefühlschaos Chris gegenüber befand, sondern auch, weil ich meine Familie vermisste. Es quälte mich, nicht zu wissen, ob sie noch lebten. Genauso wie Ben und Kay – auf meine Frage, wie es ihnen gehe, hatte Chris mir keine neuen Antworten gegeben.

Die nächsten Tage zogen an mir vorbei, obwohl ich Chris jetzt öfter sah. Wir sprachen kaum miteinander, er kam auch nicht mehr zu mir in die Zelle herein. Sobald man mir mein Essen gebracht hatte, dauerte es eine Stunde, bis er auftauchte und nur ganz kurz schweigend auf das zeigte, worin sich die Medikamente befanden.

Meistens taten sie es bloß in die Beilagen, manchmal in

mehrere Sachen, sodass kaum noch etwas Essbares für mich übrig blieb. Zugegeben, wenn er auf den Nachtisch zeigte, war ich sogar etwas traurig. Auch wenn das alles hier kein Fünf-Sterne-Menü war, schmeckte der Pudding immer noch von allem am besten.

Ich spülte das, was ich nicht essen durfte, die Toilette hinunter.

Wenn ich richtiglag, dauerte es zwei Tage, bis sich die ersten Erfolge zeigten. Ich fühlte mich wieder etwas kräftiger, nicht mehr so schlapp.

Mein Feuer funktionierte allerdings noch nicht so, wie ich es gern gehabt hätte. Das klappte am dritten Tag schon besser.

Es kostete mich zwar Stunden an Konzentration, doch schließlich schaffte ich es, wenigstens das Kribbeln in meinen Fingern so zu spüren wie beim letzten Elementtraining mit Chris. Eine Flamme konnte ich nicht erzeugen.

Als ich das nächste Mal aufwachte, war das Licht auf dem Flur wieder angeschaltet, doch zu sehen war niemand. Da aber auch kein neues Essen in meiner Zelle stand, wunderte ich mich mehr darüber, als ich wollte. Schlafen konnte ich aber trotzdem nicht mehr.

Daher setzte ich mich auf und lehnte mich gegen die Wand in meinem Rücken. Das bisschen Licht, das meine Zelle beleuchtete, warf dabei merkwürdige Schatten des Zellengitters auf den Boden. Es konnte gut sein, dass es schon wieder mitten in der Nacht war – vielleicht war es aber auch bereits Tag.

Schätzungsweise war ich jetzt zwei Wochen hier. Zwei Wochen, in denen ich zu viel nachdenken und mir zu viele Sorgen machen konnte. Wenn ich nicht an meine Eltern dachte, dachte ich an Kay und Ben. Wenn ich nicht an sie dachte, dachte ich an Jasmine und Sara – und ansonsten dominierte Chris meine Gedanken.

Egal, was ich dagegen versuchte, er schaffte es immer wieder, sich einen Weg zurück zu erkämpfen. Ihn zu hassen und mir gleichzeitig zu wünschen, er könnte sich einfach zu mir setzen und mir sagen, ich wäre sicher bei ihm, war anstrengend und frustrierend.

Ich saß ein paar Stunden einfach nur da und starrte auf die Schatten direkt vor mir. Als irgendwann Schritte erklangen, wusste ich, dass es Chris war, bevor ich ihn sah.

Mein Herz, dieses verräterische Ding, jubelte auf, als er meine Zellentür öffnete und hereinkam. Er hatte Streichhölzer dabei.

Er sagte kein Ton, als er sie mir zuwarf und mit einem Nicken bedeutete, dass ich mir eins nehmen sollte. Da ich ehrlich gesagt zu müde war, um zu protestieren, kam ich seiner Aufforderung nach und schob die Schachtel auf. Ohne viel nachzudenken, nahm ich mir ein Streichholz und zündete es mit einem Wimpernschlag an.

Dass das klappte, wusste ich. Ich wusste nur immer noch nicht so genau, wie ich es wieder ausbekam – also pustete ich, bevor zu viel des Holzstäbchens abbrennen konnte.

Chris wirkte darüber nur minimal zufrieden, aber immerhin behielt er seinen Ärger für sich. Allerdings bezweifelte ich, dass er verstand, wie schwer es war, sich das alles selbst beizubringen. Mit ihm als mein Trainer war ich eigentlich zuversichtlich gewesen, aber jetzt? Jetzt konnte ich nur hoffen nicht versehentlich das Gefängnis in Brand zu stecken. Obwohl – dann müsste ich vielleicht nicht mehr hier festsitzen und mich weiterhin mit dem Kissen anfreunden, das zu meinem einzigen Gesprächspartner geworden war.

Mehrmals hatte ich mich dabei erwischt, wie ich mich mit dem weißen Kissen unterhielt und mir Namen für das Ding ausdachte. Erbärmlich, ich wusste das. Aber ich hatte ja sonst niemanden, mit dem ich reden konnte.

Überrascht, dass Chris die Zellentür schloss, während er sich selbst noch im Inneren befand, beobachtete ich ihn dabei, wie er sich an die Wand mir gegenüber setzte.

»Und wie soll es jetzt weitergehen?«, fragte ich müde und hoffte, dass er einfach wieder gehen würde.

Aber natürlich tat er das nicht. »Das siehst du dann«, antwortete er wenig aufschlussreich und machte es sich dabei gemütlich. Er verschränkte die Arme vor der Brust und legte den Kopf so weit in den Nacken, dass er damit die Wand berührte. »Ein bisschen Geduld musst du schon noch haben.«

»Wie lange?«

»Bis ich es dir sage.« Chris schloss die Augen.

Und ich zog mein Kissen näher an mich heran, hatte aber plötzlich das Bedürfnis, mich hinzulegen.

»Verrätst du mir dann auch, warum du das hier tust?«, wollte ich von ihm wissen.

»Ist das nicht offensichtlich?«

»Nicht wirklich«, gab ich zu, wobei ich mich wieder hinlegte und wie ein Embryo zusammenrollte. Das Kissen rückte ich mir so lange zurecht, bis es perfekt lag.

Chris rührte sich nicht mehr. »Genug Zeit, um darüber nachzudenken, hast du ja.«

Allerdings. Ich hatte viel zu viel Zeit für alles. Wenn man dabei nur seinen eigenen Gedanken zuhörte, konnte das schon ziemlich verwirrend und verrückt sein. Dass ich auch noch Selbstgespräche führte, zeigte nur, wie wahnsinnig mich diese Situation machte.

Es gab Momente, da fürchtete ich mich so sehr davor, nie wieder aus dem Gefängnis zu kommen, dass ich mir am liebsten die Augen aus dem Kopf geheult hätte. Aber ich weinte kein einziges Mal, was mich schon irgendwie stolz machte.

Ich wusste aber auch, dass dieser Damm früher oder später über mir zusammenbrach.

Irgendwie wurde ich den Gedanken nicht los, dass Chris derjenige war, der mich vor einem endgültigen Zusammenbruch bewahrte. Obwohl ich wusste, dass er für meinen Kummer und meine Sorgen verantwortlich war, konnte ich nicht aufhören daran zu glauben, dass er das nicht aus einer Laune heraus tat. Er musste irgendeinen Grund haben, wieso er den Krieg herbeigeführt hatte – ich musste nur noch herausfinden, welcher das war und wieso er ihn mir nicht verraten wollte.

Eine Ewigkeit lang starrte ich ihn an, als könnte ich davon irgendwelche Antworten bekommen – doch ich stellte nur fest, was für ein schönes Bild er abgab.

Ich konnte es nicht leugnen, selbst wenn ich es gewollt hätte: Christopher war ein schöner Mensch, egal wie es in seinem Inneren aussehen mochte. Es tat weh zu wissen, dass er in der Lage war, so viel Unheil anzurichten.

Er hatte Menschen getötet, darunter bestimmt auch unzählige Unschuldige. Kinder, Babys, Alte. Er hatte Familien auseinandergerissen und tat es noch immer. Auch ich war davon betroffen.

Ob er deswegen vielleicht hier saß? Weil er ein schlechtes Gewissen hatte?

»Gibt's einen Grund, wieso du mich so anstarrst?«, wollte Chris von mir wissen, wobei er allerdings immer noch die Augen geschlossen hielt. Für einen Moment hätte ich glauben können, er wäre eingeschlafen, so entspannt wirkte er.

Ich war müde und genervt, daher scheute ich mich nicht, das zu sagen, was ich dachte. »Ich versuche nur herauszufinden, was du dir bei der ganzen Scheiße denkst.«

Er schnaubte amüsiert. »Es ist nicht gerade sexy, wenn Mädchen fluchen. Wusstest du das nicht?«

»Das ist mir gerade ziemlich egal«, murmelte ich beinahe in mein Kissen hinein. Aber dank der immer noch währenden Wut sprach ich wohl laut genug. »Wusstest *du* das nicht?«

»Oh, ich steh drauf, wenn du denkst, du könntest mich provozieren.« Er grinste überlegen und blinzelte mich kurz an.

Als sich unsere Blicke begegneten, kribbelte etwas in meinem Magen. Das mussten die bekannten Schmetterlinge sein, die in letzter Zeit viel zu häufig aufgetaucht waren. Es wäre alles so viel weniger kompliziert, wenn ich ihn einfach hätte hassen können.

Weil ich wusste, dass ich zum Thema *Antworten* eben keine

bekam, fragte ich: »Bist du gar nicht hier, damit ich duschen kann?«

Er zuckte gleichgültig mit den Schultern. »Bin heute nicht so in Stimmung, Prinzessin.«

»Dir hat niemand vorgeschrieben, dass du mich dabei beobachten sollst. Ich bin alt genug, um mich ganz allein zu waschen«, konterte ich und setzte dabei eine unschuldige Miene auf.

»Alt genug ja.« Chris sah mich mit einem schelmischen Funkeln in den Augen an, während sich seine Lippen wieder einmal zu diesem gewohnt abfälligen Grinsen verzogen. »Aber so prüde, als hättest du noch nie was mit einem Kerl gehabt.«

Mein Blick verdüsterte sich sofort. »Kannst du dich auch mit mir unterhalten, ohne gleich beleidigend zu werden?«

Anscheinend hatte er irgendetwas aus meiner eigentlich eindeutigen Frage herausgehört, denn er hatte kurz gelacht, ehe er ein Bein anwinkelte und seinen Arm lässig aufstützte.

»Du bist Jungfrau«, stellte er lachend fest. »In jeder Hinsicht, habe ich recht?«

»Das geht dich nichts an!«, fauchte ich ihn an.

Wütend krallte ich meine Hände in das Kissen und hoffte, dass er es nicht sah.

Doch das Funkeln in seinen Augen wurde nur noch offensichtlicher. »Wow«, hauchte er sarkastisch. »Unberührtes Land. Das macht dich gleich zehn Mal so interessant.«

Na ja. Wenn man es genau nahm, war ich das nicht mehr. Chris hatte es schließlich betreten. Leider. Zu meiner absoluten Dummheit.

»Und vorher war ich das nicht?« Meine Finger taten schon weh, so fest bohrte ich sie in die Federn.

»Kommt drauf an, worauf du hinauswillst.«

»Du hast mich doch geküsst«, entfuhr es mir, woraufhin ich die vertraute Hitze in meinem Gesicht spüren konnte. Falls Chris es sah, ließ er es sich nicht anmerken. »Wieso?«

»Weil ich unsterblich in dich verliebt bin«, offenbarte er mir – allerdings alles andere als ehrlich. Sogar bei solch einem Thema schreckte er nicht davor zurück zu lügen.

Und das war wie ein Schlag ins Gesicht. »Weil du mir weh tun wolltest?«

Er schüttelte schnaubend den Kopf. »Pessimismus ist eine ganz beschissene Eigenschaft, Prinzessin.«

»Dann wolltest du mich beschützen.«

»Dich beschützen?«

»Ja«, erwiderte ich fest und setzte mich schließlich wieder auf. Mein Kreislauf hing wie gewohnt etwas hinterher, weshalb es kurz und heftig in meinem Kopf pochte. »Nur deinetwegen hatte ich überhaupt fliehen können. Deinetwegen sitze ich hier und lebe noch.«

»Schön, dass du das endlich einsiehst.«

Wie ich es hasste, wenn er mir keine klaren Antworten gab. »Aber das erklärt nicht, wieso.«

»Da gibt es auch nichts zu erklären«, meinte er kühl und ich spürte sofort, wie es in meiner Zelle um zehn Grad kälter wurde. Na, immerhin schaffte ich es, ihn wütend zu machen.

»Doch«, widersprach ich ungerührt. »Eine Menge sogar. Man beschützt nur die Menschen, die einem etwas bedeuten.«

Ich wusste nicht, woher ich plötzlich den Mut hatte, so etwas zu sagen, aber offensichtlich wirkte es.

Chris verzog grimmig das Gesicht. »Du nimmst den Mund ganz schön voll, Malia, aber du wärst auch nicht die Erste, der ich das Herz brechen würde.«

»Ich habe keine Angst davor, dass du das tun könntest.« Das war eine glatte Lüge, aber sie ging mir so leicht über die Lippen, dass ich mir die Worte selbst glaubte.

»Das solltest du aber.« Er ballte die Faust, blieb jedoch sitzen. Ob auch das ein Zeichen für mich war, dass er eigentlich noch weiter mit mir reden wollte? »Und das ist schon das vierte Mal, dass ich dich warne. Langsam solltest du es besser begreifen.«

»Sonst was?«

»Endet das ziemlich beschissen für dich.«

Ich verschränkte die Arme vor der Brust und erwiderte seinen Blick ruhig. Auch ohne dass ich weiterreden musste, war mir klar, dass die Wut bei Chris eindeutig kein Schlüssel war. Er war ein Meister darin, sein wahres Gesicht zu verstecken – auch das hatte ich inzwischen gelernt. Es war vollkommen bescheuert von mir zu glauben, ich wäre diejenige, die die Maske brechen könnte. Und naiv. Gott, ich hätte niemals gedacht, dass ich wirklich so naiv war.

Plötzlich hatte ich keine Lust mehr darauf, dass Chris noch hier war. Ich wollte meine Ruhe und darüber nachdenken, was ich falsch gemacht hatte.

Eine Menge, bestrafte mich die Stimme der Vernunft, die ich besser schnell wieder zum Schweigen brachte.

Gut, also nicht nachdenken. Dann wenigstens etwas essen.

Irgendwann gab ich meine verkrampfte Haltung auf und zeigte auf das Tablett vor meiner Matratze. Heute gab es Kartoffeln und immerhin ein paar kleine Würstchen; neben dem Teller lag eine Banane. Als ich auf sie zeigte, nickte Chris nur und beschäftigte sich dann wieder damit, mich ebenso anzustarren wie ich ihn.

Dass er mich beim Essen beobachtete, machte mir inzwischen nichts mehr aus. Vielleicht passte er auch nur auf, dass ich nicht versehentlich doch etwas mit den Medikamenten aß und dadurch mein Feuer blockierte. Zur eigenen Sicherheit legte ich die Banane zur Seite. Ich mochte nämlich Bananen und war dementsprechend beleidigt, dass sie ausgerechnet darin die tägliche Dosis versteckt hatten.

Ich hatte gerade mal ein paar Kartoffeln essen können, als wir auf einmal Schritte hörten. Anders als ich schien Chris keine Bedenken zu haben, dass er hier bei mir in der Zelle saß. Während ich abrupt mit dem Essen aufhörte, saß er seelenruhig da, beobachtete aber ebenfalls die Zellentür.

Bei jedem fremden Schritt setzte mein Herz einen Schlag aus; nur weil Chris so entspannt wirkte, schaffte ich es nach einer Weile, meine Angst zu verbergen.

Es tauchten schließlich zwei Soldaten in östlicher Uniform auf. Daher vermied ich es von vornherein, den goldenen Drachen anzusehen.

Sie wirkten nicht verwundert, dass Chris in meiner Zelle saß. Einer von ihnen hob ziemlich schnell die Stimme und sprach zu Chris: »Der General will dich sprechen.«

»Was ist los?«, fragte Chris beinahe gelangweilt, machte aber noch keine Anstalten, sich zu bewegen.

»Die Truppe aus dem Krankenhaus ist zurück. Lagebesprechung.« Chris seufzte frustriert.

Ob es daran lag, dass er aufstehen musste, oder daran, dass etwas nicht nach Plan gelaufen war? – Ich konnte nur spekulieren. Dass Chris genervt war, weil er mich alleine lassen musste, bezweifelte ich aber.

Schweigend beobachtete ich ihn dabei, wie er sich erhob und den Schmutz von der schwarzen Uniform klopfte. Da ich inzwischen wusste, dass er die Befehlsmacht über New Asia hatte, wunderte es mich, dass er noch immer unsere Uniform trug.

Ob er damit den Protest symbolisieren wollte?

Aber wogegen überhaupt? Gegen die Therapien? Gegen die Regierung? Gegen das Land? Gegen die Elite?

Als Chris meine Zellentür passierte und sie wieder hinter sich schloss, suchte er meinen Blick. Ohne dass die Soldaten es sehen konnten, zwinkerte er mir verschwörerisch zu.

15

Chris tauchte die nächsten Tage nicht auf. Meine innere Uhr wollte mir weismachen, dass es vier, maximal fünf Tage waren, die er sich nicht blicken ließ. Einerseits war das gut; so hatte ich immerhin Gelegenheit, mir Gedanken zu machen und mir zu überlegen, wie ich dieses Kribbeln im Bauch loswurde. Eine Antwort fand ich allerdings nicht. Sara hätte mir bestimmt helfen können. Schließlich hatte sie nicht nur einmal Liebeskummer gehabt – aber wo war sie überhaupt? Auch wenn wir uns gestritten hatten, hoffte ich, dass es ihr gut ging.

Andererseits bereitete mir Chris' Fortbleiben mehr Probleme, als ich angenommen hatte. Als ich das erste Mal mein Essen bekam, wartete ich eine Ewigkeit darauf, dass er auftauchte und mir sagte, was ich essen solle. Zuerst befürchtete ich, sie hätten herausgefunden, dass er mir das mit den Medikamenten verraten hatte, aber ich wollte es nicht wahrhaben. Vielleicht hatte er einfach zu viel zu tun.

Also blieb mir nichts anderes übrig, als an dem Essen zu schnuppern; aber es roch alles völlig normal.

Um nicht die volle Wirkung abzubekommen, aß ich von jedem nur ein bisschen und spülte den Rest wie gewohnt die

Toilette hinunter. Jedes Mal übte ich danach ein paar Stunden an meinem Feuer und stellte fest, dass es noch funktionierte.

Am zweiten Tag bekam ich sogar eine Flamme hin, so wie damals beim Training. Das machte mich stärker, mutiger.

Nur brachte mir das alles nichts, solange ich mir Sorgen um Chris machte.

Er kam auch nach meiner dritten Essenslieferung nicht; und langsam konnte ich nicht mehr glauben, dass er zu viel um die Ohren hatte. Sonst hatte er es ja auch geschafft für ein paar Minuten zu mir zu kommen.

Oder taten sie vielleicht nichts mehr ins Essen? Ich konnte mir sonst nicht erklären, wieso mein Feuer von Tag zu Tag stärker statt wieder schwächer wurde.

Es musste der vierte Tag sein. Oder die Nacht dazu. Das Licht war wieder angegangen, wie rund eine Woche zuvor. Es riss mich unsanft aus dem Schlaf, weshalb ich mich am liebsten einfach umgedreht und es ignoriert hätte. Für eine halbe Minute funktionierte es auch, aber dann hörte ich das vertraute Piepen des Bedienfelds für das Codeschloss.

Überrascht, weil ich keine Schritte gehört hatte, wandte ich mich um und erkannte Chris.

Eine Mischung aus Erleichterung, dass er nicht erwischt worden war, und Sorge, was als Nächstes passieren würde, durchströmte mich so heftig, dass mein Herz lossprintete und mich somit aus meiner Müdigkeit beförderte.

Er sah mich nicht mal an. »Du musst jetzt duschen!«, befahl er grob und schob währenddessen die Zellentür lautstark auf.

»Jetzt?«, fragte ich entsetzt und rückte automatisch an die

Wand, als er einfach in den Raum kam und entschlossen auf mich zuging. »Wie spät ist es überhaupt?«

»Kann dir egal sein!«, zischte er auf einmal wütend hervor und packte mich grob am Oberarm. Zuerst wehrte ich mich dagegen, aber das machte Chris nur noch unbarmherziger. Seine Finger bohrten sich in meine Haut, wodurch mir fast ein Schrei entflohen wäre – aber diese Genugtuung gönnte ich ihm nicht. Mit einem »Hey!« wehrte ich mich dennoch gegen seine miese Behandlung.

»Verschwende nicht meine Zeit!«, blaffte er nur und riss mich unsanft auf die Beine.

Als ich stand, lockerte er seinen Griff keine Sekunde, sondern zog mich unter Protest auf den Korridor. Anders als beim letzten Mal verband er mir die Handgelenke nicht. Ich war auch ehrlich gesagt noch viel zu benommen, um an Weglaufen zu denken.

Aber genauso wenig wollte ich jetzt duschen gehen. Obwohl ich es nach einer Woche mal wieder dringend nötig gehabt hätte – nur nicht mitten in der Nacht. *Herrgott!*

Wir erreichten unfassbar schnell die Tür zum Badezimmer. Da das Licht schon eingeschaltet gewesen war, hatte ich kurz meine Augenlider zusammenpressen müssen, bevor es sich in meine Netzhaut brannte.

Ohne dass ich mir einen kurzen Überblick verschaffen konnte, drängte Chris sich an mir vorbei und schaltete das Wasser ein. Keine Ahnung, wie verstört ich ihn anstarren musste, als er wieder seine Jacke auszog und sich die Schuhe von den Füßen streifte.

»Zieh dich aus und geh drunter!«, verlangte er wieder in diesem Befehlston von mir. Doch selbst wenn ich nicht so erstarrt gewesen wäre ... ich schaffte es einfach nicht, mich auszuziehen.

Bevor ich reagieren konnte, hatten seine Hände meine Schultern umfasst und mich unter den prasselnden Wasserstrahl gedrückt. Erschrocken keuchte ich. Was war denn nur in ihn gefahren?

Aber der Schock hörte noch lange nicht auf.

Chris war mir gefolgt; so nah, dass er die Hälfte des Wassers abbekam und es nur wenige Sekunden brauchte, bis wir beide bis auf die Knochen durchnässt waren. Meine Haare klebten mir an den Wangen, doch ich konnte mich kaum rühren. Es fiel mir schon schwer genug zu blinzeln.

Mit vor Schreck geweiteten Augen betrachtete ich sein Gesicht, wo das Wasser in Rinnsalen hinablief. Einige Wassertropfen blieben an seinen langen, dunklen Wimpern hängen und funkelten mich genauso verlockend an wie das Feuer in seiner Iris.

Die Zeit schien stehen geblieben zu sein. Egal, was Chris vorgehabt hatte, anscheinend vergaß er es in diesem Moment – genauso wie ich vergaß, dass ich mich von ihm fernhalten wollte. Dass es das einzig Richtige war, ihn zurückzuschubsen und wegzulaufen.

Er näherte sich mir und ich konnte ihn nicht aufhalten. Ich erwischte mich sogar selbst dabei, wie ich den Atem erwartungsvoll anhielt und darauf wartete, was er tun würde. Mein rasendes Herz bestätigte mir meinen Wunsch, dass er die Worte bei unserem letzten Gespräch nicht ernst gemeint hatte. Dass ich ihm etwas bedeutete und er deswegen nicht zuließ, dass sie mich töteten.

Durch seine Nähe konnte ich nicht klar denken. Ich wollte stark sein, nicht so berechenbar, aber ich wusste nicht, wie. Beinahe alles in mir verlangte danach, Chris wegzustoßen, doch mein Herz kämpfte zu sehr dagegen an.

Das Feuer in seinen Augen brannte so hell wie lange nicht mehr. Wenn er versuchte, mich zu manipulieren, schaffte er es – ich war mir nur nicht sicher, ob er das wirklich wollte. Ich war mir nicht mal sicher, ob er sich überhaupt bewusst war, was hier passierte.

Plötzlich spürte ich seine Hände an meinen nackten Ellbogen und zuckte zusammen. Er sah es, aber es hielt ihn nicht davon ab, dass sie an meinen Armen entlang nach oben glitten. Ich konnte nicht atmen, nur beobachten, wie er mir damit einen Schauer nach dem anderen über den Rücken jagte.

Er trat einen Schritt vor. Automatisch ging ich einen zurück und stieß wieder mit den kühlen Fliesen zusammen. Da ich dieses Mal meine Kleidung anhatte, drang die Kälte nicht allzu stark an meine Haut.

Während Chris eine Hand von mir nahm und gegen die Wand drückte, um eine Art Käfig um mich herum zu bilden, fuhr er mit der anderen seinen Weg bis zu meinem Schlüsselbein fort. Er musste meinen Pulsschlag spüren.

Das Feuer in seinen Augen wurde intensiver, je länger seine Hand dort verweilte. Chris wusste ganz genau, was er tat – seine leicht verzogenen Mundwinkel verrieten ihn.

Eigentlich sollte mich das wachrütteln, aber ich war längst in dieser merkwürdigen Faszination gefangen, mit der er mich betrachtete.

Während sein Finger noch höher wanderte und über meine Halsschlagader strich, entstand ein zufriedenes Lächeln auf seinen Lippen. Sanft legte er seinen Daumen auf meine Unterlippe und sah sie an, als überlegte er mich zu küssen.

Und ich hätte nicht Nein sagen können.

Mein Herz drohte in meiner Brust zu platzen, weil er endlos lange in dieser Position verharrte und ich keine Ahnung hatte, worauf zum Teufel er wartete.

Er hob den Blick. »Du wirst noch heute Nacht fliehen, Prinzessin.«

»Was?«, wisperte ich und begriff nicht, was er da gerade gesagt hatte. Dass er überhaupt etwas gesagt hatte, schien mir noch unbegreiflicher. Ich war immer noch zu sehr auf seinen Daumen auf meiner Lippe fokussiert, dass ich nicht aufhören konnte, an unseren letzten Kuss zu denken.

Chris riss mich unsanft aus dieser Erinnerung. »Du verschwindest von hier.«

»Willst du mich verarschen?«, fragte ich entsetzt.

Er nahm seine Hand runter, ließ es sich aber nicht nehmen, mir mit seinem Gesicht so nah zu kommen, dass ich jede einzelne Wimper hätte zählen können.

»Nein.«

Meine Atmung beschleunigte sich unkontrolliert. »Dann willst du mich umbringen?«, brach es aus mir heraus.

»Was?«, fragte er verwirrt. »Nein. Hör zu!«

»Vergiss es!«, zischte ich zu laut und konnte endlich meine Arme wieder bewegen. Ich hob sie und wollte ihn wegdrücken. »Du kannst mich nicht einfach abschieben, nur weil ...«

Bestimmt griff er nach meinen Handgelenken und drückte sie fest gegen meine Brust. »Malia«, unterbrach er mich warnend, »halt den Mund und hör mir verdammt noch mal zu!«

»Lass mich!« Ich zog so heftig an meinen Armen, wie ich nur konnte, aber Chris' Griff war zu fest.

Er presste mich mit seinem Körper gegen die Fliesen und machte es mir fast unmöglich zu atmen. »Ich werde in exakt einer Stunde wiederkommen und dich befreien. Hier liegt eine Uniform, die du anziehen wirst. Ich bringe dir eine Waffe, aber vermutlich wird das nicht ausreichen. Du hast dein Feuer trainiert?«

Unfähig etwas zu erwidern, nickte ich. Chris meinte das hier wirklich ernst. Er wollte mich laufen lassen.

»Gut«, fuhr er fort, wieder deutlich ruhiger. »Ich kann dir nicht genau sagen, wo sie dich abholen, aber es werden ein paar Leute in östlicher Uniform auftauchen.«

»Was?«

»Du kannst mit ihnen gehen. Einer von ihnen heißt Theo.«

Ich atmete gegen den Druck auf meiner Brust an. »Und wer ist er?«

»Mein Ass im Ärmel«, hauchte er verheißungsvoll und grinste mich an.

Ich konnte ihn nur verständnislos ansehen. »Was?«

»Ist jetzt egal. Ich erkläre es dir dann«, winkte er ab und

nahm wieder etwas von seinem Gewicht von mir. »Weißt du, wo ich wohne?«

Ich nickte. Selbst wenn er nicht der Sohn des Captains gewesen wäre, hätte ich es gewusst. Jeder wusste es.

»Wir treffen uns dort in drei Tagen. Um fünf. Und komm allein, sonst erregst du zu viel Aufmerksamkeit.«

»Aber was soll das denn jetzt?«, meinte ich und unternahm damit einen letzten Versuch, Antworten aus ihm herauszubekommen. »Ich dachte, ich wäre hier in Sicherheit.«

Als er den Kopf schüttelte, fühlte es sich an, als hätte er mir eine Ohrfeige verpasst. »Nicht mehr lange.«

Ich schluckte. »Was ist los?«

»Malia. Jetzt nicht«, fertigte er mich schon wieder ab und verzog genervt die Lippen. »Also, wenn ich dich nachher raushole, werde ich den Alarm auslösen müssen. Sie werden nach dir suchen.«

»Dann lös ihn nicht aus.«

»Damit sie mich verdächtigen sie zu hintergehen? Wenn ich den Alarm nicht auslöse, verrate ich mich selbst. Und dann sind die nicht nur hinter dir her.«

Ich blinzelte ihn entsetzt an. »Du benutzt mich als Köder?«

»Nur vorübergehend«, bestätigte er grinsend und zuckte mit den Schultern.

Da ich nichts darauf erwidern konnte und ihn nur anstarrte, bemerkte ich zu spät, wie er den Kopf schieflegte und mir auf einmal bedrohlich nah kam.

Obwohl ich mich vor wenigen Minuten noch von ihm hätte küssen lassen, sah die Welt jetzt anders aus. Mein Herz lähmte meine Reaktionsgeschwindigkeit zwar, aber ich drehte den Kopf weg. Das brachte ihn zum Lachen.

»Einen Versuch war's wert«, meinte er frech und entfernte sich plötzlich wieder von mir.

Während ich noch dastand und mir überhaupt nicht im Klaren darüber war, dass ich tatsächlich in einer Stunde wieder ein freier Mensch wäre, zog Chris sein nasses T-Shirt aus.

Mit glühenden Wangen blickte ich zum Boden, auch wenn ich nicht mal etwas sehen konnte, da er mir den Rücken zugedreht hatte. Aber das war jetzt sowieso egal. Ich zwang mich dazu, nicht mehr hinzusehen.

»Du solltest langsam fertig werden«, war das Einzige, was er noch gesagt hatte, bevor er mich auf einmal allein ließ und die Tür hinter ihm ins Schloss fiel.

16

Innerlich zählte ich die Sekunden, bis ich endlich hier verschwinden konnte. Aktuell waren es nur noch achthundertvierzig Sekunden, exakt vierzehn Minuten. So lange würde es noch dauern, bis er wieder hier sein würde.

So lange versuchte ich, nicht daran zu denken, welche bizarren Gründe hinter seiner Handlung stecken könnten. Ich fokussierte mich allein darauf, so zu tun, als würde Chris aus Nettigkeit handeln. Aber ob ich diesen Tag wirklich jemals erleben würde, war ein ziemlich großes Mysterium.

Ich kratzte mich ständig an den Händen. Meine Knöchel waren schon ganz rot, aber ich brauchte Ablenkung. Nachdem ich die Uniform des Ostens angezogen hatte, die Chris mir für meine Flucht gegeben hatte, musste ich mich auf etwas anderes als den goldenen Drachenkopf konzentrieren.

Diese Uniform zu tragen fühlte sich falsch an. Obwohl sie vermutlich hier waren, um gegen das zu kämpfen, wogegen auch ich gern gekämpft hätte, gehörte ich nicht zu ihnen. Ich wollte es auch gar nicht.

Es gab Sekunden, in denen ich glaubte in dieser Uniform zu ersticken – so, als würde sich die Jacke immer enger um meinen Brustkorb schnüren. Ich hatte sie mir nur noch nicht vom Körper gerissen, weil sie meine Chancen erhöhte, hier unbeschadet herauszukommen.

Das Warten verschlimmerte die Nervosität nur. Denn so hatte ich viel zu viel Raum, um mir Hunderte Szenarien auszudenken, wie ich wieder ans Tageslicht käme.

Chris hatte mir bisher nicht gesagt, wie meine Flucht aussähe – nur, wie er mich in knapp einer Viertelstunde befreien würde. Es schien, als bliebe mir gar keine andere Wahl. Ich musste ihm vertrauen. Aber wollte ich das überhaupt noch, nach alldem, was er mir angetan hatte?

Ich wusste immer noch nicht, ob ich ihn hassen oder ihm dankbar sein sollte. Einerseits gab er mir das Gefühl, mich nur beschützen zu wollen, aber andererseits war ich verprügelt worden, bekam Medikamente gegen meine Fähigkeiten und wurde beim Duschen bespannt – auch wenn Letzteres nur dem Zweck gedient hatte, mich in seine Pläne einzuweihen.

Die nächsten zehn Minuten konnte ich nicht mehr sitzen. Ich lief mit einem aufgeregt hüpfenden Herzen in meiner Zelle auf und ab und hoffte, dass mich das irgendwie beruhigen würde, aber mein Körper war kaum zu kontrollieren.

Ich hatte Angst, eigentlich sogar unglaubliche Panik davor, dass die Flucht nicht funktionierte. Ich wollte Chris wirklich vertrauen und hoffen, dass er seinen Plan besser durchdacht hatte, als ich gerade glaubte, aber meine Furcht, er würde mich noch tiefer in diese Hölle reißen, war größer.

Plötzlich hörte ich schwere, schnelle Schritte und verharrte in meiner Bewegung.

Die Stunde war noch nicht um. Ich hatte noch drei Minuten. Aber vielleicht war es gar nicht Chris. Vielleicht hatten sie herausgefunden, was er vorhatte, und – nein, wieso kamen sie dann hier runter? Außerdem war es nur eine Person.

Und es war Chris.

Erleichtert trat ich näher an die Gitterstäbe, sagte aber kein Wort, als er seinen Zeigefinger auf die Lippen legte und mir bedeutete ruhig zu sein. Millionen kleine Steine der Erleichterung fielen von mir ab: Wir würden es schaffen!

Ich würde hier rauskommen und dann würde ich auch herausfinden, was er plante.

Schnell und sicher gab er den Code ein und öffnete meine Zelle. Keine Ahnung, was er nachher den anderen sagen würde – vielleicht, dass ich ihn in der Dusche überwältigen konnte. Er würde sich schon etwas einfallen lassen.

Mit weichen Knien trat ich schließlich auf den Korridor und beobachtete Chris dabei abwartend. Ich glaubte das Feuer in seinen Augen zu sehen, doch da er meinem Blick kaum standhielt, war ich mir nicht sicher.

Während ich den dunklen Korridor nach östlichen Soldaten prüfte, holte er eine Waffe hervor, die doppelt so groß war wie meine Hand. Sie war weiß und erinnerte mich eher an eine Spielzeugpistole meines Bruders als an eine mörderische Waffe. Wahrscheinlich war ich deswegen etwas entspannter, als er sie mir übergab. Überraschend leicht umfasste ich den Griff und sah sie mir genauer an. Wie auch immer sie funktionierte, eine Sicherung wie bei den üblichen Handfeuerwaffen gab es nicht.

Ein kurzes Lächeln huschte über meine Lippen, als er mir noch eine zweite Waffe hinhielt. Es konnte die Pistole sein, mit der wir vor ein paar Wochen trainiert hatten. Wie sie funktionierte, wusste ich. Nachdem ich sie genommen hatte, steckte ich sie mir in die Halterung an meiner Hüfte.

Fragend hob ich den Blick. Ich wollte wissen, wie ich hier rauskam, aber ich konnte die Worte nicht aussprechen.

Chris, der mir so intensiv in die Augen sah, dass ich eine Gänsehaut bekam, schien meine Frage zu verstehen. Mit den Lippen formte er: *Ich bringe dich raus.*

Und das genügte mir, um meine Angst zu verdrängen. Das Adrenalin erledigt hierbei aber auch hervorragende Arbeit. Es gaukelte meinen Körper vor, er wäre bereit für Flucht und Kampf.

Ich atmete tief durch und nickte Chris dann zu. Wir durften keine Zeit verlieren, also sollte er besser den Alarm auslösen. Je eher ich hier wegkam, desto schneller würde ich Antworten bekommen und könnte meine Familie suchen. Irgendwie würde ich dann auch noch Kay und Ben befreien.

Als er seine Hand hob, glaubte ich, er würde den Alarm am Tastenfeld auslösen wollen, doch als er sie unerwartet sanft an meine Wange legte, hielt ich den Atem an. Was auch immer da in seinem Blick lag, ich konnte es nicht deuten. Ich konnte mich nicht mal dagegen wehren, als er plötzlich seine Lippen auf meine Stirn legte – ich erstarrte einfach. Nur mein Herz konnte diese Geste nicht so leicht bewältigen und hämmerte so heftig gegen meine Rippen, dass ich glaubte, er könnte es rebellieren hören.

Dummes Mädchen, strafte ich mich selbst und wollte schon den Kopf zurückziehen, als er mich wieder losließ.

Mit aufeinandergepressten Lippen suchte ich seinen Blick. Ich verstand nicht, was das schon wieder sollte, wenn ich ihm doch eigentlich egal war – aber irgendwie auch nicht. Würde er das hier sonst überhaupt machen?

Chris ignorierte mich zwar, aber das machte mir nur klar, dass ich umso mehr auf Antworten bestand, sobald wir uns in seinem Haus treffen würden.

Jetzt musste ich hier weg.

Er nahm seine Hand von meiner Wange und führte sie dieses Mal wirklich an das Tastenfeld. Ich hörte ein klares, kurzes Piepen. Eine Sekunde später drang das tiefe Grollen der startenden Sirenen an meine Ohren. Sie drückten mein Herz mit aller Gewalt in den Magen.

Ich hatte nicht mal eine Sekunde, um mich in Bewegung zu setzen, da packte er mich schon an beiden Schultern, drehte mich herum und schubste mich in die Richtung, in die ich fliehen sollte. Er konnte von Glück reden, dass mich mein Gleichgewichtssinn nicht im Stich ließ und ich mich schnell wieder fing.

Während ich meine Beine ganz von allein in Bewegung setzte, ließ Chris mich los, blieb aber hinter mir. Bereits nach ein paar Metern zog es in meinen Schenkeln – dass ich das letzte Mal hatte rennen müssen, war schon zwei Wochen her. Das hatte meine Fortschritte rapide zurückgeworfen, weshalb ich jetzt das Gefühl hatte, als müsste ich noch mal von vorn angefangen.

Schneller als erwartet passierten wir die erste, sperrangelweit geöffnete Sicherheitstür und kamen bei einer Gangkreuzung an. Weil ich nicht wusste, in welche Richtung ich laufen musste, drosselte ich mein Tempo. Ich hatte Angst, einem New-Asia-Soldaten direkt in die Arme zu laufen.

Chris musste gesehen haben, wie ich langsamer wurde, denn er packte mich am Oberarm und riss mich nach rechts. Sein Griff brannte trotz dicker Uniform auf meiner Haut, beinahe so, als würde er einen glühend heißen Handabdruck hinterlassen.

Einen Augenblick lang verhedderten sich meine Füße, doch als er mich endlich wieder losließ, hatte ich mich wieder gefangen und rannte weiter.

Schwer atmend hetzte Chris mich tiefer in den spärlich beleuchteten Gang hinein. Ich spürte, wie mein Körper gegen die Erschöpfung ankämpfte, als würde er einen Motor starten und langsam beschleunigen.

Plötzlich ging das Licht über uns an. Für eine gefühlte Ewigkeit war ich blind und sah nichts weiter als schwarze Flecke vor mir, die sich nur widerwillig in ein grünes Schimmern verwandelten. Ich konnte nichts dagegen tun, dass ich langsamer wurde; auch nichts dagegen, dass Chris seine Hand in meinen Rücken drückte und mich weiter vorwärtsschob. Aus dem Augenwinkel sah ich, wie er seine andere Hand auf die Decke über uns richtete und einen Himmel aus Flammen erschuf.

Ich hatte bisher nur ein einziges Mal gesehen, dass er sein Element in meiner Gegenwart benutzte. Daher war ich einen

Moment von Chris' Stärke abgelenkt und dachte erst bei der dritten zerstörten Lampe darüber nach, wieso er das tat.

Nach der vierten offenbarte sich mir die Antwort in Form eines weißen, feuchten Nebels, der mir die Sicht erschwerte – und unseren Verfolgern. Chris hatte ein System ausgelöst, das sie aufhalten sollte.

Lange währte das Glücksgefühl nicht.

Obwohl ich mit östlichen Soldaten hätte rechnen müssen, traf mich ihr Auftauchen wie ein Schlag ins Gesicht. Es musste das Ende des Ganges sein, als direkt im Nebel ein großer, aber schmächtiger Mann vor uns erschien und uns den Weg versperrte.

Anders als Chris blieb ich stehen. Er aber lief weiter, an mir vorbei und direkt auf den Soldaten zu, der seine Waffe auf uns gerichtet hatte. Mit einem geschickten Angriff schlug er dem Feind sein eigenes Gewehr ins Gesicht – anscheinend so fest, dass dieser daraufhin die Augen verdrehte und kraftlos zusammensackte.

Erschrocken sah ich auf ihn hinunter, wurde aber gezwungen weiterzulaufen. Chris packte mich am Arm und riss mich mit sich. Als wir an dem bewusstlosen Mann vorbeiliefen, riskierte ich einen Blick auf ihn und fragte mich, ob er noch lebte.

»Malia!« Chris' Stimme befreite mich aus meiner kurzen Trance und erinnerte mich daran, dass ich weiterlaufen musste. Mein Magen fühlte sich komisch an, was ich nicht mal verdrängen konnte, als die nächsten Soldaten auftauchten. Es waren zwei, die kurz hintereinander auf uns zukamen.

Ich wünschte, ich wäre nicht so gelähmt gewesen; schließlich hatte ich eine Waffe, die ich benutzen sollte, aber ich war unfähig die Hände zu bewegen.

Immer wieder hörte ich, wie Chris auf die Gesichter der Männer einschlug, von denen uns immer mehr verfolgten. Selbst durch den Nebel erkannte er frühzeitig, aus welcher Richtung sie kamen, und hatte sie angegriffen, ehe sie einen von uns anvisieren konnten. Die Frage war nur, wie lange er das durchhalten würde.

Er hatte gerade den letzten Mann ausgeschaltet, als ich eine Sekunde später etwas Hartes am Hinterkopf spürte.

»Waffe fallen lassen!«, zischte eine hohe, feine Stimme hinter mir.

Ich konnte kaum beschreiben, was das in mir auslöste. Angst. Panik. Wut. Verzweiflung. Mein Herz sackte mir in die Knie. Nein, es fiel dreißig Meter tief, dorthin, wo es nichts zu suchen hatte.

Mit einem Zittern und panisch angehaltenem Atem kniff ich die Augen zusammen und wollte ihrer Anweisung nachkommen, doch ich brauchte zu lange.

Ein Knall, der mir einen erstickten Schrei entlockte, zerriss die Luft um mich herum wie zerspringendes Glas. Ich wartete auf den stechenden Schmerz. Ich wartete auf das Blut, das durch meine Stirn auf die Uniform tropfte. Ich wartete darauf, dass ich nicht mehr atmen konnte.

Letztes konnte ich wirklich nicht. Zumindest so lange nicht, bis ich feststellte, dass die Pistole an meinem Kopf verschwunden war.

Ein Zittern schüttelte mich abermals. Nicht nur, weil man

mich gerade fast getötet hatte, sondern auch, weil ich mich davor fürchtete mich umzudrehen. Es war schon schlimm genug gewesen, das Klicken ihrer Waffe zu hören, bevor die Soldatin leblos zu Boden sackte.

Ich wollte nicht noch mehr Tote sehen.

Mir entfloh ein Geräusch, das sich wie ein gekeuchtes, hohles Schluchzen anhörte. Das alles hier ging mir zu schnell. Ich hatte das Gefühl, die Kontrolle zu verlieren, nicht auf diese Sache vorbereitet gewesen zu sein, egal wie sehr ich von hier verschwinden wollte. Mir war nach Weinen zumute, aber meine Kehle war wie zugeschnürt.

Es fiel mir schwer, zu atmen und das Zittern zu kontrollieren. Außerdem brach ich in kalten Schweiß aus, der meinen ganzen Körper bedeckte. Das war die Panik. Verdammte Scheiße!

»Hey!« Chris war vor mir aufgetaucht. Er hatte wie immer das perfekte Pokerface aufgesetzt, als würde es ihn nicht im Geringsten interessieren, dass er gerade einen Menschen erschossen hatte.

Um dich zu retten, wollte mir eine leise Stimme klarmachen, aber ich wusste nicht, ob das irgendetwas besser machte.

»Reiß dich jetzt zusammen, verstanden?«, sagte er grob, die Augenbrauen wütend verzogen.

Ein hoher Ton erfüllte meine Ohren, weshalb Chris' Stimme nur noch halb zu mir durchdrang. Ich nahm nichts weiter wahr als die roten Spritzer an den Wänden links und rechts von mir. Das Blut dieser Soldatin. Es bildete ein groteskes Muster an der hellen Wand – gleichzeitig makaber, faszinierend und ekelerregend. Allein bei dem Gedanken daran, wie es an meinem Hinterkopf klebte und mir den Rücken hinunterrann, drehte sich mir der Magen um.

Während ich das Blut wie hypnotisiert anstarrte, schüttelte mich Chris an den Schultern.

»Malia?«, zischte er aufgebracht, da ich immer noch nicht auf ihn reagiert hatte. Auch jetzt erwiderte ich seinen Blick vollkommen benommen.

Ich zwinkerte krampfhaft, um das Bild in meinem Kopf loszuwerden. »Was ist?«

»Du musst jetzt allein weiter.« Er ließ seine Hände schnell sinken. »Ich versuche sie noch eine Weile hinzuhalten. Geh jetzt.«

»Wohin?«

Chris zog mich näher zu sich – nein, an sich vorbei und drückte mich mit dem Rücken tiefer in den Gang hinein. Weiter in die Richtung, in die wir eigentlich laufen wollten.

»Du musst noch ungefähr zehn Meter. Dann kommt eine Gabelung; du läufst links direkt auf eine Treppe zu. Mit ihr kommst du in einen anderen Gang. Wieder geradeaus, dann rechts. Noch eine Treppe. Hoch. Dann bist du im Bunker.« Er sprach so schnell, dass ich ihn kaum verstehen konnte. Wie wild sah er sich dabei um; erst jetzt suchte er meinen Blick eindringlich. »Hast du das verstanden?«

Am liebsten hätte ich den Kopf geschüttelt und losgeheult, aber Chris sah nicht so aus, als würde er mich trösten wollen. Eher hätte er mir ins Gesicht geschlagen, um mich aus meiner Benommenheit herauszukatapultieren.

Also nickte ich bloß und musste wehrlos dabei zusehen, wie er mich plötzlich mit einem kräftigen Stoß nach hinten schubste, sich umdrehte und den nächsten anlaufenden Soldaten mit einem Schlag auf den Brustkorb zu Boden presste.

»Geh!«, brüllte er noch, aber da hatte ich längst begriffen, dass ich nicht gehen, sondern verdammt noch mal um mein Leben rennen musste.

Keine Ahnung, ob sich die Luft nur so schlecht anfühlte, weil ich in Panik war und mir wünschte, das alles wäre ein dummer Albtraum. Ich konnte kaum atmen, nur keuchen und hoffen, dass mein Körper das aushielt.

Je weiter ich mich von Chris und den kämpfenden Soldaten entfernte, desto bewusster wurde mir, was da gerade passiert war. Was hier gerade passierte. Dass er mich alleine gelassen hatte und ich jetzt schon nicht mehr wusste, wo ich langmusste.

Was hatte er gesagt?

Geradeaus. Dann links. Eine Treppe hoch.

Genau.

Die Angst, die sich wie eine Zecke in meiner Kniekehle festgebissen hatte, wurde schlimmer und lähmte mich allmählich, als ich die angekündigte Gabelung erkannte. Trotz des Nebels konnte ich die Kanten der Wände sehen; links und rechts würden sich Gänge eröffnen.

Bewusst lief ich langsamer und näherte mich der Ecke so ruhig ich konnte, auch wenn mein Herz dabei so laut in meinen Ohren widerhallte, dass es die Sirenen überdeckte.

Ich wusste nicht genau, wieso, aber ich hob die Waffe an und hielt sie schussbereit.

Herrgott. Niemand will auf dem Weg in die Freiheit abgeknallt werden, deshalb ..., nörgelte eine nervige Stimme in meinem Kopf – und ich musste ihr recht geben: Ich verhielt mich jämmerlich. Ich hatte es schon einmal geschafft, aus dieser Stadt zu fliehen, also würde ich es auch ein zweites Mal schaffen.

Vorsichtig kam ich der von Chris beschriebenen Gabelung näher. Fast lauernd, leicht in die Hocke gebeugt setzte ich einen Fuß vor den anderen und konzentrierte mich darauf, die Waffe nicht fallen zu lassen.

Das Zittern wurde wieder stärker, vermutlich die Überdosis Adrenalin.

Tief Luft holen, Malia! Atmen.

Kurz die Augen schließen. Beruhigen. Augen wieder öffnen.

Ich hielt die Waffe sehr nah am Körper, sodass ich mein Ziel sicher anvisierte, aber wiederum so weit entfernt, dass ich bei einem Nahkampf sofort zuschlagen konnte.

Das hatte ich gelernt. Egal, wie sehr sich jede einzelne meiner Zellen dagegen wehrte, jemandem wehzutun, ich wusste, wie es funktionierte.

Mein Herz raste unkontrolliert weiter. Es pumpte das wie Säure brennende Adrenalin in Lichtgeschwindigkeit durch meine Adern. Mein Körper war wohl der festen Überzeugung, ich hätte davon immer noch nicht genug.

Als ich durch den Nebel plötzlich eine Person sah, drückte

ich einfach den Abzug – erst danach raste mein Puls wie noch nie zuvor und ließ mich erstarren.

Ein helles, beinahe bläuliches Licht schoss aus dem Lauf der weißen Waffe in meinen Händen und bahnte sich einen Weg durch den Nebel; direkt auf die klein wirkende, dünne Gestalt zu.

»Verfluchte Scheiße!«, beschwerte sich kurz darauf lautstark eine weibliche und verdammt angepisste Stimme. Nur weil ich sie sofort erkannte, blieb ich fassungslos stehen, während sie innerhalb von zwei Sekunden in meine Richtung sprang. Sie hatte eine ebenfalls weiße Pistole auf mich gerichtet. »Als Dankeschön sollte ich dir eigentlich auch eine Ladung verpassen, aber ich will nicht, dass du heulst.«

17

Für einen Moment glaubte ich, meine Augen würden mir einen schlechten Streich spielen, aber da Kay auch nach sekundenlangem perplexen Schweigen nicht verschwand, konnte ich es glauben.

Vor mir stand tatsächlich Karliah, wie Kay eigentlich mit vollem Vornamen hieß – zwar mit Schmutz und getrocknetem Blut im Gesicht, aber sie lebte und schien zumindest unverletzt zu sein.

»Was tust du hier?«, fragte ich atemlos und senkte die Pistole. »Wo ist Ben?«

Auch die Kleine nahm ihre Waffe runter und kam im Laufschritt auf mich zu. Am Rande bemerkte ich, dass sie ebenfalls eine Uniform mit einem goldenen Drachen auf der Brust trug.

Ich wusste sofort, wer dafür verantwortlich war. Wieso hatte Chris mich nicht eingeweiht und mir gesagt, dass er Kay ebenfalls befreien würde? Dieser Mistkerl!

»Eins nach'm anderen«, meinte sie genervt. »Ich bin aus demselben Grund hier wie du. Ben aber nicht. Er wurde bei der letzten Flucht verletzt und heilt nicht richtig.«

Ich sah, wie Kay abschätzig die Augenbrauen hob und

sich – die Haare wie immer zu einem lockeren Dutt gebunden – eine Strähne zurückstrich. Dadurch erkannte ich auch, dass sie eine frische Wunde über der Augenbraue hatte.

»Du blutest«, meinte ich unbeholfen – ich machte mir Sorgen um Ben. Während Kay und ich fliehen konnten, saß er immer noch hier fest. Aber immerhin lebte er noch. Das war doch ein gutes Zeichen, oder?

Kays Blick verdüsterte sich. »Hat halt nicht jeder so einen todesmutigen Ritter, aber wie du siehst, bin ich bisher auch ohne irgendjemanden klargekommen.«

»Hat Chris dir irgendetwas gesagt?«, wollte ich von ihr wissen, wobei ich sofort an ihrem Gesicht sah, dass sie genauso wenig wusste wie ich.

»Wow«, erwiderte sie daraufhin mit einem ungläubigen Grinsen auf den Lippen. Sie wirkte fassungslos – aber dennoch beinahe schadenfroh. »Dein Göttergatte muss dich ja richtig lieben, wenn er dir nicht mal sagt, wie wir hier rauskommen sollen, ohne durchbohrt, durchlöchert oder vielleicht sogar geköpft zu werden.«

Gut. Jetzt konnte ich es nicht mehr verhindern, genervt die Augen zu verdrehen. »Wir konnten nicht wirklich sprechen, aber er gab mir eine Wegbeschreibung.«

»Zu viel Zunge im Spiel?«, konterte sie zurück, das Gesicht leicht skeptisch verzogen. Warum beantwortete sie eigentlich alles mit einer völlig unpassenden Gegenfrage?

»Nein.« Ich schüttelte schnell den Kopf und ermahnte mich, nur die Flucht im Auge zu behalten. »Er … ist auch egal. Wir sollten weitergehen. Da lang.«

Ich zeigte nach links, Kay aber deutete mit dem Kopf nach rechts. Dorthin, wo sie mir auch hinter der Ecke aufgelauert hatte.

»Wir sollten den Weg da nehmen«, sagte sie und verzog grimmig ihre kleinen Lippen. »Wenn es dir nichts ausmacht, würde ich dieses Mal gern entscheiden, wo wir langgehen. Ich fänd's super, nicht noch mal fast zu Tode geprügelt zu werden.«

Eine Entschuldigung dafür blieb mir im Hals stecken. Nicht, weil sie nicht über meine Lippen kommen wollte – denn eigentlich hätte ich ihr gerne gesagt, dass es mir leidtat, dass wir meinetwegen eingesperrt worden waren –, sondern weil wir beide ein Geräusch hörten, das die Stille unserer Umgebung Gänsehaut erregend durchbrach.

Ich musste mich umdrehen, um nachzusehen, worum es sich bei dem fremden, aber irgendwie auch vertrauten Klicken handelte, das wie ein Echo im Zickzack den Gang hinter mir hochwanderte, als hätte jemand einen Ball abgeschossen.

Kaum fiel mir ein, woran mich das Geräusch erinnerte, erklang der Schuss. Mein Herz setzte vor Panik einen Schlag aus, während ich zur Seite sprang und der Kleinen einen eindringlichen Blick zuwarf. Sie hatte mir gegenüber – an die Wand gepresst – gestanden und mir zugenickt, bevor wir uns in Bewegung setzten.

Hinter uns, dieses Mal näher, ertönte wieder dasselbe Klicken. Kurze Zeit später wieder ein Schuss. Nur dank des leichten Nebels würde unser Angreifer sein Ziel möglicherweise verfehlen.

»Er sagte, wir sollen links abbiegen«, zischte ich ihr zu,

während ich einen Blick über die Schulter warf und hoffte, dass wir genug Vorsprung hatten. Bisher war niemand zu sehen oder zu hören.

Etwa einen Meter vor ihr rennend überließ ich Kay selbst die Entscheidung, ob sie mir folgte oder nicht. Entweder sie vertraute mir hierbei oder sie würde auf sich allein gestellt sein. Es gefiel mir nicht, sie zu einer Wahl zu zwingen, aber ich vertraute Chris. Wenn er uns schon befreite, dann wollte er bestimmt nicht, dass man uns wieder einfing – also sollten wir den Weg nehmen, den er mir befohlen hatte.

Als ich nach links abbog, hörte ich hinter mir Kays Schritte. Sie folgte mir.

Da der Nebel immer noch nicht verzogen war, mussten wir umso mehr darauf achtgeben, von niemandem überrascht zu werden. Es blieb Gott sei Dank ruhig, bis wir die Treppe erreichten, von der Chris gesprochen hatte. Von dort an gab es für mich kein Halten mehr.

Kaum hatten wir die glatte Steintreppe erreicht, die sich wie eine Spirale drei Meter in die Höhe wand, griff ich nach dem Geländer und zog mich an ihm hoch. Meine Beine bewegten sich ganz von selbst, nahmen gleich zwei Stufen auf einmal. Kay folgte dicht hinter mir.

Je näher wir der oberen Etage kamen, desto langsamer wurde ich. Ich musste sichergehen, dass niemand uns auflauerte. Vorsichtig und mit angehaltenem Atem lugte ich über den Rand und suchte nach verdächtigen Schatten.

Ich tat gerade den nächsten Schritt nach oben, als die Kleine sich plötzlich von hinten gegen mich drückte.

»Was ...?«, setzte ich an, kam aber nicht weiter.

Kay stieß mir ihre Waffe in den Rücken und schrie: »Lauf!«

Kurz darauf erklangen erneut Schüsse, die meinen Puls sowie meine Beine vorantrieben. Ich hörte, wie die Kugeln in die Wände schlugen und von der Eisentreppe abprallten.

Mit nur wenigen Schritten hatte ich die letzten Treppenstufen genommen, drehte mich zu Kay um, packte sie am Handgelenk und hievte sie fast vier Stufen hoch. Wir handelten schnell, bewegten uns schnell, feuerten schnell. Während sie sich auf unsere Verfolger konzentrierte und begann noch im Laufen auf die Soldaten hinter uns zu schießen, tat ich das, was Chris anfangs getan hatte. Zuerst versuchte ich mein Feuer auf die Lampen über uns zu werfen, aber irgendetwas machte ich falsch, sodass ich nicht mal mehr das vertraute Kribbeln spüren konnte. Kurzerhand – und weil ich keine andere Idee hatte – zielte ich mit meiner Waffe auf die Lampen, die bei jedem Schuss in einem blauen Blitz aufleuchteten und platzten, als würde man Luftballons mit einer Nadel zerstechen.

Ich brauchte nur vier oder fünf Schüsse, da drängte der weiße Nebel schon in den Gang und verschlechterte unsere Sicht. Aber das war okay. Schließlich rettete er uns gleichzeitig das Leben.

»Da vorne geradeaus!«, rief ich Kay hinter mir zu, als ich die Kreuzung erkennen konnte, die wir als Nächstes passieren würden. Danach müssten wir rechts laufen. Würden wir dann schon im Bunker landen? Ich wusste es nicht mehr genau.

Dort angekommen schien das Heulen der Sirenen wieder

lauter zu werden. Sie hämmerten uns mit solch einer Wucht entgegen, als würden wir direkt auf einen Lautsprecher zulaufen.

Wahrscheinlich erkannte ich deswegen zu spät, dass Kay und ich von allen Seiten eingekreist wurden.

Wir bemerkten es erst, als das Entsichern ihrer Pistolen das einzige Geräusch war, das die kreischenden Sirenen übertönte. Es klang, als wäre soeben unser Todesurteil ausgesprochen worden – wir warteten nur noch auf die Vollstreckung.

Mein Körper war erstarrt. Meine Haut schien wie von einer dünnen Eisschicht überzogen zu sein, die mich lähmte. Egal, wie sehr ich mir dabei wünschte, dass sie wieder abschmolz, ich konnte mich nicht bewegen. Nicht mal atmen. Bei jedem Luftzug brannte meine Lunge wie Feuer.

Feuer. Feuer. Feuer. Es musste einfach klappen. Nur dieses eine Mal!

Mein Herz, das innerhalb nur weniger Sekunden das Doppelte, wenn nicht sogar das Dreifache seiner Geschwindigkeit angenommen hatte, verkrampfte sich bei dem Gedanken, zu versagen. Hinzu kam die allgegenwärtige Angst, nicht schnell genug reagieren zu können – ich wollte aber nicht sterben.

Kay neben mir atmete stoßweise; sie wirkte angespannt, aber weitaus weniger ängstlich als ich und mindestens genauso ahnungslos.

Wie auf Kommando drehten wir uns den Rücken zu und feuerten blind in die vernebelten Gänge. Ich konnte nicht sagen, ob es etwas brachte – die Gegenschüsse wurden nicht weniger, trafen uns aber auch nicht.

Vor Hektik wusste ich nicht mehr, in welchen Gang wir hätten laufen müssen. War es der linke? Der rechte?

Noch ein, zwei Mal schoss ich in den Tunnel, der sich gegenüber von mir befand, dann ließ ich abrupt meine Waffe fallen. Im Augenwinkel erkannte ich, wie Kay sich in diesem Moment fassungslos zu mir umdrehte, den Mund öffnete, als wollte sie mir irgendeine gnadenlose Beleidigung an den Kopf werfen. Aber ich beachtete es nicht.

Ich konzentrierte mich nur auf das brennende Gefühl in meinen Fingerspitzen. Ohne viel darüber nachzudenken, ließ ich es einfach geschehen.

Die Hitze in mir nahm von Sekunde zu Sekunde zu. Auch wenn es mir fast wie eine Ewigkeit vorgekommen war, hatte ich doch nur einen einzigen Atemzug gebraucht, ehe ich die aufgestaute Energie von mir warf und in den Nebel schleuderte. Wie Gewichte fielen die Flammen von mir herab und färbten die Gänge orangerot.

Direkt vor meinen Augen explodierte die Luft, verschluckte unsere Umgebung binnen eines Wimpernschlags; der Nebel, der zuvor weiß gewesen war, wurde plötzlich dunkelgrau bis schwarz.

Es passierte so schnell, dass ich kaum begriff, was ich da anrichtete. Wozu ich überhaupt fähig war. Außerdem war ich viel zu geschockt, dass es tatsächlich funktioniert hatte.

Erst Kays plötzlicher Griff nach meiner Schulter ließ das Feuer, mit dem ich die Luft in Brand gesetzt hatte, in meinen Händen erlöschen. Die Flammen um uns herum verschwanden trotzdem nicht.

Allein die Tatsache, dass uns das Feuer nichts anhaben konnte – mir, weil ich das Feuer war, und Kay, weil sie eine Wasserrekrutin war –, gab mir den Mut, mich von Kay in einen der vier Gänge ziehen zu lassen und zu hoffen, dass es der richtige war.

Ich wartete auf den Schock, mindestens ein Dutzend Soldaten getötet zu haben – aber er kam nicht. Ich war immer noch in Alarmbereitschaft und bemerkte nichts mehr außer meinem eigenen, rasenden Herzen.

So schnell, wie ich konnte, folgte ich Kay durch den Gang. Sie lief knapp einen Meter vor mir; einige Strähnen hatten sich aus ihrem Dutt gelöst und hingen ihr im Gesicht, sobald sie sich zu mir umdrehte und nachsah, ob ich noch hinter ihr war.

Ich wurde zu keiner Sekunde langsamer. Ehrlich gesagt fühlte ich mich trotz Angst, trotz Panik sogar stärker denn je.

Anscheinend hatte Kay den richtigen Weg gewählt, denn wir erreichten eine zweite Treppe, von der Chris ebenfalls gesprochen hatte. Ohne anzuhalten, sprangen wir die Stufen nach oben und erreichten innerhalb weniger Schritte eine neue Etage. Ich erinnerte mich daran, dass der Bunker auf uns warten sollte, durch den wir nach draußen verschwinden konnten. Doch als wir mit beiden Füßen einen spärlich beleuchteten Gang hinunterblickten, zögerte ich.

Sollte der Bunker nicht nur so von östlichen Soldaten wimmeln?

Andererseits … wir trugen ihre Uniform; ihr Symbol

prangte auf unserer Brust. Es war der Schutz, den Chris uns bot. Das war genau der Grund, wieso er sie uns gegeben hatte.

Kay drehte schweigend ihr Gesicht zu mir. Ihre Wangen waren vom Laufen gerötet, ihr Dutt war inzwischen so locker, dass man ihn kaum noch als solchen erkannte.

Als könnte sie meine Gedanken lesen, schob sie sich die Ärmel ihrer Uniform am linken Handgelenk hoch und zog ein Haargummi ab. Sie überreichte es mir. Schnell banden wir uns beide die Haare zu einem strengen Dutt zusammen – eine Vorschrift für New Asias weibliche Soldaten – und wischten uns provisorisch den Schmutz aus dem Gesicht. Während Kays größtenteils von Asche und ihrem eigenen Blut befleckt war, war ich deutlich sauberer davongekommen. Allerdings konnte ich auch nicht sagen, wie viel Blut der Toten an meinem Rücken klebte.

Ich überlegte, was wir tun sollten, für den Fall, dass sie uns als keine der Ihren erkennen würden. Aber wir hatten nur unsere zwei Waffen und würden mit Sicherheit innerhalb weniger Sekunden umzingelt sein.

Doch wir hatten keine andere Wahl. Ich hatte keine andere Wahl, wenn ich meine Familie wiedersehen wollte.

Entschlossen wandten wir uns zur Bunkertür. Da es hinter beziehungsweise unter uns ruhig blieb, fühlte ich mich nicht mehr so unter Druck gesetzt. Obwohl ich mir sicher war, dass wir immer noch verfolgt wurden, beruhigte die Stille mein panisches Herz und erlaubte es mir, mich kurz von den Strapazen zu erholen.

Ich wusste, dass das gleich wieder vorbei sein würde. Genauso wie mir klar war, dass meine Schuldgefühle, Menschen getötet zu haben, mich einholen und niederdrücken würden.

Jetzt ließ ich es nicht zu. Ich atmete sie einfach weg, verbannte sie aus meinem Kopf und fokussierte mich auf die Bunkertür ein paar Meter vor uns. Die Waffen hielten wir schussbereit – für alle Fälle.

Am Ende des Ganges angekommen ging Kay wieder vor. Sie war diejenige, die die Klinke herunterdrückte und die schwer aussehende Metalltür öffnete. Sie zog sie nur leicht zu sich heran, sodass sie durch einen kleinen Spalt sehen konnte, was sich hinter der Tür verbarg. Es brannte ein helles Licht auf der anderen Seite.

Während Kay sich einen Überblick verschaffte, zwang ich meinen Körper endgültig zur Ruhe, da ich allmählich befürchtete ohnmächtig zu werden. Bisher sah es zwar nicht danach aus, aber mein Kreislauf brauchte nur einen kurzen Schlenker in die falsche Richtung zu machen, und Kay müsste mich an den Füßen über den Boden schleifend hier rausbringen.

»Was ist denn?«, flüsterte ich gepresst und trat einen Schritt näher zu Kay.

Sie verengte kurz die Augen zu Schlitzen, als hätte sie etwas entdeckt, das sie wütend machte. »Sieh selbst.«

»Wir haben keine Zeit. Was, wenn sie uns schon folgen?«, entgegnete ich ihr.

»Das werden sie nicht«, erwiderte sie zischend, aber immer noch leise. Erst dann sah sie mich mit zusammengezogenen Augenbrauen an. »Du solltest dir das ansehen.«

Ungeduldig verdrehte ich die Augen, wandte mich noch

einmal Richtung Treppe und lauschte, ob uns jemand folgte – aber die Stimme, die an mein Ohr drang, kam nicht von dort. Sie lenkte meine Aufmerksamkeit zur Tür.

Kay machte mir bereitwillig Platz, sodass ich an ihrer Stelle nach der Klinke greifen und die Tür einen winzigen Spalt aufziehen konnte.

Ich sah zwei Männer und eine Frau, wovon ich nur eine Person erkannte.

Und wer sollte es anderes sein als Christopher Collins?

Ehrlich gesagt war ich weder überrascht zu sehen, dass er unverletzt neben diesen anderen beiden stand, noch wunderte es mich, dass er immer wieder zu der Tür hinübersah, hinter der Kay und ich uns versteckten.

Wahrscheinlich dachte die Kleine, dass er uns verpfeifen würde. Gut – verstehen konnte ich sie schon ein bisschen. Chris war immerhin nicht die vertrauensvollste Person, die es auf dieser Welt gab. Falls man ihm überhaupt vertrauen konnte.

Aber in einer Hinsicht hatte er mich überzeugt: Er wollte uns tatsächlich hier rausholen.

18

Es fiel mir schwer zu verstehen, worüber sie sprachen. Obwohl ich ihre Stimmen hörte, überdeckten die Sirenen, was genau sie sagten – es kostete mich große Konzentration, den Lärm auszublenden.

»... nicht, dass sie weit gekommen sind«, sagte die Frau mit einer unverkennbaren Arroganz in der Stimme. Sie stand mit dem Rücken zu mir, sodass ich ihr Gesicht nicht erkennen konnte. Allerdings wirkte sie so, als hätte sie jeden Grund dazu, arrogant zu sein.

Sie war groß und schlank, was ihre mehr als vorhandenen weiblichen Rundungen zur Geltung brachte, und außerdem blond. Ihre langen, glatten Haare hatte sie zu einem Zopf gebunden – womit sie eigentlich gegen die Vorschriften verstieß.

Chris stand ihr mit verschränkten Armen gegenüber. »Wir müssen noch mehr runter in die Zellen schicken. Nur so haben wir eine Chance, sie wieder einzufangen.«

»Falls du's noch nicht gesehen hast, Chris, da unten wurden alle gegrillt«, informierte ihn der andere Mann, vielleicht einige Jahre älter als er, mit einem skeptischen Gesichtsausdruck. Auch er war blond, allerdings so sehr, dass seine Haare beinahe weiß wirkten, wenn sie sich im grellen Licht reflektierten. »Und ich will nicht wie ein Hähnchen am Spieß enden.«

»Sie werden es überleben«, hatte die Frau patzig erwidert, bevor sie ihre Waffe hochhob und mit einer schnellen Bewegung sicherte. »Wir sollten runtergehen und sie kaltmachen. Zuerst dieses vorlaute Miststück und dann den Rotschopf.«

Chris schüttelte mit einem grimmigen Gesichtsausdruck den Kopf. Dabei sah ich, dass er Blut an der Lippe kleben hatte. Aber wahrscheinlich handelte es sich nur noch um die Überreste einer Verletzung – so wie bei Kay.

»Wir werden sie nicht kaltmachen!«, sagte er im Befehlston, wobei er die beiden eindringlich ansah. Fast so, als duldete er keine Widerworte. »Ich will beide lebend, verstanden? Und jetzt geht!«

Weder der Mann noch die junge Frau widersprachen ihm. Er war allerdings der Erste, der Chris' Aufforderung nachkam.

Die Blonde zögerte noch einen Moment – dachte ich zumindest. Erst dann wurde mir klar, dass sie nur darauf gewartet hatte, dass der andere Kerl sich umdrehen würde. Und warum? Damit sie Chris mit ihrem Daumen fast leidenschaftlich über die Lippen fahren konnte, um das Blut wegzuwischen.

Etwas trat in mir, zog sich zusammen.

Als sie einen Schritt auf ihn zuging, um ihren Mund für den Hauch einer Sekunde auf seinen zu pressen, ließ ich die Tür los, als hätte ich ein schleimiges, widerliches Tier angefasst.

Mein Brustkorb zerquetschte meine Lunge, mein Herz gleich dazu. Ich konnte einen Moment lang nicht atmen.

Dumm. Dumm. Dumm. Am liebsten hätte ich meinen Kopf gegen die Tür geschlagen.

»Was hast du gesehen?«, frage Kay sofort neugierig, als sie meine Reaktion bemerkte.

Aber da ich keine Luft holen konnte, war ich auch nicht in der Lage zu sprechen. Ich wollte ... was wollte ich? Ich konnte es nicht sagen. Ich wusste nicht, wie man – wie ich in dieser Situation reagieren sollte. Ich war mir nicht mal sicher, was es in mir ausgelöst hatte.

Wut? Noch mehr Hass? Trauer? ... Eifersucht?

Ich wusste nicht, wie sich das anfühlte. Nur dieser dumpfe, hohle Druck von innen, als würde mir jemand gegen die Rippen trommeln, das Zittern, das sich wie eine kalte Schlange durch meine Nerven zog, wiesen mich darauf hin, dass es sich nicht richtig anfühlte, Christopher mit einer anderen zu sehen.

»Nichts«, antwortete ich Kay schnell und merkte erst dann, dass es *zu* schnell war. »Ich meine«, verbesserte ich mich, obwohl ich mir sicher war, dass sie meinen veränderten Tonfall bemerkte, »nichts wirklich Wichtiges. Nur Chris und zwei andere. Das, was du auch gesehen hast. Aber Chris, er ... er gab den Befehl, weiter im Keller zu suchen.«

»Dieser Mistkerl«, zischte Kay verärgert hinter mir – sie klang, als wünschte sie ihm den Tod. »Will er uns umbringen?!«

Ohne sie anzusehen, schüttelte ich den Kopf. »Ich denke, dass er uns den Weg frei machen will.«

»Indem er uns noch mehr Soldaten auf den Hals hetzt?«, fragte Kay in ironischem Ton.

»Er hetzt sie zu den Zellen«, korrigierte ich sie und kam nicht umhin, verwirrt den Blick zu heben. Kay wirkte viel zu aufgebracht, als dass sie in der Lage gewesen wäre zu verstehen, was hier vor sich ging. Es war ein Wunder, dass ich das tat, wo ich doch für diese Welt eindeutig nicht geschaffen war. »Somit haben wir die Chance, durch den Bunker, durch diese Tür«, ich zeigte auf die Metalltür, die uns vom Bunker abschirmte, »nach draußen zu verschwinden.«

Aber die Kleine schien mir immer noch nicht zu folgen und blieb skeptisch. »Schon mal daran gedacht, dass das alles viel zu einfach klingt?«

»Was haben wir für eine Wahl?«, erwiderte ich.

Einen Moment lang erwiderte Kay meinen Blick ruhig, obwohl sich die Wut in ihren Augen widerspiegelte. Sie atmete ein und wieder aus, legte dann den Kopf schief und meinte: »Du gehst vor. Wenn wir schon draufgehen, stirbst du gefälligst zuerst.«

Ich lugte noch einmal durch den Türspalt und stellte überrascht fest, dass der Bunker – das hohle Gewölbe, in dem er lag – wie leer gefegt war. Ohne zu zögern, öffnete ich die Tür weiter, sodass ich einen perfekten Überblick hatte und nachsehen konnte, ob sich nicht doch irgendein Soldat versteckt hatte und auf uns wartete.

Aber es blieb ruhig. Es fiel kein Schuss und niemand kam mit Kriegsgebrüll und einem Speer wie in den alten Geschichtsdokumentationen auf uns zu gerannt.

Um Kay mitzuteilen, dass die Luft rein war, winkte ich sie durch die Tür. Aus dem Augenwinkel hatte ich noch gesehen, wie sie mit schussbereiter Waffe aus der Dunkelheit gekommen war, ehe ich mich leise vorwärtsbewegte.

Ich konnte nicht leugnen, dass mein Herz vor Furcht beinahe den Rückwärtsgang einlegte. Meine Nerven waren zum Zerreißen gespannt, während ich den leeren Bunker in Windeseile durchquerte und den enger werdenden Gang auf Zehenspitzen vorwärtsschlich. Das Licht flackerte in Abständen von wenigen Sekunden, als wäre ein System ausgefallen – aber davon ließ ich mich nicht beirren.

Meine Sinne konzentrierten sich einzig und allein darauf, mich wehren zu können, sollte die Tür zum Foyer der Residenz plötzlich die schlimmste aller Vorstellungen offenbaren: Dutzende Soldaten, die mit gezückten Gewehren auf uns warteten, und Kay, die mich noch in der Hölle dafür bestrafte, dass wir tot waren.

Nein danke!

Als wir die Tür zum Foyer erreichten, kehrte das Zittern zurück, weshalb ich die Waffe kaum gerade halten konnte – was auch immer hinter der Tür auf uns wartete, ich konnte nur hoffen, dass ich die Pistole nicht benutzen musste.

Die Klinke fühlte sich kalt, aber sicher an. Für einen Moment glaubte ich durch das geschwärzte Metall hindurchzusehen und somit festzustellen, dass unser Weg frei war.

Aber natürlich war es nicht so.

Kurz nachdem wir die Tür geöffnet hatten, umzingelten uns mindestens sechs Soldaten, als hätten sie längst auf uns gewartet. Sie alle hatten einen goldenen Drachen auf der Brust.

Hinter mir erklang ein Schuss. Kay hatte auf das schwarzhaarige Mädchen geschossen, das wie vom Blitz getroffen zusammensackte. Im wahrsten Sinne des Wortes.

In einem Moment des Schocks hatten alle, selbst die Soldaten, die Gefallene angestarrt und beobachtet, wie ihr Körper zweimal, dreimal zuckte, bevor er erschlaffte.

Es war vollkommen bizarr. Als würden sie nicht verstehen, was gerade geschehen war – aber genauso wenig verstand ich, warum sie uns nicht schon längst erschossen hatten. Ihre schweren schwarzen Waffen waren nämlich nach wie vor auf uns gerichtet.

Direkt gegenüber von mir stand ein Mann: dunkelbraune Haare, grüne Augen, eine Narbe, die seine Unterlippe in zwei ungleiche Hälften teilte. Sein Gesicht wirkte kantig, fast grimmig, während er mich anstarrte, als überlegte er, wie er mich am besten zur Strecke bringen könnte.

Ein Kopfschuss? Oder lieber gleich direkt ins Herz?

»Wenn diese Waffe tödlich ist, werden wir ein ernstes Problem kriegen«, begann der Braunhaarige mit tiefer, wütender Stimme. Er kniff die Augen ein wenig zusammen.

Obwohl ich damit rechnete, dass Kay einen bissigen Kommentar abfeuerte, schwieg sie. Das sah ihr nicht ähnlich.

Ich musste dem Drang widerstehen, mich zu ihr umzudrehen und nachzusehen, ob sie noch lebte, denn damit hätte ich den jungen Mann aus den Augen gelassen.

Da niemand reagierte, fragte er nach einer Weile: »Wer von euch beiden ist Malia Lawrence?«

Wieder erntete er nur Schweigen von uns. Was sollte diese Fragerunde?

Meine Hände begannen zu schwitzen. Ich war kurz davor, den Abzug zu drücken und der ganzen Sache ein Ende zu setzen, aber ich befürchtete, danach von den übrigen vier, noch stehenden Soldaten erschossen zu werden.

Der Braunhaarige stieß ein spöttisches Schnauben aus. »Hey, Isaac«, womit er den Dunkelblonden mit den grünen misstrauischen Augen neben sich meinte, »hatte Chris nicht gesagt, wir würden sie an ihrer unschuldigen Art erkennen? Sieht hier eine so für dich aus?«

»Es ist die Rothaarige«, mischte sich ein Mädchen von rechts ein. Normalerweise hätte ich sie jetzt angesehen, doch ich rührte mich keinen Millimeter. Höchstens mein Zeigefinger, der auf dem Abzug lag. Nur weil ich ihn immer wieder anhob, konnte ich den Schuss verhindern.

Irgendetwas war komisch. Wieso vergeudeten sie so viel Zeit?

»Stimmt, jetzt, wo du's sagst. Die andere sieht viel zu kratzbürstig aus.« Ein kurzes Lachen huschte über die schmalen Lippen des Braunhaarigen. Er schien der Anführer ihrer kleinen Truppe zu sein. Doch bereits nach kurzer Zeit verdüsterte sich sein Blick wieder. »Nehmt die Waffen runter!«, befahl er uns.

»Warum sollten wir?«, gab Kay zischend als Antwort zurück.

»Weil wir nicht die Feinde sind, Winzling.«

»Oh, wie einfallsreich«, zickte sie weiterhin zurück. »Eure Uniform sagt aber was anderes.«

Ich wusste nicht ganz, warum, aber in meinem Kopf machte es plötzlich klick.

Aus diesem Grund ließ ich zum zweiten Mal an diesem Tag die Waffe sinken und erntete von Kay ein fassungsloses Schnauben.

»Bist du Theo?«, fragte ich geradewegs heraus – ich hatte sowieso nichts mehr zu verlieren.

Der Braunhaarige zögerte noch einen Moment, dann ließ auch er sein Gewehr sinken. »Glücklicherweise.«

»Dann wäre das ja geklärt«, mischte sich das Mädchen von eben wieder ein, woraufhin ich ihr einen kurzen Blick zuwarf. Ihre blonden Haare, die sie ebenfalls zu einem strengen Dutt gebunden hatte, waren von roten Strähnen durchzogen; eine Feuersoldatin also.

»Sehe ich genauso«, stimmte Theo ihr zu und warf dabei einen kurzen Blick auf die am Boden Liegende. »Wir sollten woanders reden, aber zuerst müssen wir Clarissa hier rausschaffen. Vielen Dank dafür.«

19

Es dauerte genau drei Sekunden, bis einer der Jungs – sie waren alle vielleicht ein paar Jahre älter als ich – die Gott sei Dank nur bewusstlose Clarissa hochhob und wir uns in Bewegung setzten. Anders als Kay fasste ich schnell Vertrauen zu ihnen und reihte mich hinter Theo und der Blonden mit den roten Strähnen ein.

Vielleicht war es dumm von mir, einfach mit ihnen mitzugehen, aber da ich sowieso keine andere Wahl hatte … Augen zu und durch. Die Kleine ging neben mir; ich sah, wie sie die anderen immer wieder verstohlen musterte, als befürchtete sie, auf dem Weg nach draußen doch noch überrascht zu werden.

Zugegeben, es war schon merkwürdig, wie leicht wir durch das Foyer spazieren konnten, die Waffen dabei schussbereit, als wären wir auf der Suche nach den Ausreißern; also quasi nach uns selbst. Aber ich war trotzdem erleichtert, dass es keine dramatischen Wendungen gab. Davon hatte ich diese Nacht definitiv genug.

Eine der riesigen Eingangstüren stand offen und gab mir eine kleine Warnung, was uns draußen erwartete. Mein Puls stieg unbarmherzig in die Höhe, weshalb es mir schwerfiel, mein Zittern zu verbergen. Ehe wir die Treppe erreichten, hatte ich Kay einen kurzen Blick zugeworfen und zu erkennen versucht, ob es ihr genauso gegangen war. Allerdings hatte sie entschlossen und kühl wie immer gewirkt.

Als ich mich nach vorn drehte und das erste Mal wieder die Stadt sehen konnte, aus der ich geflohen war, blieben mir die Worte im Hals stecken.

Vor meinem inneren Auge sah ich immer noch die künstlichen Blumenkübel, die fein sauber gekehrten Straßen und die Bahn, die zu jeder halben Stunde die Haltestelle anfuhr. Jetzt war davon nichts mehr übrig.

Dort, wo in meiner Erinnerung die Autos der Bodyguards geparkt waren, befand sich jetzt ein Schrottplatz, wie ich ihn noch nie gesehen hatte. Überall standen verbrannte, zerbeulte Autos mit zersplitterten Fenstern. Das Schlimme war, dass es nicht nur die Geländewagen der Regierung waren, sondern auch die Elektroautos der Bewohner Havens.

Instinktiv hielt ich nach unserem schwarzen Familienauto Ausschau – musste aber ziemlich schnell und enttäuscht feststellen, dass ich bei all den Farben, hell oder dunkel, kaum einen Unterschied erkennen konnte. Es gab kein Auto, das nicht noch halbwegs fahrtüchtig aussah. Und das schien genau ihr Ziel gewesen zu sein. Sie wollten nicht, dass jemand fliehen konnte.

Aber auch rechts von mir sah die Welt nicht besser aus. Sie war getrübt von einem die Straße überziehenden Schwarzgrau gähnender Zerstörung. Die Blumen waren weg, der Boden von Asche bedeckt, die Häuser, Geschäfte um mich herum bis auf die Grundmauern niedergebrannt.

Sofort hatte ich wieder den Geruch von Feuer in der Nase.

Isaac bemerkte meinen geschockten Blick. »Es wird alles zerstört«, sprach er mich an. »Man könnte fast glauben, sie wollen die ganze Stadt dem Erdboden gleichmachen.«

»Was passiert mit den Menschen?«, fragte ich, ohne nachzudenken, zurück und konnte nicht anders, als den jungen Mann völlig verwirrt, verzweifelt und wütend anzublinzeln.

Hier war niemand. Wenn ich nicht gewusst hätte, dass sich in der Residenz Dutzende feindlicher Soldaten aufhielten, hätte ich fast geglaubt, wir wären die letzten Überlebenden nach einem Inferno der Verwüstung, das über Haven hergezogen war.

Die Treppenstufen, die wir mit langsamen und wachsamen Schritten hinuntergingen, waren an manchen Stellen so zerstört, dass es fast so aussah, als wäre direkt hier eine Bombe explodiert. Risse, die vorher nicht da gewesen waren, zogen sich in Zickzacklinien die Stufen hoch; die Kanten sahen wie angeknabbert aus.

»Wir sind uns nicht sicher«, antwortete schließlich die Blonde von vorhin mit einem bitteren Ausdruck in den stark geschminkten Augen. Ihre rot bemalten Lippen verzog sie fast angewidert. »Kann sein, dass sie Haven ausradieren. Vielleicht den ganzen Kontinent.«

»Es ist schon eine Weile her, seit wir einen lebenden Menschen gesehen haben, der nicht zu uns gehört«, warf Theo ein. Er stand an der Spitze unserer kleinen Gruppe und suchte mit eindringlichem Blick die Gegend ab, während ich mich nur an einen Gedanken klammerte: *Was ist mit meiner Familie geschehen?*

Nur weil sie niemanden mehr gesehen hatten, musste das nicht bedeuteten, dass sie tot waren. Chris hatte selbst gesagt, sie lebten. Er würde es nicht wagen, mich anzulügen.

Bist du dir da sicher?, meldete sich meine innere Stimme wieder leise zu Wort.

Nach all dem, was ich über ihn erfahren hatte, konnte ich mir nicht mehr sicher sein. Ich konnte nur hoffen.

»Wie sieht's aus, Theo? Können wir runter?«, fragte eine neue, dritte männliche Stimme hinter Karliah und mir. Beinah hätte ich mich umgedreht, doch mein Körper war durch einen erneuten Angstschub wie erstarrt.

Der Anführer nickte. »Beeilt euch. Ridley, geh du vor.«

Schweigend gehorchte sie Theo.

Das blonde Mädchen mit den dunkelroten Strähnen ging einen Meter von der Treppe entfernt in die Hocke. Wir befanden uns in unmittelbarer Nähe eines Kanaldeckels, auf den sie es wohl abgesehen hatte.

Überrascht beobachtete ich Ridley dabei, wie sie so vorsichtig wie möglich das schwere schwarze Metall anhob, als würde es nur wenige Gramm wiegen. Sie schob den Deckel zur Seite, wobei ein schabendes Grollen erklang.

Das jung aussehende Mädchen warf Kay und mir einen argwöhnischen Blick zu; bei der Kleinen blieb sie hängen. »Du. Du siehst nicht so aus, als würdest du dir gleich in die Hosen machen. Komm her!«

»Warum?«, blaffte Kay schnippisch zurück, setzte sich aber unerwartet schnell in Bewegung und trat näher an das Loch heran.

Aus dem Augenwinkel bemerkte ich, wie die anderen immer wieder prüfend die Umgebung musterten. Ich hatte dazu ehrlich gesagt keinen Nerv mehr. Ich wollte einfach nur noch weg von hier.

»Hört auf rumzutrödeln!«, hatte Theo befehlend gezischt und mit einem grimmigen Gesicht die Diskussion der beiden unterbrochen, bevor diese überhaupt anfangen konnte.

Ohne darauf zu reagieren, schlüpfte Ridley mit beiden Beinen in das Loch und tastete nach einer Leiter oder etwas Ähnlichem, das ihr Halt bot. Kaum hatte sie etwas gefunden, verschwand sie flink in der Dunkelheit, die ein paar Sekunden später von einer flackernden Flamme erhellt wurde.

Nachdem auch Kay hinabgestiegen war, schickte Theo Isaac runter. Kaum hatte er die Hälfte der improvisierten Treppe erreicht, trat der dritte junge Mann hervor. Er hatte das bewusstlose Mädchen auf dem Arm, das er jetzt, langsam und vorsichtig, als wäre sie eine gläserne Puppe, in den Untergrund beförderte.

Es sah ein bisschen umständlich aus, wie Theo und er versuchten, sie an ihren Armen in das Loch sinken zu lassen, während Isaac ihren schlaffen Körper von unten stützen musste. Kurz überlegte ich, dass es wahrscheinlich einfacher gewesen wäre, wenn nur einer der Jungs sie getragen hätte. Doch kaum hatte ich diesen Gedankengang beendet, sprang der dritte hinterher.

Ich schluckte, als ich anschließend den Blick des Anführers auf mir spüren konnte. Bevor er allerdings etwas sagen konnte, hatte ich mir meine Waffe unter den Arm geklemmt und war in die Hocke gegangen. Genauso wie die anderen tastete ich mit den Füßen nach Einkerbungen in der Wand oder nach einer Leiter. Letzteres fand ich in etwa einem Meter Tiefe.

Ob schon wieder oder immer noch, konnte ich nicht sagen: Tatsache aber war, dass sich meine Knie nie so weich wie Wackelpudding angefühlt hatten wie in diesem Moment und ich unendlich froh war, noch genug Kraft zum Festhalten zu haben. Ich hatte nämlich nicht vor herauszufinden, wie lange der freie Fall dauerte, würde ich abrutschen.

Ein winziges Glücksgefühl durchströmte mich, als ich wieder festen Boden unter den Füßen spürte. Ich war am Ende angekommen.

Und es begrüßte mich mit einer widerlichen, stinkenden Pfütze.

Hier unten herrschte ein bestialischer Geruch nach abgestandenem Abwasser, Müll, toten Tieren und noch Hunderten anderer Dinge, die ich nicht genau identifizieren wollte. Dass in Ridleys schwachem Feuer Schatten tanzten, die wie Ratten aussahen, war schon Grund genug, so schnell wie möglich von hier zu verschwinden.

Ich musste ein Würgen unterdrücken. Bisher hatte ich in meinem ganzen Leben nichts Vergleichbares gerochen oder gesehen. Selbst das, was mein Bruder manchmal ausspuckte, war appetitlicher als diese Kanalisation.

Der Ekel musste mir wohl ins Gesicht geschrieben stehen, denn als Isaac meinen Blick auffing, schmunzelte er amüsiert. »Man gewöhnt sich dran.«

»Bezweifle ich«, erwiderte ich gepresst und hoffte inständig, dass wir nicht hier bleiben würden. Aus Angst, ich würde genau diese Antwort erhalten, traute ich mich nicht mal die dazugehörige Frage zu stellen. Stattdessen hielt ich mir meinen Unterarm vor die Nase; aber selbst die Uniform konnte den ätzenden Gestank nicht lange zurückhalten.

Ridley, die mit alldem kaum Probleme zu haben schien, seufzte ungeduldig. »Atmet einfach durch den Mund.«

Als das letzte Mädchen – wie die Bewusstlose schwarzhaarig – mit schulterlangen Haaren und Namen Lucy neben uns landete, sah ich nach oben. Theo schloss gerade den Kanaldeckel und ließ sich die letzten drei Meter einfach fallen. Um nichts von dem stinkenden Wasser aus der Pfütze abzubekommen, drehte ich mich gerade noch rechtzeitig zur Seite.

Ein angespanntes und trotzdem erleichtertes Schweigen brachte mich dazu, Theos Blick zu suchen. Ich wollte fragen, wohin wir gehen würden, aber er sah mich und Kay plötzlich mit einer Ernsthaftigkeit an, die mir eine Gänsehaut bereitete. Ich mochte es nicht, wie er seine schmalen Lippen zusammenpresste, als würde ihm irgendetwas überhaupt nicht passen. Da lag der Gedanke sehr nahe, dass es ausgerechnet Karliah und ich waren.

Mit unruhigem Puls wartete ich darauf, dass er uns eine Standpauke halten würde; vielleicht eine Warnung aussprach, wie wir uns zu verhalten hätten – oder im schlimmsten Fall ein Geständnis, dass sie uns nur hier runtergelockt hätten, um uns umzubringen.

Doch es kam kein einziger Ton über seine Lippen. Stattdessen drehte er sich einfach um und bedeutete uns mit einem kurzen Wink ihm zu folgen. Ridley setzte sofort hinterher und spendete uns weiterhin Licht.

Eine Weile überlegte ich, ob ich ihr helfen und ebenfalls den tropfenden Tunnel beleuchten sollte, aber ich entschied mich aus mehreren Gründen dagegen. Zuerst wollte ich nicht, dass ich versehentlich eine Explosion wie in der Residenz auslöste; dann musste ich nicht zwingend das sehen, was allein beim Geruch einen Würgereiz in mir auslöste.

Wir gingen eine Weile. Wie lange oder wie weit, konnte ich nicht genau sagen. Es fühlte sich so an, als kämen wir nie bei unserem Ziel an, da sich nichts veränderte. Die ganze Zeit über war es gleich dunkel und gleich stinkig, und egal um welche Ecke oder Kurve wir gingen, es schien keine Besserung in Sicht zu sein.

Deshalb kam sie umso unerwarteter, als Theo vor einer Wand stehen blieb, in der genau die gleichen Stufen wie bei unserem Abstieg eingemauert waren.

Ridley ging wieder vor, dann Isaac, dann Logan, dann Clarissa, dann ich. Da es dieses Mal aufwärtsging, fand ich schneller festen Halt und zog mich an den Eisenstangen hoch. Isaac half mir die letzte Stufe hinauf und offenbarte mir somit einen Anblick, den ich mir niemals zu träumen gewagt hätte.

Mein Herz blieb stehen.

Ich konnte mich überhaupt nicht entscheiden, wohin ich

zuerst schauen sollte. Denn egal wo, überall saßen Grüppchen von Soldaten, Rekruten, andere Menschen – darunter unzählige Kinder und ein paar Alte –, die sich um mehrere Feuerstellen versammelt hatten und uns mit neugierigen Blicken beäugten.

Waren es fünfzig? Sechzig? Mehr? Oder weniger?

Es war mucksmäuschenstill, weshalb dieser Moment intensiver auf mich wirkte, als ich es eigentlich zulassen wollte.

Wieder keimte die Hoffnung in mir auf, meine Familie unter all diesen Gesichtern zu erkennen, doch Theos Stimme unterbrach mich schnell dabei.

»Willkommen in der Stadt unter der Stadt!«, verkündete er beinahe in einem feierlichen Ton hinter mir, doch ich konnte seine Freude nicht teilen.

Ich erkannte niemanden wieder.

20

»Wo sind wir hier?«, fragte ich in die angespannte Stille hinein, ohne dass ich Theo ansah. Ich war viel zu fixiert auf die Menschen, die mich immer noch anstarrten, als wäre ich ein Alien, das in ihr Territorium eingedrungen war.

Der Anführer trat einen Schritt vor und legte auf einmal seinen Arm um meine Schultern.

»Genau genommen«, begann er mit einem stolzen Lächeln, das man sofort aus seiner Stimme heraushörte, »befinden wir uns in den ehemaligen Maschinenräumen der alten U-Bahn.«

»U-Bahn?«, fragte Kay hinter mir skeptisch und trat ebenfalls näher heran. Allerdings wirkte sie nicht gerade zufrieden; und ich war es irgendwie auch nicht.

Ich hatte wenigstens gehofft irgendein bekanntes Gesicht wiederzuerkennen – aber Chris hatte uns in einen Haufen Fremder geworfen. Fremde, denen wir blind vertrauen mussten, weil sie die Einzigen waren, die uns in dieser Situation wenigstens einen gewissen Schutz bieten konnten.

Das beinhaltete aber nicht Theos schweren Arm auf meinen Schultern. Er nickte. »Eigentlich hieß es mal Untergrundbahn, kurz U-Bahn. Nachdem sie abgeschaltet worden sind, hat man hier unten quasi alles stehen und liegen lassen.«

»Und wir sind hier sicher?«, wollte ich wissen, woraufhin ich endlich den Blick von den kleinen, kreuz und quer verteilten Grüppchen losreißen konnte.

Theo hatte ein bisschen Dreck im Gesicht, was im Licht der vielen Feuerstätten erst richtig deutlich wurde. Wenn ich so schmutzig gewesen wäre, hätte ich bestimmt wie ein Kleinkind ausgesehen, das zu viel im Matsch gespielt hat, aber er strahlte immer noch eine ungewöhnliche Autorität aus, die mich irgendwie an Chris erinnerte.

Ich fühlte mich unter seinem intensiven Blick fast sogar eingeschüchtert, obwohl er gerade ziemlich freundlich schien. »Es gibt hier unten nur vier Regeln«, antwortete er ausweichend auf meine Frage; in seine dunkelbraunen Augen trat ein merkwürdiges Glitzern. »Erstens, wir halten uns von den Wracks der alten Bahnen fern. Zweitens, hier geht niemand auf Alleingang. Drittens, wir machen unsere Arbeit ohne Widerworte. Viertens, wir verschwenden keine Munition.«

Da er mich immer noch so eindringlich ansah, nickte ich mechanisch. Wenn ich es vermeiden konnte, würde ich gern erst mal für ein paar Tage keine Waffe in den Händen halten. Ich musste nach wie vor mit dem Bild von der Soldatin kämpfen, die Chris hinter mir erschossen hatte. Dass ihr Blut immer noch an mir klebte, weckte den Wunsch nach einer Dusche.

Aber ob es hier unten überhaupt eine gab?

»Wenn ihr diese Regeln einhaltet, ist das im Moment der sicherste Ort, den ihr finden könnt«, endete Theo schließlich und holte mich damit zum eigentlichen Thema zurück.

Sicherheit. Mal abgesehen davon, dass ich nicht mehr allein und hundertprozentig von einem Haufen Waffen umzingelt war, fühlte ich mich nicht besonders sicher. Vielleicht änderte sich das ja, wenn ich wieder zur Ruhe kam und eine Nacht darüber geschlafen hatte.

Ich wehrte mich nicht dagegen, als Theo sich plötzlich mit mir in seinem Arm vorwärtsbewegte. Froh darüber, dass sich anschließend alle anderen von uns abwandten und sich wieder ihrem Essen widmeten, ließ ich mich einfach von ihm mitziehen. Die Schritte hinter mir ließen darauf schließen, dass Kay und die anderen uns folgten.

Während wir schweigend näher an die Menschen herantraten, keimte erneut die Hoffnung in mir auf, ich hätte beim ersten Mal nicht richtig hingesehen – aber ich war mir nicht mal sicher, ob sie alle aus Haven kamen. Ich hatte noch niemanden von ihnen bewusst wahrgenommen.

»Was müssen wir noch wissen?«, fragte ich den Anführer schließlich leise und sah dabei zu Boden. Ein Beweis, dass ich immer noch ich war. Ich mochte die Aufmerksamkeit nicht; mochte es nicht, von allen angestarrt zu werden. Also richtete ich den Blick auf den Boden und wartete sehnsüchtig darauf, dass mir meine Haare die Sicht versperrten, aber der Zopf verhinderte es.

»Nicht viel. Geschlafen wird hier nur, wenn eine Gruppe Wache hält. Insgesamt gibt es vier verschiedene«, erklärte er sachlich. »Die Soldaten, die Versorger, die Aufpasser und die Arbeiter.«

Am Rande bekam ich mit, wie wir auf eine Gruppe zugingen, die neben einer geschlossenen dunkelroten Metalltür saß.

»Die Versorger sind für die Lebensmittelversorgung zuständig. Regelmäßige Kontrollen, ob noch genug da ist; sie verteilen die Vorräte gerecht und holen natürlich Nachschub. Zur Sicherheit begleiten wir oder die Aufpasser sie.«

»Wo ist der Unterschied?«, fragte ich teils neugierig, teils um das Gespräch aufrechtzuhalten. »Sind es Bodyguards?«

Theo schüttelte den Kopf. »Nicht zwingend. Ein paar von ihnen ja, aber unter ihnen sind auch einige Rekruten, die noch nicht gut genug zum Soldaten ausgebildet sind.«

»Und wozu gehörst du?«

»Soldaten«, war seine schlichte Antwort.

»Was ist eure Aufgabe?«, hakte ich weiter nach, als wir nur noch wenige Schritte von der Gruppe entfernt waren. Ich spürte ihre Blicke bereits auf mir.

Mit skeptisch verzogenen Augenbrauen erwiderte er meinen fragenden Blick. »Wir befolgen Chris' Anweisungen.«

»Welche?«

Ohne Vorwarnung blieb er stehen und sah verwirrt zwischen Kay und mir hin und her, als würde er darauf warten, dass wir ihm selbst erklärten, was wir wussten. Aber das würde nicht geschehen. Ich hatte ja nicht mal eine Erklärung dafür, wieso Chris mich plötzlich freigelassen und dann auch noch hierhergeschickt hatte. Oder was er genau mit New Asia vorhatte.

»Er hat euch nicht das Geringste erklärt, oder?«

Meine Schultern sackten unter Theos ungnädigen Augen zusammen. Offensichtlich war ich nicht die Einzige gewesen, die geglaubt hatte, Chris wäre immer ehrlich zu mir. Ich konnte nicht leugnen, dass dieser Satz sich wie ein neuer Verrat anfühlte.

»Eigentlich überrascht es mich nicht«, fuhr er fort und schob mich auf einmal wieder vorwärts. »Allerdings wundert es mich, dass er bei dir keine Ausnahme gemacht hat.«

Musste Theo es unbedingt noch schlimmer machen?

Ich verzog den Mund, um mir nichts anmerken zu lassen. »Nein«, klärte ich ihn auf. »Er hat es wohl nicht für nötig gehalten, mich in seine Pläne einzuweihen.«

»Wie auch immer«, murmelte er daraufhin und ließ somit das Thema schnell wieder fallen.

Er hielt vor der Gruppe und entfernte sich einen Schritt von mir, um sich neben ein etwas jüngeres Mädchen zu hocken, das vielleicht gerade mal zehn oder höchstens zwölf war.

Der Revolver in ihrem Schoß sollte mich eigentlich nicht erschrecken, doch aufgrund ihres Alters erinnerte sie mich an meine jüngeren Geschwister. Hätte Jill die Therapie überlebt, hätte ich alles dafür gegeben, dass sie als Zivilistin nie eine Waffe in die Finger bekam. Bei Aiden sowieso – er war noch viel zu klein, um überhaupt zu verstehen, was hier vor sich ging.

»Hi, Theo«, begrüßte sie ihn mit einer hohen, sanften Stimme und lächelte schüchtern. Sie hatte eine Zahnlücke.

Der Angesprochene hockte sich zu ihr. »Hallo, Sophia. Sei so lieb und hol unseren Gästen bitte zwei Schlafsäcke, ja?«

Zur Antwort nickte sie eifrig, erhob sich und verschwand flink hinter der Metalltür. Von Nahem erkannte ich erst, dass sie von Rostflecken übersät war. Genauso wie alles andere hier unten sah sie entsprechend alt und vernachlässigt aus und – nicht zu vergessen – irgendwie gruselig. Unter normalen Umständen hätte ich sicher keinen Fuß freiwillig in die Schächte unter der Stadt gesetzt, aber Chris hatte recht. Dort oben wäre ich bloß eine einfache Zielscheibe.

Während wir schweigend auf Sophias Rückkehr warteten, suchte ich nach Kay, die auf einmal nicht mehr hinter mir war. Man hatte Theo und mich allein hier stehen gelassen und war weiter in das Innere des großen Raumes gegangen.

Kay stand bei den anderen und schaute mit einem grimmigen Ausdruck in die Runde. Weil sie die Arme vor der Brust verschränkt hatte, wirkte sie wie ein genervtes, wütendes Kleinkind und brachte mich damit zum Schmunzeln; sie würde hier bestimmt keine Probleme damit haben, sich einen Platz zu erkämpfen.

»Ihr solltet jetzt schlafen«, erklang auf einmal Theos Stimme wieder, weshalb ich mich zu ihm umdrehte und feststellte, dass er zwei große Beutel in der Hand hielt. Auffordernd streckte er sie in meine Richtung. »Bleibt aber in der Nähe. Für alle Fälle.«

Ich wusste, auch ohne nachzufragen, wovon er sprach, und nahm ihm die zwei Schlafsäcke ab. Aus dem Augenwinkel registrierte ich Sophias Blick auf mir. Doch ich vermied es, sie anzusehen. Sie hatte irgendetwas an sich, das mir eine Gänsehaut verursachte und mit dem bedrängenden Ausdruck in ihren Augen zu tun hatte.

Wenn ich ehrlich war, jagte ihre ganze Gruppe mir auf einmal eine Heidenangst ein. Die Art, wie sie sich anschwiegen und auf die kleine Flamme der Feuerstelle starrten, bereitete mir Unbehagen. Es schien, als würden sie die Welt um sich herum vergessen haben und gleichzeitig jede meiner Bewegungen genau registrieren.

Theo, dem meine Reaktion wohl nicht entgangen war, schob mich wieder mit der Hand im Rücken in die Richtung, wo sich seine Soldaten niedergelassen hatten. Als wir außer Hörweite waren, erklärte er leise: »Wir haben sie außerhalb von Haven gefunden. Sie waren im Prinzip so gut wie tot.«

»Also konnten doch ein paar aus der Stadt fliehen«, stellte ich fest.

»Na ja. Wie man's nimmt. Sie wollten nach Haven und können im Nachhinein wohl von Glück reden, dass wir sie zuerst gefunden haben.«

»Nach Haven?«, fragte ich eine Spur zu verständnislos und hasste mich im selben Moment für den Hoffnungsschimmer in mir, meine Heimat wäre der einzige Ort gewesen, den sie angegriffen hätten. Was – wenn man mal genau darüber nachdachte – nicht gerade sinnvoll gewesen wäre.

»Ja«, erwiderte Theo schließlich kühl. »Der ganze Süden ist betroffen, zumindest bis jetzt. Wenn man sie aber nicht aufhält, werden sie sich weiter Richtung Norden arbeiten.«

»Moment. Ich komm nicht hinterher.« Unbewusst war ich

stehen geblieben. »Ihr wollt sie aufhalten? Seid ihr nicht so was wie Verbündete?«

Theo öffnete den Mund, schloss ihn dann aber schnell wieder, als hätte er fast etwas Verbotenes gesagt. »So was in der Art«, meinte er schließlich und schob mich weiter. »Aber klär das lieber mit Chris. Ich misch mich da nicht ein.«

Sein spöttischer Unterton in der Stimme ließ mich verstummen. Kaum hatte er seinen Namen erwähnt, sprangen meine Gedanken wieder zu Chris, der wohl gerade seine östlichen Soldaten dazu anwies, uns wieder einzufangen. Oder mit Knutschen beschäftigt war.

»Wie ist das überhaupt möglich, dass wir – also die Elementsoldaten – uns nicht gegen New Asia wehren können?«, fragte ich Theo, damit Chris' Gesicht vor meinem inneren Auge verschwand. Vielleicht würde mir der Abstand zu ihm guttun und ich könnte endlich damit anfangen, ihn für das zu hassen, was er tat.

»Sie sind in der Überzahl. Falls du es nicht mitbekommen hast, wir leiden immer noch unter den vielen Toten, die die Gentherapie zu verschulden hat. Wir sind nicht so stark ausgerüstet, wie das ganze Land glaubt«, erwiderte er grob, fast patzig, als hätte ich ihn persönlich beleidigt. »Und wir waren auf einen Angriff in diesem Ausmaß nicht vorbereitet.«

Fassungslos schüttelte ich den Kopf. »Kapiert Chris überhaupt nicht, was er uns damit antut?«

»Das kannst du ihn gerne fragen, sobald du ihn das nächste Mal siehst«, antwortete Theo vernichtend und brachte damit das Gespräch erneut zu einem abrupten Ende.

Während wir uns zu seiner Truppe setzten, hallten Chris'
Worte in meinen Ohren wie ein endloses Echo wider: Das hier
war nur ein Spiel und seine Ziele bedeuteten nun mal Verlust
und er war dazu bereit, die nötigen Opfer zu bringen, um zu
gewinnen.

***

In der ersten Nacht lag ich die meiste Zeit wach.

Zum einen, weil der Boden unbequemer war als die Matratze meiner Zelle, und zum anderen, weil ich mich – sobald
ich die Augen schloss – wieder eingesperrt fühlte. So als hätte
ich das Gefängnis der Residenz nie verlassen.

Manchmal war es für Minuten mucksmäuschenstill, doch
dann bewegte sich einer der siebenundvierzig Menschen und
ich war wieder hellwach. Kay ging es offensichtlich ähnlich.
Wir lagen unmittelbar nebeneinander und sahen uns an, sobald jemand auch nur seinen kleinen Finger rührte.

Obwohl ich wusste, dass mindestens eine der Fünf-Mann-
Gruppen nicht schlief, um Wache zu halten, kam ich nicht zur
Ruhe. Ich wälzte mich immer wieder hin und her, raschelte
dabei mit meinem Schlafsack und suchte nach einer guten
Liegeposition. Irgendwann hatte ich die Schnauze so voll,
dass ich mich steif auf den Rücken legte und an die schwarze
Decke starrte, wo ein paar Rohre entlangliefen. Ich konnte sie
nur erkennen, weil die silberne Oberfläche im Licht des Feuers
reflektierte wie ein Spiegel.

Und natürlich blieben in diesem Zustand auch meine nervig panischen Gedanken nicht lange verborgen. Damit ich nicht an Chris oder daran denken musste, was dieser Krieg überhaupt sollte, machte ich mir lieber Sorgen um Ben, der immer noch in der Residenz eingesperrt war. Ich konnte nur hoffen, dass er noch lebte und dass es ihm gut ging. Wenn nicht, würde ich mir niemals verzeihen können, ihn und Kay vom Flugzeug weggeführt zu haben. Vielleicht hätten sie ohne mich sogar noch weiter fliehen können – die Frage wäre nur, wohin. Wenn es so war, wie Theo sagte, dann wäre keine Stadt im Süden New Americas mehr sicher. Wenn ich doch nur wüsste, wieso Chris sich ausgerechnet den Feinden anschließen musste, dann – *nein!* Genau darüber wollte ich nicht nachdenken. Es würde nichts bringen, mich mit meinen eigenen Spekulationen wahnsinnig zu machen.

Immerhin hatte ich auf die harte Tour gelernt, dass Chris mir mit einem Grinsen direkt ins Gesicht lügen konnte. Wenn ich also anfinge darüber nachzudenken, würde ich das ziemlich lange tun – denn so schnell rechnete ich nicht mit einer Antwort – und dann würde ich nur verrückt werden.

Das Schlimme war, wenn ich nicht über ihn und seine Pläne nachdenken konnte, zwang mein Verstand mich dazu, an ihn und diese Blondine zu denken. Als wollte er mir damit irgendwie sagen, dass ich mir Chris besser aus dem Kopf und aus dem Herzen schlagen sollte, bevor es richtig wehtun würde.

Aber egal, wie rum man den Spieß drehte – dass ich Gefühle für ihn hatte, war eindeutig meine Schuld. Er hatte mich gewarnt und küsste vor meinen Augen ein anderes Mädchen.

Noch eindeutiger hätte die Botschaft nicht sein können. Was aber auch nicht erklärte, wieso er *mich* dann geküsst hatte.

Weil er einfach nur Spaß haben will.

Weil es ihm egal ist, ob er einem Mädchen wehtut.

Weil er eben Christopher Collins ist und ich nur ein dummes, leichtgläubiges Mädchen, das sich von ihm hat beeindrucken lassen.

Okay. Das reicht. Anderes Thema.

Ben. Kay. Meine Familie. Jasmine. Schlafen. Wie wäre es mit Schlafen? Gute Idee.

Zumindest wäre es eine gewesen, wenn da nicht die plötzlichen Schritte gewesen wären, die von irgendwoher zu uns hallten. Fast zeitgleich setzten Kay und ich uns auf – mein Puls schoss gefühlt auf hundertachtzig –, doch keiner der anderen folgte uns. Stattdessen wanderten ihre Blicke nur genervt oder amüsiert zu uns.

Ridley, die am nächsten am Feuer saß und eine der wenigen war, die noch wach waren, sah mich mit hochgezogenen Augenbrauen an. Sie wirkte amüsiert. »Entspannt euch. Die gehören zu uns.«

Trotz ihrer Worte raste mein Herz weiter. Woher wollte sie denn wissen, dass es keine östlichen Soldaten waren, die uns gefunden hatten – oder gleich finden würden?

Gespannt und mit angehaltenem Atem starrten wir auf die Luke, aus der wir ebenfalls gekommen waren. Da sie noch geöffnet war, hörten wir die Schritte deutlicher, bis sie schließlich verstummten.

Es dauerte nicht lange, da zeigte sich das erste Gesicht.

Jasmine.

Was in meinem Inneren passierte, spürte ich auf einmal nicht mehr. Ich konnte sie nur noch anstarren und die Tränen wegblinzeln, die mir in die Augen schossen.

Jasmine sah fast so aus wie immer. Zwar hatte sie starke Augenringe, die durch ihr Make-up nur noch schlimmer aussahen, aber immerhin schien es ihr gut zu gehen. Umso erschreckender war daher, dass sie ihre langen Haare abgeschnitten hatte. Sie waren jetzt so kurz, dass sie gerade mal ihre Schultern berührten. Die hellblauen Strähnen waren somit völlig verschwunden.

Kaum war die Schwarzhaarige aus der Luke geklettert, fing sie meinen Blick auf und brauchte genauso wie ich einen Moment, um zu verstehen, dass das hier wirklich passierte.

»Wurde aber auch langsam Zeit, dass der Mistkerl dich gehen lässt«, begrüßte sie mich mit einem kecken Lächeln aus gefühlt kilometerlanger Entfernung.

Irgendetwas befahl mir, mich zu erheben und auf sie zuzulaufen, aber ich war nach wie vor so erstarrt, dass ich mir nicht mal die Tränen wegwischen konnte. Ich hatte Angst, dass ich doch eingeschlafen und das hier nur ein Traum war.

Erst als hinter ihr noch mehr folgten – zuerst Ryan, dann Boyle, dann Johanna –, spürte ich wieder mein Herz, das in meiner Brust nach allen Seiten ausschlug, um mich aufzuscheuchen.

Ryan erblickte mich kurze Zeit später und wirkte genauso überrumpelt wie ich. »Küken?«, fragte er ungläubig und kniff die Augen ein wenig zusammen, als könnte er nicht glauben, dass ich hier war.

Dieses Wort war eines zu viel für mich und mein vor Freude geschwollenes Herz, das mit all diesem fassungslosen Glück gar nicht umgehen konnte. Innerhalb eines Wimpernschlags, mit dem ich schnell die neuen Tränen wegblinzelte, stand ich auf und rannte auf die kleine Gruppe zu.

Ich wusste überhaupt nicht, wem von den vieren ich zuerst in die Arme fallen sollte – bis ich mich auf einmal in Jasmines und kurze Zeit später in Ryans gleichzeitig wiederfand. Ich vergrub mein Gesicht in seiner Uniform, auf der ebenfalls ein goldener Drachenkopf zu sehen war, und musste auf einmal lachen.

Einerseits lag es an der Erleichterung, sie wiederzusehen und zu wissen, dass sie lebten, andererseits sollte ich mich nicht darüber wundern, dass sie ausgerechnet hier waren. Jasmine war eine Freundin von Chris und ich war mir sicher, dass das auch für Ryan galt. Auch wenn ich die beiden erst ein Mal zusammen erlebt hatte, hatte man sofort erkannt, dass sie einen guten Draht zueinander hatten.

Irgendwann, nachdem ich mich wieder beruhigt und genug geweint hatte, löste ich mich von den beiden und wusste immer noch nicht so recht, was ich zuerst fragen oder sagen sollte. Ich wollte wissen, wie es ihnen ging, wie sie hierhergekommen waren, was sie seitdem gemacht hatten, ob sie wussten, was passierte, ob sie meine Familie gesehen hatten.

»Wo ist Laurie?«, war allerdings das Erste, was ich wirklich an Frage zustande bekam. Ich konnte sie nicht entdecken – und wenn Ryan hier war, dann konnte Laurie doch nicht allzu weit weg sein, oder?

Schniefend wischte ich mir die Tränen weg und fragte mich, wieso er plötzlich so anders aussah. Das Lächeln auf seinen Lippen war verblasst, seine Augenbrauen schoben sich zusammen, als sich eine Wut in seinem Gesicht zeigte, die ich so noch nie an ihm gesehen hatte.

Sofort kam mir der schlimmste aller Gedanken. »Sag nicht ...«, begann ich, konnte meinen Satz aber nicht zu Ende bringen. Laurie durfte nicht tot sein.

Die Antwort auf meine Frage kam nicht von Ryan, sondern von Theo, der inzwischen hinter mir aufgetaucht war. »Sie ist verschwunden.«

21

»Verschwunden?«, wiederholte ich fragend und drehte mich unwillkürlich zu Theo herum. Ich hatte zwar verstanden, was er gesagt hatte, aber mir wollte sich die Bedeutung dahinter nicht erschließen.

Der dunkelhaarige junge Mann mir gegenüber erwiderte meinen Blick so vernichtend, als wäre alles meine Schuld.

»Ja, verschwunden«, bestätigte er zischend und verzog seine Lippen zu einer grimmigen Linie. »Seit dem Brand hat sie niemand mehr gesehen.«

»Wie konnte das passieren?« Ich wollte ihm nicht glauben. Vor meinem geistigen Auge sah ich die gut gelaunte, kleine Frau mit den langen dunklen Locken, die mich für die Feier des Präsidenten vorbereitet hatte.

»Tja!« Sein vorwurfsvoller Blick schoss zu Ryan. »Weil niemand auf sie aufgepasst hat.«

Automatisch sah ich zu meinem Ersten Bodyguard und versuchte zu verstehen, was hier los war. Ryan war Lauries Ehemann – war es dann nicht seine Aufgabe, wütend und traurig über ihr Verschwinden zu sein? Was nicht bedeuten sollte, dass dem nicht so war. Ryan sah fertig aus, müde und der Glanz in seinen Augen fehlte; aber was hatte Theo damit zu tun?

»Komm mal wieder runter«, versuchte Ryan gelassen zu bleiben und verschränkte dabei die Arme abwehrend vor der Brust. Er konnte Theo nicht lange in die Augen sehen; vermutlich – und so kannte ich ihn – hatte er Schuldgefühle. »Meine Frau kann selbst auf sich aufpassen.«

»Offensichtlich!«, spottete Theo gehässig und schnaubte. Nur weil Boyle einen gefährlichen Schritt näher kam – glaubte ich zu erkennen –, blieb er weit genug von Ryan entfernt stehen. »Wahrscheinlich ist sie schon tot«, lautete dennoch ein weiterer Vorwurf von ihm.

Ryan verzog das Gesicht. »Sie ist keine Soldatin, also ist sie nicht tot«, betonte er fest. Er ballte die Fäuste, gab sich aber Mühe, sie unter seinen verschränkten Armen zu verstecken.

»Lauren arbeitet für die Regierung und soweit ich weiß, machen sie keine Ausnahme«, beharrte Theo auf seiner Vermutung zu ihrem Schicksal.

Im Augenwinkel sah ich, wie Jasmine ebenfalls einen Schritt näher herantrat. »Jungs ...«, begann sie besänftigend, wurde aber von Ryan überhört.

»Immer wieder bewundernswert, wie optimistisch du bist, Laurie zu finden«, sprach deren Ehemann.

Ich öffnete schon den Mund, um die beiden zu fragen, was denn überhaupt los war, aber ich kam nicht dazu – wenn ich ehrlich war, verstand ich nicht, was Theo mit Laurie und Ryan zu tun hatte.

»Bei all der Scheiße da draußen habe ich nicht viel davon

übrig, was du Optimismus nennst«, erwiderte Theo abfällig und nahm mir damit das Wort. »Aber weißt du was? Vielleicht ist sie auch nicht tot. Vielleicht hat sie einfach nur die Schnauze voll von dir und deinem erbärmlichen Ego und hat dich endlich in den Wind geschossen.«

Ryan stieß ein schnaubendes Lachen aus, während ich Theo nur fassungslos anstarren konnte. War er vielleicht ein eifersüchtiger Ex-Freund von ihr, der jetzt ihre Beziehung zu Ryan kaputt machen wollte?

»Wieso quatschst du nicht jemanden in deinem Alter voll, hm?«, wollte mein Bodyguard wissen und verdrehte genervt die Augen.

Bevor Theo antworten konnte, war Jasmine zwischen die beiden Männer getreten und hatte ihnen ein paar Tropfen Wasser ins Gesicht gespritzt, indem sie schnell ihre Faust geballt und wieder geöffnet hatte.

Sie war eine ausgebildete Wassersoldatin; gerade diese hatten es besonders schwer, da sie von einer Quelle abhängig waren. Somit war Jasmine quasi ihre eigene.

»Was seid ihr für Männer?«, blaffte sie und sah die beiden tadelnd an. »Ihr zuliebe solltet ihr zusammenhalten und euch nicht wie im Kindergarten bekriegen.«

»Außerdem sollte sich jemand um Malia kümmern«, war das Erste gewesen, was Johanna gesagt hatte, ehe sie zu mir kam und mich in eine herzliche Umarmung zog. Dadurch vergaß ich sofort, dass sich die beiden Männer wie Streithähne aufgeführt hatten, und freute mich stattdessen, sie wiederzusehen.

Deswegen wunderte es mich wahrscheinlich auch nicht, dass Ryan mir mit seinem Strahlemannlächeln zuzwinkerte.

»Wir haben Proviant dabei. Trevor, gibst du uns ein paar Dosen? Den Rest kannst du Sophia geben.«

Wie immer – ohne etwas zu sagen – holte Boyle ein paar der Konserven hervor und drückte sie Ryan in die Hand. Anschließend ging er kommentarlos zu dem Mädchen vor der Stahltür.

Ich wusste gar nicht, ob ich enttäuscht oder froh darüber sein sollte, von ihm genauso behandelt zu werden wie sonst auch. Es war vertraut, dass er sich so verhielt, daher ging ich davon aus, dass alles in Ordnung war.

»Ich komme gleich nach«, warf Johanna schnell ein, als sie sich auch schon im Sprechen umdrehte und zu Boyle eilte. Ihre langen schwarzen Haare hatte sie zu einem Zopf geflochten, der ihr bei jedem Schritt gegen die Uniform schlug. Irgendwie war es merkwürdig, sie in dieser Kriegsmontur zu sehen, schließlich hatte ich sie vor ein paar Wochen als Assistentin kennengelernt.

»Kommt«, meinte Jasmine dann – ganz offensichtlich nur zu Ryan und mir –, »lasst uns da rübergehen, damit die anderen weiterschlafen können.« Sie griff nach meinem Handgelenk und zog mich von Theo weg, der uns nicht mal beachtete und stattdessen zurück zu seiner Truppe ging.

Kay hatte sich ebenfalls wieder hingelegt. Da sie sich den Schlafsack über den Kopf gezogen hatte, erkannte ich nicht, ob sie schlief oder nicht – aber sie hätte es verdient.

»Sagt mal, wieso hat Theo sich so aufgeführt?«, fragte ich

zuerst, als wir uns gerade am Rand des großen Raumes niederließen. Die Kälte der Wand bohrte sich durch meine Jacke, aber da Ryan sich direkt neben mich setzte und mir seinen Arm um die Schultern legte, war sie schnell vergessen.

Jasmine setzte sich uns gegenüber. »Er ist ihr Bruder.«

»Zwillingsbruder«, verbesserte Ryan sie gespielt hochnäsig. »Einer, der mich nicht besonders abkann.«

»Und das ist noch nett ausgedrückt«, verbesserte ihn Johanna. »Eigentlich hasst er ihn richtig. Also, so richtig, richtig.« Sie machte eine ausschweifende Geste, wobei sie ihre Arme so weit wie möglich ausstreckte. »Bis in den Tod.«

Ich konnte mir ein Schmunzeln nicht verkneifen. »Gibt es dafür einen Grund? Hast du was angestellt?«, fragte ich Ryan.

»Nicht, dass ich wüsste«, wich er meiner Frage und meinem Blick aus. »Ich glaube, es ist wie bei Wölfen und Kojoten. Wir können uns einfach nicht riechen.«

»Jetzt erzähl uns lieber, was alles passiert ist!«, wechselte Jasmine abrupt das Thema, sah mich an und rutschte im Schneidersitz näher heran, sodass sie mit ihrem Knie gegen mein Schienbein stieß, da ich meine Beine angewinkelt hatte.

»Alles?«, fragte ich nach.

»Alles eben!«, drängelte sie ungeduldig. »Wir haben immer nur Bruchstücke von Theo erzählt bekommen, wenn er sich mit Chris getroffen hat.«

Ohne lange zu warten, begann ich mit meiner Erzählung. Ich fing bei den Soldaten an, die Chris getötet hatte, bevor er mich weggeschickte. Wie ich das Flugzeug und somit auch Kay und Ben gefunden hatte und uns die Soldaten einfingen.

Weniger detailliert beschrieb ich ihnen meinen Aufenthalt im Gefängnis. Nicht nur, weil ich mich für meine Gefühle für Chris schämte und so naiv war zu glauben, er würde etwas für mich empfinden, sondern auch, weil die meiste Zeit nichts passiert war, was sie interessiert hätte.

Chris hatte mir selbst kaum etwas verraten – ich wusste ja nicht mal, wieso er diesen Krieg angezettelt hatte. Es lag nur der Gedanke nahe, dass er sich mit New Asia verbündet hatte, weil er ebenfalls gegen die Therapien kämpfen wollte. Wieso er es ausgerechnet auf diese Weise tat, wusste ich allerdings nicht.

Ich erzählte ihnen nichts davon, dass Chris mich geküsst hatte, obwohl Jasmine die Röte auf meinen Wangen wohl richtig deutete. Aus dem Augenwinkel bemerkte ich ihren intensiven Blick, beachtete sie aber nicht – noch auffälliger ging's nun wirklich nicht.

Die anderen Fakten kannten sie. Dass Chris der Anführer und Befehlshaber der östlichen Militäreinheiten war und dass er – so erfuhr ich es – hinter dem Rücken unserer eigenen und der Regierung New Asias Rebellengruppen zusammengestellt hatte.

»Wisst ihr, was er mit euch vorhat?«, fragte ich, als ich mit meiner Erzählung fertig war, und wartete neugierig auf eine Antwort.

Jasmine zuckte belanglos mit den Schultern. »Das steht irgendwie in den Sternen. Oder besser gesagt kommt drauf an, was passieren wird«, erklärte sie, was nicht bedeutete, dass ich sie verstand.

»*Kommt drauf an?* Worauf?«, fragte ich nach.

»Darauf, ob Longfellow auf Chris' Forderungen eingeht oder ob er einen Gegenangriff plant«, antwortete sie mir. »Dann wieder darauf, ob New Asia ihn – wenn sie erreicht haben, was sie wollten – doch verurteilen will. Wir sind einfach eine kleine, geheime Armee, die ihm den Rücken stärkt.«

»Kaum zu glauben, dass er überhaupt jemanden überreden konnte ihm zu helfen«, schnaubte Ryan schmunzelnd. »Viele Freunde hat er sich ja nicht gemacht.«

»Dafür Verbündete«, warf Johanna ein, die sich inzwischen mit Boyle zu uns gesetzt hatte. »Er will die Gen-Experimente abschaffen – wir wollen dasselbe.«

Wenigstens hatte ich bei einer Theorie recht. Aber was anderes wäre auch eine Überraschung gewesen.

»Dabei dachte ich immer, Chris wäre stolz, ein Soldat zu sein«, überlegte ich.

»Ein Teil von ihm ist es auch.« Jasmine nickte bestätigend. »Aber ein anderer Teil hasst es.«

»Wie meinst du das?«, wollte ich von ihr wissen.

Entschuldigend zuckte sie mit den Schultern. »Sorry, er hat mir nichts Genaueres sagen wollen. Vielleicht ist er zu dir offener.«

Dass ich das bezweifelte, behielt ich lieber für mich und nickte bloß. Stattdessen wechselte ich wieder das Thema. »Und wie seid ihr hierhergekommen?«

»Theo«, sagten irgendwie alle gleichzeitig, weshalb ich schmunzeln musste, doch keiner erwiderte meine Geste.

»Er ist eigentlich woanders stationiert, war aber gerade zu

Besuch bei seiner Familie«, fing Jasmine an und spielte dabei mit ihren schulterlangen Haarsträhnen. »Er hat mich aufgegabelt, als ich keine Munition mehr hatte. Zum Glück. So bin ich dann auch zu einer Rebellin geworden.«

»Kanntet ihr euch?«

Sie nickte. »Flüchtig, durch Chris. Ich dachte eigentlich immer, die beiden könnten sich nicht leiden, aber was tut man nicht alles, wenn es um die Weltrettung geht?«

»Also, ich wäre lieber ganz weit weggelaufen«, warf Ryan grinsend ein, obwohl ich mir sicher war, dass er als Bodyguard anders erzogen war.

»Du warst der Erste, der sich auf sie gestürzt hat«, kommentierte Boyle gelangweilt und rührte wie immer keine Miene.

»Um wegzulaufen.« Ryan zwinkerte mir zu. »Wir wollten eigentlich sofort zu dir, aber als wir bei der Residenz ankamen, war quasi die Hölle ausgebrochen. Ich konnte gerade mal zwei von denen umlegen, da kam Theo schon und hat uns eingesammelt.«

»Chris hat euch gar nicht von Anfang an eingeweiht?«

»Natürlich nicht«, seufzte Jasmine, wirkte darüber aber alles andere als glücklich. »Ich glaube, das hat er nicht mal böse gemeint. Er wusste nur, wenn er es einem von uns erzählt, dass wir alles tun würden, um ihn aufzuhalten.«

Ich schüttelte fassungslos den Kopf. Er hatte völlig Fremden seine Pläne verraten, um eventuell Rückhalt zu haben, wenn etwas schiefliefe, aber seinen Freunden erzählte er nichts?

»Keine Sorge, er wollte uns nicht umbringen«, versuchte Ryan mich zu beruhigen und tätschelte mir besänftigend die Schulter. »Theo hatte den Spezialauftrag, uns einzusammeln.«

»Warum mich nicht?«, wunderte ich mich.

»Was hat er denn zu dir gesagt, als er dich weggeschickt hat?«, wollte Jasmine wissen, woraufhin ich erst mal nachdenken musste. Der Kuss war mir deutlich mehr in Erinnerung geblieben als seine Worte.

»Es wäre zu gefährlich für mich, in der Stadt zu bleiben.«

»Recht hat er«, stimmte Johanna zu. »Du bist keine ausgebildete Soldatin.«

»Aber wäre ich hier bei euch nicht sicherer gewesen?«

»Nicht wirklich, Malia«, verneinte Ryan.

Jasmine erklärte: »Wir waren mal knapp siebzig. Gleich ein paar Tage nach dem Angriff hat man uns auf der anderen Seite der Stadt gefunden, als wir noch ein Versteck gesucht haben.«

»Haben ziemlich viele Männer verloren«, ergänzte Ryan.

»Und Kinder«, fügte Johanna traurig hinzu.

Jasmine, die bei alldem noch ziemlich beherrscht wirkte, strich sich ihren zu lang geratenen Pony hinter die Ohren. »Hier unten sind sie bisher noch nicht gewesen. Vielleicht dachten sie, sie hätten jeden von uns erwischt.«

»Wir«, sagte Johanna, »müssen jederzeit mit einem Angriff rechnen, deswegen ist eine Gruppe von uns immer vorne bei den Tunneln und bewacht die Eingänge.«

Aber Ryan nickte bekräftigend. »Und glaub mir, wenn ich

sage, dass ich gerne mal wieder eine Nacht durchschlafen würde.«

»Das tun deine Augenringe schon«, stellte Boyle nüchtern fest, worüber wir alle leise lachen mussten.

Mein knurrender Magen unterbrach mich dabei. »Wie war das noch mal … ihr habt Proviant dabei?«

Jasmine holte wenig überrascht die Dosen hervor, die sie vorhin mitgenommen hatte. »Die Auswahl ist heute der Brüller.« Sie ließ eine Dose mit Spaghetti in Tomatensoße zu mir herüberrollen. »Oder willst du lieber Hackbraten?«

»Ist schon okay. Nudeln sind perfekt.«

Als ich die Dose abfing, nahm Ryan seinen Arm von meinen Schultern. Etwas umständlich öffnete ich den Deckel an der Öse und beobachtete amüsiert, dass die anderen darin mehr Übung hatten als ich. Immerhin kleckerten sie nicht die Hälfte ihrer Soße durch den gesamten Raum.

»Und? Wie sieht's aus, Malia?«, meinte Ryan, wobei er mich mit seinem Ellbogen in die Seite stieß. »Funktionieren deine Mikrowellenkünste schon?«

»Was?«

»Na ja, Jasmine zum Beispiel macht mittwochs den Abwasch. Und Patrick trocknet mittwochs ab. Und dann gibt es natürlich auch jemanden, der mittwochs das Essen für alle erwärmt. Ich glaube, das macht Clarissa.«

»Und was ist deine Aufgabe?«, fragte ich ihn.

Ryan zog leicht besserwisserisch eine Augenbraue in die Höhe. »Ich pass auf, dass sie ihre Arbeit richtig machen. Was sonst? Weißt schon … dass keine Flecken bleiben.«

»Na, dann kann ja nichts schiefgehen«, kicherte ich zurück und legte die Hände um die geöffnete Dose.

Da ich in meiner Zelle genug Zeit gehabt hatte, um mein Feuer zu trainieren, dauerte es nur ein paar Sekunden, bis ich die Wärme greifen und in meinen Händen sammeln konnte. Zufrieden stellte ich fest, dass kleine Dampfwolken in die Höhe stiegen.

»Ich glaub, ich könnte den Mikrowellendienst antreten«, weihte ich die anderen ein und nahm mir anschließend jede einzelne Dose vor.

Während wir aßen, vergaß ich für einen Moment die Probleme oberhalb dieses U-Bahn-Bereiches und genoss es, hier unten bei ihnen zu sein. Mit ihnen zu sprechen, herumzualbern, so unterdrückt lachen zu müssen, weil die anderen schliefen, dass mir sogar der Bauch wehtat, ließ mich meine Sorgen vergessen. Zumindest für jetzt.

Ich fühlte mich besser, fast sogar wieder etwas glücklicher, auch wenn ich immer wieder ein kurzes Stechen in meiner Brust spüren könnte. Mein Herz erinnerte mich, wann immer es am unpassendsten war, daran, dass ich nicht glücklich sein durfte, weil meine Familie noch immer verschwunden war. Ich sollte nicht aufhören an sie und an Sara zu denken.

Letzteres würde ich so lange tun, bis ich sie wiedergefunden hätte.

22

Nachdem ich doch irgendwann für ein paar Stunden geschlafen hatte, führte Jasmine mich ein bisschen herum. Sie zeigte mir die Waffenkammer, wo es hier unten Möglichkeiten gab, sich zu waschen – die übrigens nicht gerade berauschend waren –, sowie ihren Arbeitsplatz. Es hatte eine halbe Ewigkeit gedauert, bis Theo zugelassen hatte, dass sie mich mit zu den Tunnelenden mitnahm.

Ich war ehrlich gesagt nur froh drüber, dass ich wieder etwas frische Luft schnappen konnte. Es roch in den Schächten nach Metall und Moder, in manchen Ecken sogar so schlimm nach Müll, dass ich ein Würgen unterdrücken musste.

Auf dem Weg nach draußen beeilten wir uns nicht, sprachen aber auch nur über Belanglosigkeiten, weil es mir schon schwer genug fiel, überhaupt geradeaus zu gucken. Ich war völlig übermüdet, mir tat alles weh und meine Gedanken waren überall, nur nicht hier.

Je näher wir aber dem Licht kamen, desto wacher fühlte ich mich. Am meisten freute ich mich auf die saubere Luft, die mir jetzt schon in der Nase kitzelte. Auch wenn ich am liebsten einen Schritt schneller gegangen wäre, drosselte ich mein

Tempo und passte besser auf, dass ich nicht über die Überreste jahrzehntelanger Verwahrlosung stolperte.

Kurz bevor wir das Ende des Tunnels erreichten, waren wir über große Schrottteile hinweggestiegen und hatten die ein oder andere Glasflasche mit dem Fuß zur Seite geschoben.

»Eigentlich gehen wir nicht so weit raus«, erklärte Jasmine, als wäre die Unordnung – und das war noch untertrieben – ihre Schuld. »Lass mich vorgehen.«

Da sie eindeutig aufmerksamer schien als ich, gehorchte ich und wartete hinter einem Stapel Autoreifen, die allesamt rostige Felgen hatten und an mehreren Stellen so zerfetzt waren, als hätte man zu stark gebremst.

Obwohl ich von Theo eine Waffe bekommen hatte, sträubte sich auf einmal alles in mir, sie zu benutzen. Mir war bewusst, dass es an dem schlechten Gewissen lag, das langsam an mir zu nagen begann, weil ich in der Nacht Menschen getötet oder zumindest verletzt hatte – aber ich drängte das kratzende Gefühl in meiner Brust beiseite.

Wenn ich Chris wiedersehen wollte, durfte ich mich von den negativen Gefühlen in mir nicht beeinflussen lassen, ansonsten würde ich es keine drei Meter aus diesem Versteck schaffen.

»Die Luft ist rein«, meinte Jasmine schließlich und winkte mich zu sich heran.

Ohne zu zögern, trat ich hinter den Reifen hervor und schloss zu ihr auf.

»Im wahrsten Sinne des Wortes«, murmelte ich bloß zurück und nahm einen tiefen Atemzug, sobald ich die warmen Sonnenstrahlen auf meinem Gesicht spüren konnte.

»Am Anfang ging es mir auch so«, stimmte sie mir zu, während sie mit dem Kopf auf einen alten Betonklotz deutete, der von trockenen Grashalmen umringt war. Sie ging darauf zu. »Aber früher oder später wirst du dich daran gewöhnen. Und für immer ist es ja auch nicht.«

»Immerhin«, seufzte ich und betrachtete die hüfthohe Bebauung genauer. Die Fläche bestand aus vielen Steinchen, die sich so glatt wie Glas unter meinen Fingerspitzen anfühlten. Obwohl ein gelbes Schild darauf angeschraubt war, auf dem *Achtung! Hochspannung!* stand, hievte Jasmine sich darauf und klopfte neben sich.

Meine Arme fühlten sich schwer und kraftlos an, als ich mich rückwärts auf die Platte schob und zwei Versuche brauchte, bis ich nicht mehr runterrutschte.

»So«, verkündete Jasmine anschließend und erlaubte mir nicht mal, einen genaueren Blick auf meine Umgebung zu werfen. »Da wir jetzt ungestört sind, wirst du mir erst mal die wahre Version deiner letzten Wochen erzählen.«

»Wahre Version?«, tat ich naiv.

An ihrem Blick erkannte ich sofort, dass sie mir mein Unwissen nicht abkaufte. Wäre auch zu schön gewesen. Aber wenn ich ihr von Chris erzählte, würde sie mich vielleicht zurechtweisen und dann würde mein Herz endlich aufhören so sehnsüchtig zu klopfen, wenn ich an ihn dachte.

»Ich weiß, dass du uns nicht alles erzählt hast, Malia. Und ich bin ziemlich neugierig; also sag's mir lieber jetzt.« Mit einem leichten Grinsen stupste sie mich mit dem Ellbogen an und richtete ihren Blick dann wieder nach vorn.

Automatisch tat ich es ihr nach und hatte somit die Chance, wenigstens einen kurzen Überblick zu gewinnen, wo ich war – nämlich am Rande des ehemaligen Industriegebiets, wo sie gerade eine neue Schule aufbauten und die alten Fabriken abrissen, um noch mehr Wohnhäuser zu errichten. Allerdings waren wir ein paar Hundert Meter von der letzten Ruine entfernt, sodass wir alles gut im Auge hatten.

»Was willst du wissen?«, fragte ich, da ich selbst nicht wusste, wo ich überhaupt anfangen sollte.

»Alles, was Chris betrifft«, forderte sie. »Und sag bloß nicht, dass nichts passiert ist. Du wirst jedes Mal rot, wenn sein Name erwähnt wird.«

Ich seufzte.

Mehr oder weniger stotternd begann ich ihr von meiner Flucht aus Haven zu erzählen. Da sich der Kuss so sehr in meine Erinnerungen gebrannt hatte, fiel es mir schwer, den Rest zu rekonstruieren, aber ich hoffte, dass ihr das nicht so sehr auffiel wie mir. Dennoch erzählte ich ihr, dass Chris mich wieder geküsst hatte – sie zeigte sich darüber nicht besonders schockiert.

Während ich erzählte, blieb sie stumm und hörte mir einfach nur zu. Obwohl ich anfänglich noch zögerte ihr bis ins kleinste Detail zu berichten, was er getan beziehungsweise nicht getan hatte, wurde ich von Moment zu Moment mutiger. Ich ließ keine Situation mit ihm aus, redete es nicht schön, dass ich glaubte ihm wichtig zu sein, da er mich sonst nicht gerettet hätte, und auch nicht, dass ich ihn unter der Dusche fast geküsst hätte.

Als ich fertig war, tropfte mir der Schweiß von der Stirn. Wir saßen ungeschützt in der knallenden Sonne.

»Ich schäme mich in Grund und Boden«, beendete ich schließlich meinen viel zu ausführlichen Bericht und wischte mir über die Schläfen.

»Ach, das musst du nicht«, meinte sie tröstend. »Sich nicht in Chris zu verlieben ist nicht leicht. Ich denke, wenn ich damals keinen Freund gehabt hätte, wäre ich ihm gnadenlos verfallen.«

»Aber das bist du nicht.«

»Gott sei Dank«, fügte sie hinzu. »Du solltest dir das trotzdem nicht zur Last legen. Er weiß nun mal, wie er uns um den Finger wickeln kann ... aber das kriegen wir schon wieder hin.«

»Ich würde es lieber rückgängig machen.«

»Ich weiß«, seufzte sie. »Ich verspreche dir, ich helfe dir so gut ich kann, damit du zu keinem der Mädchen wirst, die Chris nur als Spielzeug benutzt.«

Ich richtete den Blick auf den Boden, weil ich ihr nicht in die Augen sehen konnte. »Was, wenn es schon zu spät ist? Ich habe das Gefühl, ich bin bereits jetzt bloß eine Figur auf seinem Schachbrett.«

»Wieso?«

»Weil ich nur seinetwegen überhaupt hier bin. Alles, was in letzter Zeit passiert ist, war seinetwegen. Er hat mich aus der Stadt geschickt, er hat mir im Gefängnis das Leben gerettet, er hat mich fliehen lassen – warum? Was will er von mir?«

»Wenn ich es wüsste, würde ich es dir sofort sagen.« Aufmunternd legte sie ihre warme Hand auf meine sowieso schon überhitzte Schulter. »Wann trefft ihr euch noch mal?«

»Übermorgen.« Und bereits jetzt kribbelte es verräterisch in meinem Bauch, fast schon vorfreudig.

Im Augenwinkel sah ich, wie Jasmine nickte. »Gut. Dann müssen wir nur zwei Tage totschlagen. Das kriegen wir hin.«

»Ich glaub, bis dahin bin ich schon wahnsinnig geworden. Ich weiß überhaupt nicht, was ich ihn fragen soll ... ich glaube, ich will gar nichts wissen.«

»Doch, das willst du«, bekräftigte sie mich. »Auch wenn es nur ist, damit du es mir brühwarm erzählen kannst.«

Mit zusammengepressten Lippen warf ich ihr einen Blick zu.

»Ich werde dich so oder so zwingen, Malia«, drohte sie mir spielerisch.

»Das werde ich wohl auch brauchen«, gestand ich ihr.

Jasmine grinste mich an, allerdings schaffte ich es kaum, ihre Geste zu erwidern. Stattdessen verfiel ich wieder in Schweigen und ließ mich – kurze Zeit nachdem meine Sitznachbarin das Gleiche getan hatte – für ein paar Minuten auf den Rücken fallen und kniff die Augen zusammen, da mich der strahlende Himmel blendete.

Sofort kreisten meine Gedanken wieder um Chris und somit auch um mein Feuer, das ich immer noch trainieren sollte.

***

Da Theo mich und Kay für heute noch verschonte, brauchten wir nicht zu arbeiten. Das verschaffte mir die Möglichkeit, mich in eine ruhige Ecke zurückzuziehen und mit meinen Übungen weiterzumachen. Ryan kam währenddessen einmal zu mir und sah zu, wie ich kleine Flammen entstehen und wieder verschwinden ließ. Er fragte mich anschließend, ob er mir irgendwie helfen könne. Aber weil ich ablehnte, ließ er mich wieder allein.

Kurz überlegte ich, ob ich jemanden bitten sollte mir weiter das Kämpfen beizubringen, doch meine Gedanken waren noch immer zu aufgewühlt, mein Körper zu erschöpft, als dass ich ganz bei der Sache gewesen wäre. Es war schon ein Wunder, dass mein Element so funktionierte, wie ich es wollte.

Nach einem gemeinsamen Abendessen rief Theo Kay und mich zu sich, um uns zu erklären, wie die nächsten Tage hier unten für uns ablaufen würden.

Ich wurde in die Gruppe der Arbeiter eingeteilt, was eigentlich eher bedeutete, dass ich zum Aufräumen verdonnert worden war. Kay hatte immerhin ein bisschen mehr Glück und wurde zu einer Aufpasserin. Natürlich hatte ich Theo gefragt, wieso wir nicht wenigstens zusammen in einer Gruppe waren, aber er meinte bloß, dass er eine Anweisung von Chris hatte, und somit war das Thema erledigt.

Super. Also hatte er schon wieder seine Finger im Spiel und traf Entscheidungen für mich, die ich nicht beeinflussen konnte. Herrgott. Allmählich machte er mich damit wirklich wütend.

Irgendwie schien Theo nicht zu wollen, dass ich noch mal

ans Tageslicht ging. Zwar war bei meinem kurzen Ausflug mit Jasmine nichts passiert, aber das konnte auch einfach nur ein glücklicher Zufall gewesen sein. Wie dem auch sei – ich war die nächsten zwei Tage hier eingesperrt.

Das Gute war, dass ich eigentlich immer nur nach dem Essen etwas zu tun hatte. Dann mussten wir die leeren Dosen einsammeln und in einen rund zweihundert Meter entfernten Raum bringen, den die Rebellen in eine Müllhalde verwandelt hatten.

Beim ersten Betreten hätte mich der Gestank fast rückwärts hinauskatapultiert – daher hatte ich schnell gelernt mir besser die Nase zuzuhalten, wenn ich meinen Beutel mit den leeren Konservendosen hineinschmiss. Man konnte erst wieder Luft holen, wenn man zwanzig Schritte von der Tür entfernt war.

Abgesehen davon musste ich einmal morgens und einmal abends die Waffenkammer aufräumen. Anfangs war Tracy, eine Luftrekrutin, dabei gewesen, um mir zu zeigen, wie ich was zu sortieren und zu überprüfen hatte, aber da ich ziemlich schnell den Dreh raushatte, war sie bei der zweiten Überprüfung schnell wieder gegangen.

Am ersten Tag war ich also ziemlich schnell fertig mit meinen Aufgaben, sodass ich sogar noch Zeit hatte, weiter an meinem Feuer zu feilen. Bei sieben von zehn Versuchen klappte es inzwischen schon ziemlich gut; meine Flammen wurden sogar immer größer, aber ich hatte noch Schwierigkeiten, damit das Feuer wieder zu löschen. Hierbei zeigten nur drei von zehn Versuchen Erfolg.

Am zweiten Tag waren die Versorger am frühen Morgen aufgebrochen, um neue Lebensmittel zu holen. Gegen Mittag kamen sie schon wieder, was für mich bedeutete, dass ich mit Tracy zusammen die Vorratskammer auffüllte und die Konserven nach ihrem Inhalt sortierte. Da wir zu zweit arbeiteten, waren wir aber auch damit schnell fertig.

Von da an glaubte ich, dass mich die Zeit ärgern wollte. Immer wieder fragte ich irgendjemanden, wie spät es war, weil ich mich heute um fünf mit Chris treffen würde, doch die Stunden vergingen kaum.

Ich hatte die ganze Nacht wach gelegen und darüber nachgedacht, was ich ihn alles fragen wollte. Dabei hatte ich mir vorgenommen mich auf das Geschäftliche zu beschränken und uns und dieses Mädchen, das ihn geküsst hatte, außen vor zu lassen.

In erster Linie ging es nun mal darum, zu verstehen, was er sich bei alldem dachte und wieso er dafür den Feind einschleusen musste.

Wenn dann noch Zeit war, könnten wir ja vielleicht über uns … nein, damit sollte ich gar nicht erst anfangen. Es gab kein *Uns*, es würde nie eines geben, weil Chris eben Chris war. Er hatte keine Beziehungen, die länger als ein paar Nächte hielten. Und so weit würde ich es ganz bestimmt nicht kommen lassen; dass ich zu einer belanglosen Nacht wurde, meine ich.

Er war der beliebteste Junge der Schule und jeder kannte die Gerüchte über ihn und seine Freizeitaktivitäten. Nur waren die so weit weg wie nie. Der Chris, der mir vor drei Tagen erst in der Zelle unter der Residenz gegenübergestanden hatte, war ein vollkommen anderer.

Um mich von dem bevorstehenden Treffen abzulenken, hatte ich im Aufenthaltsraum nach leeren Dosen gesucht, bevor mich Theo rief.

Er stand in der Tür zur Waffenkammer und winkte mich zu sich. Wie immer trug er längst seine Uniform, ausnahmsweise wieder eine mit dem goldenen Drachenkopf, die jedes Mal nur Tarnung war, wenn sie an die Oberfläche gingen. Für mich konnte das nur bedeuten, dass er mit mir kommen würde.

Mit aufgeregt schlagendem Herzen ging ich mit schnellen Schritten, auch wenn ich lieber gerannt wäre, zu ihm rüber.

»Ausgeschlafen?«, fragte er mit deutlichem Desinteresse in der Stimme, weshalb ich nur nichtssagend mit den Schultern zuckte. »Wäre besser für dich, wenn du es bist.« Er baute sich vor mir auf; die große Waffe, die er sonst immer bei sich trug, hatte er heute gegen zwei kleine Revolver eingetauscht, die rechts und links an seinem Gürtel hingen. »Komm rein.«

Ich folgte ihm schweigend in die Waffenkammer und schluckte, als ich die zusammengefaltete Uniform auf einem der Tische entdeckte; daneben ein paar Messer und Pistolen.

»Ich hoffe, du kannst mit den Dingern umgehen, ich habe nämlich keine Lust, dir das auch noch beizubringen«, meinte er genervt hinter mir und zog mich anschließend näher an den Tisch heran. »Sieh nach, ob die richtige dabei ist.«

Als ich nach der ersten Pistole griff, die ich zu fassen bekam, spürte ich, wie schweißnass meine Hände waren. Ich erinnerte mich plötzlich wieder an die Situation in der Waffenkammer der Residenz, in der Chris mich geküsst hatte.

Ich legte sie schnell wieder ab. »Wird schon gehen, danke«, sagte ich kurz angebunden.

»Gut. Dann zieh dich um. Wir bringen dich gleich zu eurem Treffpunkt.«

»Aber Chris meinte, ich soll alleine kommen«, nuschelte ich mehr oder weniger zu mir selbst, da Theo heute so mies gelaunt wirkte, dass ich am liebsten gar nicht mit ihm gesprochen hätte.

Er kniff die Augen ein klein wenig zusammen. »Schön, dass Chris das sagt. Ich hatte auch nicht vor, bei eurem kleinen Stelldichein dabei zu sein. Wir bringen dich lediglich hin. Das ist alles.«

Dann drehte er sich auf einmal um und schloss auch schon die Tür hinter sich, damit ich mich umziehen konnte.

Mit zittrigen Händen legte ich meine dreckige Uniform ab und tauschte sie gegen eine saubere; natürlich hatte auch die einen goldenen Drachen im Brustbereich.

Mit dem danebenliegenden Zopfgummi band ich meine Haare zu einem Dutt zusammen und beugte mich dabei näher über die Waffen.

Ich war so aufgeregt, dass ich einen Moment brauchte, um meinen Puls wieder zu beruhigen. Ich fühlte mich wie vor einem wichtigen Test, der über meine Zukunft entscheiden würde.

Nicht nachdenken, schnauzte mein Verstand. *Weitermachen.*

Schließlich griff ich nach der einzigen Pistole, die in etwa so groß war wie die, mit der wir trainiert hatten. Der Vorteil bei dieser war aber, dass sie nur einen Hebel zur Entsicherung hatte und automatisch nachlud, sobald ich einen Schuss abgegeben hatte.

Nachdem ich sie an meinem Gürtel befestigt hatte, nahm ich mir noch ein schwarzes Kampfmesser, das vier gleich große Löcher im Griff hatte. Die Klinge war ebenfalls schwarz; auf ihr stand schwer lesbar und in weißer Schrift der Hersteller *BlackField*.

Ich war mir zwar sicher, dass ich es niemals gegen einen Menschen verwenden konnte, aber Theo würde mich wieder hierher zurückschicken, wenn ich mich nicht so ausstattete, wie er es wollte.

Ich zuckte zusammen, als sich hinter mir die Tür öffnete.

»Bereit?«, fragte Theo kühl und beobachtete meinen Gürtel fast schon zu auffällig, während ich die Schneide des Messers ebenfalls daran befestigte.

Obwohl ich nickte, fühlte ich mich alles andere als bereit. Ich wusste immer noch nicht, wie ich meine Fragen an Chris formulieren sollte.

»Dann komm!«, befahl er und trat wieder aus der Kammer, achtete aber nicht darauf, ob ich ihm folgte.

Da ich wusste, dass er bestimmt nicht auf mich warten würde, eilte ich ihm nach und schloss mich seinen Soldaten an. Ridley und Isaac würden uns auch begleiten; das Gesicht der Blonden hätte bis dato nicht genervter sein könnten. Allerdings erhellte sich ihre Miene ein bisschen, als Theo ihr zulächelte.

Von Jasmine wusste ich, dass Ridley trotz ihrer erst sechzehn Jahre so etwas wie Theos Stellvertreterin war. Angeblich hatten sich ihre Gene ungewöhnlich schnell verändert, wodurch sie ihre Ausbildung binnen eines halben Jahres abschließen konnte.

»Gehen wir unten oder oben lang?«, fragte sie an den Dunkelhaarigen gerichtet.

»Wir kommen schneller voran, wenn wir durch die Kanalisation gehen.«

Und das taten wir leider auch. Die Soldaten hatten sich so schnell in Bewegung gesetzt, dass ich nicht mal mehr Zeit hatte, mich von Kay oder Jasmine zu verabschieden, die mir bei meinen Fragen hätten helfen können.

Allerdings drängte mich Theo mit seinen Blicken schnell durch die Luke, wo mich bereits der gewohnte Gestank erwartete. Die Kanalisation war zwar weniger schlimm als die Müllhalde, aber dadurch nicht wirklich besser.

Ich atmete durch den Mund, damit sich der Geruch nicht festsetzen konnte, und folgte Ridley an der Spitze unserer Gruppe. Um mich irgendwie abzulenken, weil wir nicht miteinander sprachen, zählte ich die Schritte, verzählte mich aber irgendwann und gab es wieder auf.

Die Nervosität wurde immer erdrückender, sodass ich irgendwann sogar vergaß durch den Mund zu atmen und von einer Geruchswolke getroffen wurde, bei der sich die Härchen in meinem Nacken aufstellten.

Wir liefen zwanzig Minuten, bis wir endlich eine Abbiegung machten – doch die Abwechslung währte nicht lange. Ich konnte wirklich nicht verstehen, wieso sie sich hier unten so gut auskannten. Für mich sah alles gleich aus, sodass es mich nicht gewundert hätte, wenn ich ohne sie nur im Kreis gelaufen wäre. Ab und zu schnupperte ich probeweise und hoffte, dass der Gestank nicht mehr so schlimm wäre, aber dieser Wunsch blieb mir verwehrt.

Ich wollte gar nicht wissen, wie ich stinken würde, wenn ich die Kanalisation wieder verlassen hatte.

Das war auch das Stichwort.

Ridley blieb abrupt vor mir stehen, sodass ich fast in sie hineingelaufen wäre – ihr grimmiger Blick hatte mich gerade noch rechtzeitig davon abgehalten.

»Wir müssten da sein.«

»Bei Chris?«

»So in etwa«, antwortete Theo für Ridley und schob mich zur Seite, damit er an die in die Wand eingelassene Leiter kam. »Wir sind noch ein paar Straßen entfernt.«

Super. Noch mehr Zeit, in der ich mich selbst verrückt machen konnte. Aber immerhin geschähe das dann an der besseren Luft.

Wir sahen Theo hinterher, während er die Stufen hochkletterte und den Kanaldeckel zur Seite schob. Sobald er genug Platz hatte, hievte er sich auf die Straße und bedeutete uns mit einem Handwink ihm zu folgen. Gleichzeitig behielt er seine Umgebung im Auge und suchte nach feindlichen Soldaten.

Ridley ging vor, danach kam ich – und ich stellte mich eindeutig dümmer an. Die Blonde hatte nur ein paar Sekunden gebraucht, bis sie ebenfalls oben war. Ich hatte das Gefühl, eine ganze Minute zu brauchen, weil meine Hände zu schwach und nervös waren, um richtig nach den Sprossen zu greifen.

Falls ich damit die Nerven der anderen überstrapazierte, waren sie immerhin so freundlich, sich nichts anmerken zu lassen. Nachdem auch Isaac zu uns gestoßen war, schob Theo den Deckel wieder zu.

Obwohl er gesagt hatte, dass wir nur ein paar Straßen von Chris' Haus entfernt waren, wusste ich, dass wir noch mindestens fünf Minuten Fußweg vor uns hatten. Um keine Zeit zu verlieren, setzten wir uns schnell in Bewegung.

Anders als bei Jasmine, die den Beweis ihrer Elementzugehörigkeit hatte verschwinden lassen, ging das bei Ridley nicht so einfach. Obwohl sie die meisten ihrer roten Strähnen geschickt im Dutt verstecken konnte, blitzten wenige von ihnen hindurch. Sie würde man zwar nicht auf den ersten, aber mit Sicherheit auf den zweiten Blick sehen.

Vielleicht war das der Grund, wieso auf einmal von hinten auf uns geschossen wurde.

23

Noch während ich mich zu unseren Angreifern umdrehte, griff ich nach meiner Pistole und setzte mich in Bewegung. In meinem Kopf legte sich auf einmal ein Schalter um – von jetzt auf gleich explodierte ein Adrenalinfeuerwerk in mir, das meine Nervosität überflutete und ertränkte.

Obwohl ich die Unerfahrenste von ihnen war, handelte ich nicht weniger entschlossen. Ich traf zwar nicht auf Anhieb – ehrlich gesagt war ich auch nicht daran interessiert –, wusste aber, dass ich mich gegen die östlichen Soldaten wehren musste, wenn ich zu Chris' Haus kommen wollte.

Der Knall der Schüsse erreichte uns erst, als die Kugel längst an uns vorbeigeflogen war. Wie in Trance registrierte ich, dass mich eine davon am Arm traf, der brennende Schmerz davon aber nur ein paar Sekunden währte.

Auch die anderen schienen getroffen worden zu sein, denn Ridley schrie wütend auf und drehte sich unter auffälligem Zucken weg.

»Verschwinde!«, schrie Theo mir auf einmal über seine Schulter hinweg zu und drängte mich dabei rückwärtslaufend zurück. »Mach, dass du hier wegkommst! Sofort!«

»Aber ...«, *ich will helfen.*

»Sofort!«, setzte Theo hinterher, packte mich und rannte mit mir ein paar Meter vorwärts. Aus dem Augenwinkel sah ich noch, wie Ridley und Isaac uns folgten, sich aber auf die Soldaten konzentrierten, die beängstigend schnell näher kamen.

Wenn ich richtig gezählt hatte, waren es fünf.

Wenn du erschossen wirst, wirst du deine Familie nicht wiedersehen, erinnerte mich mein Verstand unbarmherzig daran, dass ich auf Theo hören und von hier verschwinden sollte.

Ich wusste nur nicht, wo ich langmusste – was den Dunkelhaarigen wenig interessierte. Er rannte schneller als ich, weshalb ich immer wieder ins Stolpern geriet; letztendlich stieß er mich ein gutes Stück weiter in unsere Laufrichtung.

Er öffnete noch den Mund, um irgendetwas zu sagen, wurde aber daran gehindert, als er an der Schulter getroffen wurde und eine so laute Beleidigung über den Platz brüllte, dass ich mich wie von der Tarantel gestochen in Bewegung setzte. Instinktiv wollte ich mich auf einmal nicht mehr nur vor den Soldaten in Sicherheit bringen, sondern auch vor Theo, der so aussah, als könnte er jeden Moment vor Wut explodieren.

»Isaac!«, stieß er wie einen Befehl hervor, woraufhin ich ein Beben unter meinen Füßen spürte und kurz das Gleichgewicht verlor. Ich konnte nicht anders, als mich noch einmal umzudrehen ...

Die Straße platzte hinter mir auf; kleine Gesteinsbrocken flogen in die Luft, gefolgt von einer riesigen Wasserfontäne, die aus einem berstenden Rohr emporstieg.

Erst als Theo wütend und ruckartig die Arme Richtung Wasser streckte, erkannte ich, dass er es beherrschte. Verdammt gut sogar, denn er verbreitete die Fontäne so sehr, dass sie wie eine undurchdringbare Mauer wirkte.

Erleichtert, dass ihnen ganz bestimmt nichts passieren würde, trieb ich meine Beine fast blind vorwärts; meine Waffe hielt ich für alle Fälle fest in der Hand. Sollte ich einem östlichen Soldaten begegnen und mein Feuer versagen, wollte ich dennoch etwas gegen ihn in der Hand haben.

Als ich ziemlich schnell bei der ersten Kreuzung ankam, stellte ich erleichtert fest, dass Theo und die anderen die feindlichen Soldaten aufhalten konnten; deshalb war mir niemand auf den Fersen. Somit verschafften sie mir ein paar Sekunden, sodass ich mich umsehen und feststellen konnte, wo zum Teufel ich überhaupt in Haven gelandet war.

Instinktiv wählte ich die linke Straße; irgendwie hatte ich das Gefühl, dass ich dort entlangmusste, obwohl ich immer noch nicht genau sagen konnte, wo ich war.

Anhand der immer leiser werdenden Schüsse erkannte ich, dass ich mich von ihnen entfernte – und dass sie immer noch kämpften. Ehrlich gesagt hatte ich Angst vor der Stille. Sie konnte entweder bedeuten, dass ich sie im Stich gelassen und man sie gefangen genommen hatte, oder aber, dass sie diesen Kampf für sich entschieden hatten.

Meine Beine fühlten sich bleischwer an, aber das Tempo drosselte ich trotzdem nicht. Das Gute war, dass ich so schneller die nächste Kreuzung erreichte und feststellte, dass ich den richtigen Weg genommen hatte.

Wir waren am Rande einer Wohnsiedlung an die Oberfläche gekommen, in der Chris mit seinem Vater wohnte.

Mit besseren Ortskenntnissen hätte ich bestimmt ein paar Abkürzungen nehmen können, doch so musste ich mich auf die Straßen konzentrieren, die mich irgendwie zu seinem Haus führen sollten. Anders als in der Stadtmitte waren die Wohnhäuser hier nahezu unversehrt.

Ich konnte nicht unbedingt leugnen, dass ich hinter jeder Ecke, hinter jedem Mülleimer oder hinter jedem Schild einen Soldaten erwartete; mein Herz raste zumindest so, als würde es jeden Moment mit einem Angriff rechnen. Jedes Geräusch, selbst wenn es nur Steinchen waren, die durch meine Schritte gegen etwas Blechernes getreten wurden, fühlte sich an, als würde es eine leise Warnung aussprechen.

Es musste wohl das hinterlistige Schicksal sein, das sich in diesem Moment hinter mir zu Wort meldete und mir vor Augen führen wollte, wie richtig ich lag.

Ich konnte ihn nicht sehen, nicht hören, aber ich spürte ihn deutlich. Dabei war es nicht wie eine Vorahnung oder bloße Angst; es fühlte sich an, als hätte ich ihn schon entdeckt, nur war ich zu blind, um ihn zu sehen. Ob Chris das gemeint hatte, als er mir von der Feuereigenschaft erzählt hatte, mit der man die Anwesenheit eines Menschen spüren konnte?

Meine Atmung ging flach, während ich mich unauffällig umdrehte, dabei aber weiterlief, da vor mir niemand zu sehen war. Die Straße war wie leer gefegt. Instinktiv hob ich meine Waffe und hielt sie nach vorn gerichtet, als könnte jederzeit ein Angreifer auftauchen.

Plötzlich hörte ich etwas und drehte mich wieder endgültig in die Richtung, in die ich eigentlich hätte laufen müssen – es ging nur nicht, da auf einmal drei Männer in östlicher Uniform völlig aus dem Nichts heraus vor mir standen. Sie hielten ihre Waffen auf mich gerichtet, warteten aber mit dem Abschuss.

Vielleicht irritierte es sie, dass ich stehen geblieben war – und natürlich, dass ich die gleiche Uniform trug wie sie.

Der, der in der Mitte stand, visierte mich über dem Lauf seines Gewehres an. »Weis dich aus!«, verlangte er von mir, aber ich konnte seinem Befehl nicht nachkommen. Ich war mir ziemlich sicher, dass er das wusste, denn er ließ die Waffe immer noch nicht sinken; ebenso wenig wie seine zwei Begleiter.

Ich hörte mein Herz in den Ohren wummern. Ich rang hektisch nach einer Antwort, aber egal wie sehr ich meinen Mund dazu zwang, irgendetwas zu sagen, keine Worte drangen hervor.

Ich stand einfach nur da und starrte die drei Männer an; ich wartete darauf, was sie als Nächstes tun würden.

»Weis dich aus!«, wiederholte er noch einmal, woraufhin er einen festen Schritt auf mich zu machte.

Mein Körper hatte gehandelt, bevor ich mich bewusst dagegen entscheiden konnte. Ohne nachzudenken, rannte ich einfach los – direkt auf die Soldaten mit den gezückten Waffen zu.

Keine Ahnung, woher ich den Mut und die Kraft nahm, aber ich zielte mit Angst einflößender Genauigkeit auf die

Köpfe der Soldaten. Es brauchte nur einen Klick und schon würde der Erste von ihnen umfallen wie eine leblose Puppe.

»Stehen bleiben!«, brüllte der Soldat. »Waffe runter!«

Ich gehorchte nicht. Wäre ich nicht allein gewesen, hätte ich vielleicht über seine Worte nachgedacht, aber jetzt gab es nur mich. Ich war für niemanden verantwortlich, hatte keine Schuld, wenn jemand verletzt wurde, den ich eigentlich nur beschützen wollte.

Es gab nur noch mich.

Dieser Satz hatte wie ein Echo in meinem Kopf widergehallt, als ich meinen Herzschlag verdrängt und die Spitze der Waffe bewusst weiter nach unten gerichtet hatte, ehe ich den Abzug betätigte.

Einmal. Ich traf den ersten Soldaten in den Oberschenkel. Der Schmerz würde ihn lähmen und unfähig machen, aber er würde ihn nicht töten.

Zweimal. Ich zielte auf den zweiten Soldaten, aber ihn verfehlte ich, als er im letzten Moment der Kugel auswich.

Dreimal. Ein Gegenschuss ertönte vom zweiten Soldaten. Meine rechte Schulter wurde nach hinten geschleudert, als ich – schon wieder – einen stechenden Schmerz im Oberarm verspürte, der sich wie ein Lauffeuer durch meinen Oberkörper zog. Dieses Mal hätte ich dabei fast meine Waffe fallen lassen, schaffte es aber, noch einmal zu schießen.

Viermal. Der letzte Schuss, bevor ich meine Pistole endgültig aus der Hand verlor, hatte den dritten Soldaten in die Seite getroffen. Auch wenn ich eigentlich auf seinen Oberschenkel gezielt hatte, verspürte ich kein schlechtes Gewissen.

Der übrig gebliebene Soldat hatte sein Gewehr immer noch auf mich gerichtet – ich holte mit der linken Hand aus, ließ das Kribbeln, die Energie in mir frei und feuerte mit aller Kraft die Flammen auf den Mann in Uniform.

Während sich das Feuer einen Weg zu ihm bahnte, erlaubte ich mir einen kurzen Blick auf die Schusswunde. Schnell stellte sich heraus, dass mich die Kugel nur gestreift hatte und die Verletzung schon wieder verheilt war. Den Schmerz spürte ich längst nicht mehr.

Ich sah wieder nach vorn, wo sich die Feuerwand gerade in Rauch auflöste. Um mich vor Angriffen der beiden am Boden Liegenden zu schützen, lenkte ich die Flammen wie einen Schutzschild um sie herum, verschonte sie aber.

Für den anderen Kämpfer hatte ich ehrlich gesagt nicht so viel übrig.

Mit dem merkwürdigen Gefühl, dass das Feuer Besitz von mir ergriff und meine Handlung steuerte, ohne dass ich etwas dagegen tun konnte, zog ich das Messer aus der Scheide an meinem Gürtel. Alles passierte automatisch, völlig natürlich, als wäre mein Körper nie zu etwas anderem bestimmt gewesen.

Ich spürte das Gewicht dieses Moments kaum, war taub, obwohl ich wusste, dass ich tief in mir drin Angst hiervor hatte.

Entweder du oder er. Entscheide dich!, schrie mich mal wieder die Stimme der Vernunft an, als ob sie meinen Entschluss nicht schon längst kannte.

Ich sprang direkt in den Rauch hinein, sah den Soldaten

und sein auf mich gerichtetes Gewehr. Mit der linken Hand schlug ich es zur Seite, sodass ein weiterer Schuss direkt an mir vorbeiging. Ich rammte ihm mit dem Schwung meines ganzen Körpergewichts das Kampfmesser durch die Uniform hindurch in den Bauch.

Während ich das tat, sah ich dem Mann nicht in die Augen. Ich wollte nicht wissen, wie alt er war und ob er mich mit einem flehenden Blick ansah.

Fast meinte ich zu hören, wie der Stoff beim Durchschneiden knirschte. Kaum hatte ich bemerkt, dass die Klinge nicht mehr tiefer eindringen konnte, ließ ich den Griff wieder los. Ich rannte an ihm vorbei, als wäre er nie ein Hindernis für mich gewesen.

Mich nicht nach ihm umzudrehen fiel mir zwar nicht leicht, aber ich schaffte es und lief weiter, aus dem dichten Rauch hinaus. Mit meiner Flucht verzogen sich auch die Flammen um die angeschossenen Soldaten und folgten mir stattdessen. Es schien, als würden sie sich wie ein Umhang um meinen Körper schließen und mir wieder Kraft geben, mich aufladen. Kurz hatte ich gesehen, wie das Feuer meine Arme umspielt hatte, ehe es – wie von einem Magneten angezogen – in die Schwärze meiner Jacke gesogen wurde.

Da ich keine Waffe mehr hatte, konzentrierte ich mich umso mehr auf mein Feuer, das bereits zum zweiten Mal in diesem Ausmaß gewirkt hatte. Vermutlich lag es am Adrenalinpegel.

Ohne mein Tempo zu drosseln, folgte ich den Straßen, bis ich glaubte, in Chris' angekommen zu sein. Obwohl bisher keine weiteren Soldaten aufgetaucht waren, behielt ich meine Umgebung im Auge; diese wirkte eigentlich ganz ruhig.

Nicht verdächtig ruhig, sondern einfach nur verlassen.

Viele der Gartentore und Haustüren standen offen, fast einladend, aber mir war bewusst, dass man in der Hektik und der Panik nicht daran gedacht hatte, sein Hab und Gut genauso zu beschützen wie sein Leben und seine Familie. Aber es waren nicht nur die Haustüren, auch viele Fenster waren geöffnet oder gar zerschlagen. Im Licht der Sonne sah ich, wie sich die Splitter auf den äußeren Fensterbänken spiegelten.

Von den verwüsteten Vorgärten ganz zu schweigen ...

In manchen Gärten hatten liebevolle Figuren gestanden, Plastikblumen, die dem künstlichen Rasen wenigstens etwas Farbe verliehen – aber sie waren verschwunden. Das Ganze wirkte nur noch trostlos. Grün, Grau, Weiß und Schwarz. Das war alles, was ich noch wahrnehmen konnte.

Und Chris' Haus, das aus all dem Chaos deutlich hervorstach. Es wirkte fast schon unwirklich; viel zu perfekt, denn anders als die üblichen Häuser war nichts daran zerstört oder eingeschlagen. Es war einfach nur ein ganz normales Haus.

Am Gartentor blieb ich stehen und sah mich prüfend und schwer atmend um. Zwar entdeckte ich sofort sein Motorrad auf der Einfahrt, bedeuten musste das allerdings nicht das Geringste. Wenn wir uns treffen wollten, wieso erwartete er mich nicht auf der Veranda? War er überhaupt zu Hause?

Es war immer noch viel zu still.

Was, wenn er doch erwischt worden war und gar nicht auf mich wartete? Wenn es eine Falle war?

Bevor ich das geschlossene Gartentor öffnete, hatte ich tief ein- und wieder ausgeatmet. Ich würde nur herausfinden, ob er da war, wenn ich nachsah.

Das Haus – das genauso aussah wie meines, genauso groß war, obwohl Chris' Vater der Captain des Militärs von Haven war – wirkte beängstigend; als wäre es ein Monster, das auf meinen Eintritt lauerte.

Durch die Fensterscheiben warf die Sonne Licht in den Flur – von Weitem schien er ordentlich, nur ein wenig Staub tanzte im Wind und glitzerte verführerisch wie weiße Flocken.

Mit angehaltenem Atem betrat ich die Veranda. Aus Angst, es könnte jemand im Inneren auf mich warten, der nicht Chris war, versuchte ich das feurige Kribbeln in meinen Händen zu behalten. Ich war zwar waffenlos, aber nicht wehrlos.

Der Flur war einladend. Links stand ein dunkelbrauner Schuhschrank, der mir bis zur Brust reichte. Darauf lagen Schlüssel und eine leere Schale. Rechts hingen Jacken an der Wand. Auf dem Boden darunter standen zwei Paar Hausschuhe ordentlich nebeneinander, als hätte man eben erst aufgeräumt. Geradeaus von mir führte eine Treppe nach oben, aber mein Blick wurde von etwas anderem angezogen.

Über dem Schuhschrank, an der sandfarbenen Wand, hingen drei Bilderrahmen. Aber nur einer davon beherbergte ein Foto. Es schien schon älter zu sein. Die Umrisse waren nicht mehr ganz deutlich und ein Knick war zu erkennen. Es war das Foto eines jungen Mädchens. Sie war vielleicht in meinem Alter – und todunglücklich. Ihr Lächeln war nur angedeutet, aber selbst ein Blinder konnte sehen, dass ihre Augen weinten, obwohl keine Tränen diesen Ausdruck bestätigten.

Aus dem Augenwinkel nahm ich eine Bewegung wahr. Erschrocken drehte ich mich in die Richtung, aus der sie gekommen war, konnte aber niemanden finden. Nervös und gleichzeitig neugierig trat ich einen Schritt näher an den Türbogen, hinter dem sich das Wohnzimmer befand.

Vorsichtig legte ich die Hand an den Türrahmen. Ich war gerade dabei, die Schwelle zu übertreten, als ich ihn sah.

Er stand mit dem Rücken zu mir, hinter dem zweiten Teil der dunkelgrauen, großen Couch, die fast den gesamten Raum ausfüllte.

Mein Herz stockte. Ich hätte nicht damit gerechnet, dass er wirklich hier sein würde. Dass er auf mich wartete.

In diesem Moment wusste ich nicht, ob ich mich freuen oder auf ihn losgehen sollte. Mir blieb dafür aber auch nicht die Möglichkeit.

Als Chris sich zu mir umdrehte, blieb sein Blick interessiert an mir hängen; seine Augen lächelten, aber seine Miene wirkte ausdruckslos. Fast hätte ich die Geste unbewusst erwidert, erstarrte aber, als er einen Schritt zur Seite trat und somit eine zweite Person zum Vorschein brachte.

Sie war kleiner als Chris, dünner und verpasste mir mit ihrer Anwesenheit einen Tritt in den Magen.

Meine Stimme, die nichts weiter als ein fassungsloser, gehauchter Ton war, versagte. »Sara?«

24

Hätte ich Pläne gehabt, wie dieses Treffen hätte verlaufen sollen – diese wären soeben über Bord geworfen worden und rettungslos im Meer ertrunken.

Die Erkenntnis, dass sie meinen Blick erwiderte, als wäre sie ein Raubtier und ich ihre Beute, traf mich mitten in den Magen. Ihr Anblick verschlug mir die Sprache.

Sie hatte sich verändert.

Ihre schulterlangen blonden Haare hatte sie zu einem Zopf gebunden. Damit sah sie nicht nur aus wie eine Soldatin New Asias. Etwas lag in ihren Augen, das mir eine Gänsehaut verursachte.

Sie hasste mich.

Abwechselnd sah ich zwischen Sara und Chris hin und her. Dass ich über ihre Anwesenheit so schockiert war, schien ihn deutlich zufriedener zu stimmen als sie. Er besaß sogar die Dreistigkeit, mich mit einem Mundwinkel anzulächeln.

Sara wirkte dagegen so, als würde sie am liebsten auf mich losgehen wollen. Dabei hatte ich gehofft, wir könnten unseren Streit einfach vergessen ... sie sah das offensichtlich anders.

Abwehrend verschränkte sie die Arme vor der Brust. »Ich

freue mich auch dich zu sehen«, ließ sie mich spöttisch wissen, wobei sie kaum eine Miene rührte.

»Was machst du hier?«, fragte ich so ruhig wie möglich, weil mir klar wurde, dass Sara mir nicht verziehen hatte und ich ihr ebenfalls nicht.

Ihre Worte, ich solle endlich über Jills Tod hinwegkommen, brannten immer noch zu tief in meiner Seele. Die Distanz zwischen uns war in den letzten Wochen größer geworden; vor mir stand nicht mehr meine beste Freundin. Die hätte sich gefreut mich zu sehen und wäre sofort in Tränen ausgebrochen. Diese Sara hier vor mir wurde von absoluter Kälte beherrscht.

»Ist das nicht offensichtlich?«, entgegnete sie, wobei sie wie ein vollkommen anderer Mensch klang.

Ob es daran lag, dass sie mit Chris hier war? Bisher hatte ich nicht mal geahnt, dass sie etwas miteinander zu tun hatten. Dass er ihren Namen kannte.

Ich schüttelte den Kopf. »Nein, eher weniger.«

»Sie hilft mir, also entspann dich, Prinzessin«, antwortete Chris stattdessen und löste seine ineinander verschränkten Arme, um mit einer Hand auf die Couch zu deuten. »Setz dich.«

Während ich ihn dabei beobachtete, wie er sich auf dem grauen Sofa niederließ, schüttelte ich erneut den Kopf.

»Ich stehe lieber.« Gleichzeitig blieb ich so weit wie möglich von ihnen entfernt. Ich hatte auf einmal das Bedürfnis, weder ihm noch Sara zu nah zu kommen.

Meine – wohl jetzt ehemalige – beste Freundin verhielt sich

wie ein Wachhund. Sie bohrte ihre bronzefarbenen Augen in meine und starrte mich an, als rechnete sie jederzeit damit, dass ich Chris etwas antat; dabei war ich hier diejenige, die nicht mal eine Waffe hatte.

»Wie du willst.« Er zuckte mit den Schultern und sah stattdessen die dritte Person im Raum auffordernd von der Seite an. »Sara?«

Beim Klang ihres Namens musste ich ein Zucken unterdrücken. Es pochte einmal gefährlich in meiner Brust – das hier war also keine Einbildung.

Wann auch immer das zwischen den beiden angefangen hatte, was auch immer es war, es fühlte sich an, als hätten sie mich verraten. Allerdings war ich auch nicht ganz unschuldig ... immerhin hatte ich mich von Chris küssen lassen, obwohl ich von Saras Gefühlen für ihn wusste. Falls man sie überhaupt als richtige Gefühle bezeichnen konnte, wenn man sich jeden Tag in einen anderen Typen verliebte.

Aber wenn sie von Chris und mir wusste, würde das zumindest ihre noch größere Abneigung mir gegenüber erklären – und wieso sie mich mit ihrem Blick zu erdolchen versuchte.

Sah sie denn nicht, dass es dafür keinen Grund gab? Sie trug eine Uniform des Ostens, war eine Soldatin geworden. Chris' Soldatin. Sie hatte ihn.

Wenn hier also jemand eifersüchtig sein sollte, war das ganz offensichtlich ich selbst.

Während sie sich auf die Couch setzte, so dicht neben ihm, dass sich ihre Ellbogen berührten, ließ sie mich nicht aus den

Augen. Falls ich meinen Gesichtsausdruck nicht unter Kontrolle hielt, sah sie genau, wie sehr mich das verletzte.

Ich musste mich davon ablenken.

»Wie hilft sie dir?«, fragte ich Chris und schluckte trocken. Die Worte wollten kaum herauskommen.

Chris lächelte entspannt. »Sie steht auf meiner Seite. Das ist schon mehr als ausreichend.«

»Aber«, begann ich und wusste nicht, wie ich meine Frage formulieren sollte. Ich fühlte mich schon komisch genug, weil ich immer noch wie angewurzelt auf der Türschwelle stand und die beiden anstarrte, als würden sie mir gerade offenbaren, dass sie heirateten. »Wie?«

»Wir stehen schon eine Weile in Kontakt«, lautete Chris' prompte Antwort, wobei er mich interessiert musterte, als würde er mein Unwohlsein genau spüren, nur nicht wissen, woher es kam.

Sara, die immer noch die Arme vor der Brust verschränkt hatte, lehnte sich gelangweilt gegen die Lehne. »Du hast es bloß nicht gemerkt.«

Klang das nur in meinen Ohren so, als würden sie mir tatsächlich sagen wollen, dass sie ein Paar waren? Aber selbst wenn, war mir keiner der beiden Rechenschaft schuldig.

Bevor sich der beunruhigende Gedanke, Chris und Sara könnten ineinander verliebt sein, in mir festbohren konnte, hatte er diesen zunichtegemacht.

»Weil es keine Bedeutung hat, ob sie es weiß oder nicht«, meinte er herablassend zu Sara und warf ihr dabei einen Blick zu, der Bände sprach.

Mein jämmerliches Herz glaubte daraufhin, dass er sie nicht mal wirklich mochte – mein Verstand beklagte stattdessen, dass es nur seine Masche war.

Als er mich wieder ansah, jagte mir ein Schauer über den Rücken. Sein plötzliches überlegenes Grinsen setzte meiner Nervosität die Krone auf und machte es noch schlimmer. »Also, Prinzessin, fang an. Ich brenne ehrlich gesagt schon seit Tagen darauf, von dir verhört zu werden.«

Wenn ich mir in den letzten Nächten irgendwie überlegt hatte, wie ich das Gespräch beginnen sollte, löschte mein Gehirn diese Ideen gerade ohne mein Zutun. Da meine Hände immer noch vor Unsicherheit und Unwohlsein wegen Sara zitterten, hatte ich das Bedürfnis, mich an irgendetwas festzuhalten, aber es gab nichts. Stattdessen zupfte ich nur nervös an meinem Ärmel herum und hoffte, dass sie es nicht bemerkten.

»Okay. Was genau hast du vor?«, murmelte ich fragend und versuchte Chris so fest wie möglich in die Augen zu sehen.

Es fiel mir schwer, weil ich bereits auf fünf Meter Entfernung die Flammen darin erkennen konnte und wusste, dass er in diesem Gespräch die Fäden zog. Ich hatte weder etwas zu sagen noch das Recht, zu bestimmen, wie das Gespräch verlaufen würde. Wenn ihm eine Frage nicht passte, würde er sie einfach nicht beantworten.

Mein Herzschlag beschleunigte sich, als er den Kopf schief legte. »Die verdammte Elite New Americas zerstören«, antwortete er fast vorwurfsvoll, als hätte ich es wissen müssen. »Sie vernichten, sie aus den Geschichtsbüchern streichen. Nenn es, wie du willst.«

»Und warum?«

»Weil sie nicht natürlich ist – wir sind es nicht. Wir sind nur Waffen für die.« Er sprach ruhig, aber ich konnte in seinen Augen sehen, dass er innerlich loderte. Obwohl er mir damit eine Gänsehaut verursachte, konnte ich nicht wegschauen. Sein Blick lag zu intensiv auf mir. »Sie gewähren uns exklusive Vorzüge, ausreichend Essen und Trinken, eine schönere Einrichtung, mehr Geld. Aber wofür?«

»Um uns zu locken«, antwortete ich für ihn.

»Richtig«, stimmte er mir zu. »Sie blenden uns mit einem besseren Leben. Etwas, das man beneiden soll, damit man sich nichts sehnlicher wünscht, als ein Teil davon zu werden.«

Bei Sara hatte es funktioniert. Ohne sie anzusehen, da ich mich zu sehr auf Chris konzentrierte, spürte ich ihren Blick immer noch auf mir. Vielleicht war das der Grund, warum sie sich zu diesem Thema nicht äußerte.

»Und du willst die Elite zerstören, indem du alle umbringst?«

»Ich töte diejenigen, die mir im Weg stehen, Malia«, erklärte er hart, aber brutal ehrlich. »Aber nein, das ist nicht der Plan.«

»Sondern?«, bohrte ich nach.

Chris lehnte sich ein Stück nach vorn und stützte sich dabei mit den Ellbogen auf seinen Oberschenkeln ab. Er verschränkte die Hände ineinander, als würde er somit versuchen seine innere Unruhe zu verbergen. »Das Serum zu zerstören.«

Etwas in seiner Stimme ließ mich daran zweifeln, dass das schon geschehen war. »Also ist es das noch nicht?«

»Wir können es nicht finden«, erwiderte er überraschend ehrlich, wirkte aber alles andere als glücklich darüber.

Ich erinnerte mich vage daran, dass ihn einmal Soldaten in meiner Zelle abgeholt hatten, weil sie aus dem Krankenhaus zurückgekommen waren. Jetzt ergab das Gespräch auch einen Sinn.

»Ist es nicht in den Krankenhäusern?«, wunderte ich mich.

»Wow«, hauchte Sara überheblich und mischte sich das erste Mal wieder ein. Und wurde auch noch beleidigend. »Du bist ja ein richtiger Fuchs.«

»Rede nur, wenn du gefragt wirst!«, meinte Chris wenig freundlich an sie gewandt, beachtete sie aber nicht weiter. »Wir haben dort schon mehrmals gesucht, aber bisher ohne Erfolg.«

»Vielleicht habt ihr etwas übersehen.«

»Vielleicht.«

Ich wusste nicht, was ich darauf erwidern sollte. Irgendwie war dieses Gespräch hier viel zu einfach – und das bedeutete entweder, dass Chris nicht ehrlich zu mir war, oder, dass er längst davon ausging, ich würde über sein Vorhaben Bescheid wissen. Ich hatte geahnt, dass er es auf die Elite abgesehen hatte, aber es jetzt aus seinem Mund zu hören war noch mal etwas anderes.

Nichtsdestotrotz wurde ich das merkwürdige Gefühl nicht los, dass er mir etwas verheimlichte.

Es gab zwei Arten von Lügen, die Chris beherrschte. Die eine war, dass man überhaupt nicht mitbekam, wenn er log. Die andere, dass er es einen wissen ließ, wenn er es wollte.

Ich war mir nur nicht sicher, welche der beiden Varianten gerade galt.

»Was? Das war's schon?«, durchbrach er die Stille und schmunzelte frech. »Ich dachte, das hier würde die ganze Nacht dauern.«

»Das hätte sie wohl gern.« Saras überhebliche, gehässige Stimme verursachte ein drückendes Gefühl in mir, das sich wie Wut anfühlte, die meinen Gesichtsausdruck langsam düsterer werden ließ. Es störte mich auf einmal extrem, dass sie hier war und meinte, ihren Senf dazugeben zu müssen.

Als könnte sie meinen Ärger spüren, schob sie trotzig das Kinn vor.

»Kannst du nicht einfach ...«, setzte ich an, wurde allerdings von Chris unterbrochen.

»Reg dich nicht auf, Prinzessin. Sie ist es nicht wert«, seufzte er genervt und rollte mit den Augen.

Sara störte sich an seiner Beleidigung genauso wenig wie an meinem verwirrten Blick. Früher hätte sie gekontert – aber das hier war Chris und sie himmelte ihn an.

»Aber sie hat schon recht«, meinte er. »Für mich wäre dieses Gespräch deutlich erträglicher, wenn du nicht so schüchtern wärst.«

»Oder wenigstens nützlich«, fügte Sara hinzu, woraufhin er sie erneut mahnend von der Seite ansah. Ehrlich gesagt verstand ich nicht, wieso er sie mitgenommen hatte, wenn sie die ganze Zeit über nur blöde Kommentare von sich gab.

Sein auffordernder Blick brachte mich dazu, Sara auszublenden. »Frag endlich, was du fragen willst.«

Wenn das so einfach wäre.

Ich presste die Lippen aufeinander, weil ich überhaupt nicht wusste, was ich fragen oder besser gesagt worauf ich eine Antwort bekommen wollte.

Unauffällig trat ich von einem Fuß auf den anderen und versuchte mich zu konzentrieren. Allmählich wurde es unbequem zu stehen, aber ich dachte nicht daran, mich zu ihnen zu setzen.

»Wieso tötest du dafür Menschen?«, fragte ich endlich nach kurzem Schweigen und bereute es augenblicklich. Mein Herzschlag dröhnte mir in den Ohren und machte mir deutlich, dass das genau eine der Fragen war, die ich nicht beantwortet haben wollte.

»Weil ich niemanden gebrauchen kann, der mir im Weg steht«, kam es von ihm in kühlem Ton.

»Aber deswegen musst du doch niemanden töten«, widersprach ich ihm schwach. »Du hättest diesen Krieg nicht herbeiführen müssen.«

Er hob eine Augenbraue – seine überhebliche, herablassende Art schürte die Wut in mir. »Glaub mir, Prinzessin, einen anderen Weg gab es nicht. Wenn ich gekonnt hätte, hätte ich die ganze Nummer auch lieber allein durchgezogen, aber dann hätte es bestimmt nicht so viel Spaß gemacht.«

»*Spaß?*«, fragte ich eine Spur zu fassungslos, wodurch das Brodeln in mir ein passendes Ventil fand. Ich hörte auf, an meinem Ärmel zu nesteln, und ballte stattdessen die Hände zu Fäusten. »Es gefällt dir also, jemanden zu töten?«

»So würde ich das nicht formulieren.« Ein hinterhältiges Funkeln trat in seine Augen; er log mir ins Gesicht.

»Wie dann?« Ich verzog grimmig die Mundwinkel.

»Eher, dass es mir egal ist, ob irgendwer stirbt«, begann er, stand plötzlich auf und ging zum Fenster. »Egal, wie viele, wie alt, welches Geschlecht – ich habe kein schlechtes Gewissen, falls du das von mir erwartest.«

»Hast du nicht?«

Er schüttelte den Kopf. »Nein. Ich bereue keine Sekunde lang, was ich getan habe.«

Da ich nun in eine andere Richtung sah, fiel es mir leichter, Saras Anwesenheit vollends auszublenden. Ich sah sie nur noch aus dem Augenwinkel, aber da sie sich immer noch nicht rührte, geriet sie schnell in Vergessenheit.

»Das glaube ich dir nicht«, gestand ich ihm, worauf er mir allerdings nicht antwortete.

Stattdessen hatte er einen Blick nach draußen geworfen, als würde er die Umgebung abchecken, bevor er sich wieder zu mir drehte und sich gegen die Fensterbank lehnte. Sein Blick war unlesbar.

Wenn ich wirklich eines an ihm hasste, dann, dass er hervorragend darin war, seine Emotionen zu kontrollieren. Ich spürte, wie die Wut in mir mehr und mehr zunahm, konnte sie aber nicht herauslassen, da er kaum darauf einging und sie damit im Keim erstickte.

Ich kniff kurz den Mund zusammen, um mich zu sammeln. »Jeder würde sich schlecht fühlen, wenn er für den Tod Hunderter verantwortlich ist.«

»Wie oft denn noch?«, seufzte er, wobei er die Arme vor der Brust verschränkte. »Es juckt mich nicht, solange ich dabei meine Ziele erreiche. Nur das zählt für mich. Wer sich mir in den Weg stellt, kann auch die Verantwortung dafür tragen.« Locker schlug er die Beine übereinander, während er immer noch stand.

»Also würdest du mich auch töten, wenn ich …«, ich brach von alleine ab, da ich ehrlich gesagt nicht wusste, wie ich es formulieren sollte, ohne erbärmlich naiv zu klingen.

Er runzelte fragend die Stirn. »Ja?«

In meinem Kopf ratterte es. Ich musste ihm nicht gleich auf die Nase binden, dass es mir schwerfiel, zwischen Politik und einer zwischenmenschlichen Beziehung zu unterscheiden. Mir war klar, dass er immer noch dachte, mir ginge es um den Krieg, doch langsam gewann mein angeschlagenes Herz die Oberhand und lenkte dieses Gespräch in eine Richtung, die mir überhaupt nicht gefiel. Ganz besonders in Saras Anwesenheit.

»Wenn ich nicht auf deine Seite wechsle«, fuhr ich schließlich fort und hoffte damit wieder auf die richtige Spur zu kommen.

Christ grinste süffisant. »Das bist du doch schon längst.«

»Das stimmt nicht«, entgegnete ich.

»Das bist du seit Jills Tod«, widersprach Sara mir herzlos von der Seite und erinnerte mich gleichzeitig daran, dass sie auch noch da war.

»Halt sie da raus!«, warnte ich sie mit leicht zusammengekniffenen Augen.

»Aber ist es nicht so?« Chris zog die Aufmerksamkeit wieder auf sich. »Hasst du dieses System nicht mindestens genauso sehr? Willst du dich nicht für deine Schwester rächen?«

Ich schüttelte den Kopf. »Nicht so.«

»Haargenau so.« Daraufhin wandte er schmunzelnd den Blick von mir ab und sah auf irgendetwas, das er draußen entdeckt hatte. »Und das wirst du, wenn du deine Familie wiedersehen willst.«

Mein Herz sackte mir in den Magen. »Willst du mir jetzt etwa drohen?«

»Würde ich.« Zeit schindend behielt er den Blick nach draußen gerichtet. »Kann ich aber nicht ohne Druckmittel.«

Weil ich nicht wusste, was ich darauf erwidern sollte, presste ich die Lippen aufeinander.

Nachdem er Mum, Dad und Aiden vollkommen zusammenhanglos erwähnt hatte, machte ich mir auf einmal wieder Sorgen um sie. An sie zu denken fühlte sich komisch an – als ob eines der Puzzleteile meines Lebens verloren gegangen und verschwunden wäre. Einfach so.

»Ich glaube, sie versteht nicht, was das heißen soll«, informierte Sara ihn selbstgefällig.

Er lehnte sich mir zugewandt wieder gegen das Fensterbrett und betrachtete mich nachdenklich. »Merk schon.«

»Was soll es denn heißen?«, wiederholte ich fordernd. Weil ich etwas Schlimmes ahnte, schoss mein Puls in die Höhe.

»Dass ich kein Druckmittel habe. Keine Familie«, lautete Chris' kryptische Antwort.

Verwirrt zog ich die Augenbrauen zusammen und wartete darauf, dass er weitersprach.

Chris verschränkte die Arme vor der Brust und schien ziemlich emotionslos, als er erklärte: »Soll heißen, dass ich nicht weiß, wo sie abgeblieben sind oder ob sie noch leben.«

Unfähig etwas darauf zu erwidern, spürte ich, wie mein Herz sich zusammenzog, als könnte es sich dadurch die Ohren zuhalten oder wenigstens die Worte vergessen, die sich gerade unweigerlich in meinen Gedanken verewigten.

... ob sie noch leben.

Er musste doch an meinem Gesichtsausdruck sehen, wie er mir damit den Boden unter den Füßen wegriss. Aber er tat nichts dagegen und ließ mich einfach in das Loch fallen, an dem er schuld war.

25

Chris starrte mich nur stumm an. Fast glaubte ich, er hätte nur Spaß gemacht, aber sein Ausdruck wirkte so ernst wie schon lange nicht mehr.

»Was?«, brachte ich schließlich hauchend hervor, war jedoch zu einer weiteren Gefühlsregung kaum fähig.

»Muss ich das jetzt wirklich wiederholen?«

Mechanisch schüttelte ich den Kopf. »Aber du hast gesagt ...«

»Ich lüge«, unterbrach er mich seufzend, fast so, als täte es ihm wirklich leid, obwohl er mich gleichzeitig dafür bestrafte, dass ich es nicht besser gewusst hatte. »Hast du das immer noch nicht begriffen?«

Ich musste den Blick von ihm abwenden und hoffte inständig, dass das nicht wahr war. Er hatte mir doch gleich am ersten Tag in meiner Zelle gesagt, dass es meiner Familie gut ginge; dass sie am Leben wäre.

Fassungslos und immer noch so schockiert, dass ich nicht mal etwas sagen konnte, musste ich mich am Türrahmen festhalten. Meine Knie drohten unter dem tonnenschweren Gewicht, das meinen Brustkorb zusammendrückte, wegzuknicken. Ich hatte das Gefühl, einem Fremden gegenüberzustehen. Einem skrupellosen Fremden, der mich in dem Glauben gelassen hatte, meiner Familie ginge es gut.

Panik stieg in mir hoch. Panik, Wut, Angst, Verzweiflung, Hass.

Chris hatte eine Illusion für mich aufgebaut und diese Seifenblase jetzt einfach platzen lassen.

»Anscheinend sogar so gut, dass du's mir abgekauft hast«, meinte er kühl, nachdem ihm meine Reaktion sicherlich nicht entgangen war.

Ich wollte den Mund öffnen, um ihn anzuschreien, aber ich brachte kein einziges Wort hervor. Meine Lippen waren wie zugenäht; es schmerzte, wenn ich nur daran dachte, sie zu bewegen, mich überhaupt zu bewegen. Der Knoten in meinem Hals wurde immer fester.

Er hatte mich verraten, meine Sorgen um die Menschen, die ich liebte, ausgenutzt und mir eingeredet, alles wäre gut. Wenn ich ihn nicht dafür hassen konnte, dass er einen Krieg provoziert hatte, dann spätestens dafür, dass er mich hatte glauben lassen, meine Familie würde leben.

Bevor mich die Panik überrennen konnte, hatte sich der Knoten langsam in mir gelöst und den Tränen den Weg nach draußen gewährt. Um sie zurückzuhalten, blinzelte ich krampfhaft dagegen an und zwang mich, ruhig zu atmen.

Ich konnte nicht sagen, wie lange sich niemand von uns rührte. Vielleicht war ich auch die Einzige, die es nicht mitbekam, weil es nur meine Welt war, die sich nicht mehr weiterdrehte.

»Sara, verschwinde!«, waren schließlich die Worte, die mich endgültig wieder in die Realität zerrten. Ich sah hoch und erkannte durch einen verschwommenen Blick, dass Chris mich nicht beachtete. »Ich will mit ihr allein reden.«

»Echt jetzt?« Sie klang genervt und fassungslos.

»Geh einfach.«

Aus dem Augenwinkel sah ich, wie sich Sara von der Couch erhob. »Hat sich ja richtig gelohnt, dass ich mitgekommen bin«, motzte sie und machte keinen großen Hehl daraus, wie wenig ich sie interessierte. Sie ignorierte vollkommen, wie ich mit einem Zusammenbruch kämpfte und wie viel Angst ich hatte.

»Ich wollte es von Anfang an nicht«, sprach Chris. Er trat wieder in den Raum hinein und wartete so lange, bis sich die Blonde schnaubend in Bewegung setzte.

Dass sie dabei direkt auf mich zuging, bemerkte ich überhaupt nicht. »Du kannst mich mal, weißt du das?«, zischte sie ihm über die Schulter hinweg zu und trat so schnell – beinahe fliehend – an mir vorbei, um mich nicht mal aus bloßem Zufall zu berühren.

»Ach, komm. Verzieh dich einfach!«, rief er ihr ungerührt hinterher und kam gleichzeitig noch näher zu mir.

Mein Körper wollte zurückweichen, meine Füße fliehen, aber ich konnte mich nach wie vor nicht bewegen. Es war ein verdammtes Wunder, dass ich noch atmete.

Damit ich ihm nicht in die Augen sah, wandte ich mich zum Fenster und starrte nach draußen, als wäre dort die Lösung für das neueste meiner Probleme.

Ich wartete darauf, dass Sara auf dem Bürgersteig erschien, da ich die Haustür nicht hatte knallen hören. Allerdings sah ich aus dem Augenwinkel, wie Chris einen Schritt vortrat und auf einmal direkt neben mir stand. Obwohl ich versuchte, es auszublenden, war ich mir seiner Nähe vollkommen bewusst.

Das Herz in meiner Brust setzte einen Schlag aus, als ich – zu spät – erkannte, wie er seine Hand an meine Wange legen wollte. Ich bildete mir ein, seine Finger schon auf meiner Haut zu spüren, konnte mich aber rechtzeitig aus meiner Starre lösen und ausweichen. Ich stieß mit dem Rücken gegen den Türrahmen. Das Metall bohrte sich so kalt durch meine Uniform, dass es sich wie eine Verbrennung anfühlte.

»Wag es nicht, mich anzufassen!«, zischte ich mit bebender Stimme und unter einem stürmisch pochenden Herzen. Gerade noch hätte ich am liebsten geheult – jetzt hätte ich ihm gern ins Gesicht geschlagen.

Als sich untere Blicke kreuzten, ließ er die Hand gerade wieder sinken.

»Sag, dass das gelogen ist!«, verlangte ich von ihm und bohrte meine Augen so fest in seine, dass ich selbst überrascht von mir war. Ich wusste genau, dass er meinen Hass spürte. Nur war es ihm egal.

»Was?«

»Dass meine Familie verschwunden ist.«

»Kann ich nicht«, gab er ehrlicherweise zu und verschränkte die Arme hinterm Rücken. Es machte mich nur noch aggressiver, dass er mich so gleichgültig ansah.

Ich scheiterte bei dem Versuch, ihn genauso ausdruckslos zu betrachten. »Hast du sie gesehen?«

Mit den Fingernägeln kratzte ich über die Wand in meinem Rücken. Am liebsten wäre ich weggerannt, aber meine Füße gehorchten mir nicht.

»Vielleicht, vielleicht auch nicht.« Er zuckte nichts sagend mit den Schultern. »Ich kenne sie nicht mal.«

Diese Antwort kam einem Schlag in meinen Magen gleich.

»Wieso hast du es dann behauptet?«

»Du warst zu labil.«

»*Labil?*«, fragte ich fassungslos zurück und verzog dabei das Gesicht.

Er nickte. »Ja. Du brauchtest ein kleines Licht, Prinzessin«, erklärte er mit sanfter Stimme, als hätte er mir überhaupt nichts Böses antun wollen. »Sonst hättest du längst aufgegeben.«

»Ich würde niemals aufhören nach ihnen zu suchen.«

»Davon spreche ich nicht«, erwiderte er schon wieder seufzend und drehte sich dabei ein Stück von mir weg. Er fuhr sich mit der Hand durch sein Gesicht, wodurch er auf einmal erschöpft wirkte. Blöd nur, dass ich kein Mitleid mit ihm hatte. Ich hasste ihn einfach nur noch und wollte ihm nie mehr begegnen. »Ich rede von dir. Deiner Fähigkeit, deinen Zielen. Es geht nicht nur um deine Familie.«

»Mein Ziel ist es, sie wiederzusehen.«

Er legte den Kopf schief. »Dein Ziel ist es, die Regierung für das büßen zu lassen, was sie dir angetan hat«, korrigierte er mich fälschlicherweise – gut, vielleicht nicht ganz.

»So habe ich vielleicht mal gedacht«, widersprach ich ihm, »aber jetzt nicht mehr.«

Nachdem Jill gestorben war, hatte ich mir jahrelang den Kopf darüber zerbrochen, was ich tun könnte – doch nichts hätte mir oder meiner Familie geholfen ihren Verlust zu akzeptieren. Nichts würde mir Jill wieder zurückbringen können. Auch keine Rache.

Überzeugt schüttelte er den Kopf. »Du tust es immer noch. Tief in dir drin wirst du dich erst zufriedengeben, wenn du bekommen hast, was du willst«, meinte er eindringlich und sah so aus, als würde er näher kommen wollen. Er entschied sich dagegen. »Ich weiß, wovon ich rede.«

»So wie Sara?« Keine Ahnung, woher die Worte kamen. Ich hatte keine Kontrolle mehr über meine Stimme. Ich hatte keine Kontrolle mehr über irgendwas.

Irritiert zog er die Augenbrauen zusammen. »Was?«

»Hat sie nicht auch das bekommen, was sie will?«

»Und das wäre?«, fragte er immer noch verwirrt, auch wenn ich ihm seine Reaktion nicht abkaufte. Ehrlich gesagt wusste ich nicht mal, wieso ich überhaupt noch hier war, wenn ich mir nicht sicher sein konnte, dass irgendeines seiner Worte noch der Wahrheit entsprach.

Vielleicht hoffte ich immer noch, es würde herauskommen, dass er sich nur einen miesen Scherz mit mir erlaubte.

»Du hast sie zu einer Soldatin gemacht. Das war ihr großes Ziel.«

»Nicht direkt.« Er kratzte sich am Kinn und schien, als würde er über seine Worte nachdenken. »Es hat sich geändert.

Sie wollte zur High Society gehören, aber da das jetzt leider nicht mehr möglich ist, hilft sie mir, sie zu zerstören. Das passiert, wenn man nicht das bekommt, was man will.« Sein Blick streifte meinen. »Man nimmt anderen das weg, was ihnen am meisten bedeutet.«

Ich überhörte ihn, weil mir ihre Beweggründe eigentlich egal waren. Ich wollte nur nicht, dass er ihr wehtat – sogar jetzt, völlig ungeachtet dessen, was zwischen uns vorgefallen war, machte ich mir Sorgen um sie. Chris würde ihr wehtun, so wie er jedem wehtat. So wie mir.

»Weißt du, dass sie in dich verliebt ist?«, fragte ich, warum auch immer. Es ging mich ja eigentlich nichts mehr an.

»Natürlich«, gestand er gleichgültig, doch das plötzliche Funkeln in seinen Augen verriet ihn. »Daraus macht sie weitaus weniger ein Geheimnis als du.«

Als würde mein Herz ihm zustimmen wollen, setzte es einen Schlag aus, nur um anschließend in einem ungeheuren Tempo weiterzurasen. »Du nutzt sie also aus«, antwortete ich ausweichend.

»Warum musst du die Dinge immer gleich so negativ sehen?« Chris wirkte wenig begeistert, dass ich mich so auf dieses Thema festnagelte. »Sara ist mir quasi direkt in die Arme gelaufen und hat sich bei mir ausgeheult. Glaubst du jetzt, nach all dem, was du über mich weißt, dass ich mir eine Gelegenheit entgehen lassen würde, noch mehr Verbündete zu finden?«

Ich schüttelte den Kopf und biss die Zähne so fest zusammen, dass es wehtat. »Du verletzt sie damit nur.«

»Das interessiert dich noch?«

»Ja.« Und das war nicht mal gelogen.

»Also, ich würde mich an deiner Stelle einen Dreck um dieses Miststück scheren. Sie denkt nur an sich selbst«, schnaubte er, wobei seine Augen in Richtung Fenster huschten, als hätte er etwas gesehen.

»Tust du nicht dasselbe?«

»Ja«, stimmte er ohne Zögern zu, »aber ich genieße den Vorteil, dass meine Ziele dem Allgemeinwohl dienen.«

»Wenn du weiterhin alle tötest, wird davon bald nichts mehr übrig sein.«

Chris atmete tief ein und geräuschvoll wieder aus, als hätte er es allmählich satt. »Was willst du von mir, Prinzessin?«, fragte er mit einem schweren Seufzen, wodurch er unendlich genervt wirkte. Sein Blick lag auf mir.

»Dass du damit aufhörst.«

Er schüttelte knapp den Kopf, als würde er es bedauern, mir keine andere Antwort geben zu können. »Das kann ich nicht.«

»Du willst es nicht.«

Ich zuckte zurück, als er sich so schnell in meine Richtung drehte, dass ich damit rechnete, von seiner Faust getroffen zu werden. »Ja, verdammt!«, hob er verächtlich die Stimme. »Diese Bombe muss hochgehen, damit sich etwas ändert! Je schneller du es akzeptierst, desto einfacher wird es für dich.«

Ich kniff den Mund zusammen, um ihm nicht schon wieder zu widersprechen. Es hatte keinen Sinn, weiter gegen ihn anzureden, wenn er keine andere Antwort als ein Ja akzeptierte.

»Bedeuten dir diese Menschen denn überhaupt nichts? Was ist mit deiner Familie?«

»Mein Vater steht hinter dem, was ich tue. Das solltest du auch«, erwiderte er vernichtend, wobei sich seine Worte fast schon wie ein Befehl anhörten.

»Damit ich nicht sterbe?«, wollte ich im gleichen Ton wissen und straffte die Schultern als Zeichen, dass ich mich nicht von ihm einschüchtern ließ.

Das diabolische Grinsen, das daraufhin auf seinen Lippen erschien, jagte mir einen Schauer über den Rücken. Die Flammen tanzten hinter seinen dunkelbraunen Pupillen, wodurch er noch spöttischer erschien. »Weißt du, du bist ja sonst echt süß«, begann er säuselnd, »aber diese Arroganz steht dir nicht. Sterben kannst du auch, wenn du auf meiner Seite stehst, die Überlebenschancen sind nur höher.«

»Warum sollte ich dir diesen Gefallen noch tun?« Ich trat automatisch einen Schritt auf ihn zu; sein Grinsen wurde bloß noch animalischer. »Du hast mich nur belogen. Ich weiß nicht mal, wer du eigentlich bist.«

»Jemand, der dir helfen kann. Ohne mich wirst du deine Familie nicht wiedersehen«, raunte er in einem verführerischen Ton, wobei das Feuer in seinen Augen heller aufleuchtete. »Du wirst nie dein Element kontrollieren können, was eine echte Verschwendung wäre.«

Dass Chris ebenfalls näher kam, realisierte ich nur nebenbei, gab mich davon aber wenig beeindruckt. »Ich lass mich nicht von dir erpressen.«

»Das sagtest du bereits.«

»Was willst du überhaupt von mir? Warum ist es dir so wichtig, dass ich auf deiner Seite stehe?«, fragte ich ihn und musste den Kopf leicht in den Nacken legen, um ihm noch in die brennenden Augen sehen zu können.

Man sah ihm an, wie sehr er es genoss, mir überlegen zu sein. »Was glaubst du denn?«

Bevor ich etwas Falsches sagte, hielt ich lieber den Mund. Stattdessen gönnte ich meinem Herzen diesen kurzen, verflucht verführerischen Moment, so nah bei ihm zu stehen, dass ich mich nur auf die Zehenspitzen zu stellen brauchte, um ihn zu küssen. Es war eine einzige Qual. Nicht mehr und nicht weniger.

»Gut. Ich kann es dir auch beantworten: Wenn ich nur eine fürs Bett gewollt hätte, hätte ich mir mit Sicherheit eine andere gesucht.«

»Wie nett von dir.«

Was auch immer das bedeuten sollte. Nach einem Kompliment klang es nämlich nicht unbedingt – aber das war auch egal. Es hatte mich nicht zu interessieren, auch wenn mein Körper anders reagierte.

Chris hob die Hand, als wollte er mich zum Schweigen bringen, ließ sie aber wieder sinken, als ich unwillkürlich einen Schritt zurücktrat.

»Lass mich ausreden!«, verlangte er und zog frech die Mundwinkel nach oben. »Ich gebe zu, dass du eine wertvolle Fähigkeit besitzt, von der ich nur profitieren kann, aber denkst du wirklich, dass es mir bloß darum geht?«

»Jetzt ja.« Er ließ mir auch keine andere Wahl.

Sein amüsiertes Schnauben war schon wieder ein Schlag ins Gesicht. »Du dummes Mädchen«, entgegnete er ungläubig, ehe er die Distanz zwischen uns verringerte, sodass ich mit dem Rücken erneut völlig überrumpelt gegen den Türrahmen stieß.

»Was ...«

Er griff so schnell nach meinem Gesicht, dass ich nichts dagegen tun konnte, und presste seine Lippen auf meine.

26

Vor Schock wusste ich nicht, was ich tun sollte.

Ich musste mit ansehen, wie mein Herz aus dem Rhythmus geschleudert wurde, als wäre es bei einem Marathonlauf einfach umgeknickt und liegen geblieben. Meine Hände wollten sich selbstständig machen und ihn von mir schubsen, während ich mir gleichzeitig nichts sehnlicher wünschte, als ihn näher an mich heranzuziehen.

Das Knistern zwischen uns war nicht zu leugnen. Ich genoss den Druck seiner Lippen auf meinen mehr, als es richtig war; es schien mein Schicksal zu sein, dass ich mich dadurch sicherer fühlte. Geborgen. Beschützt.

Aber es war falsch.

Mein Herz sollte nicht rasen, wenn mich ein Mann küsste, der es nicht verdient hatte. Mein Kreislauf sollte nicht durchdrehen; mir durfte nicht schwindelig werden. Ich durfte nicht *mehr* von Chris wollen.

Bevor ich die Kontrolle hierüber verlieren würde, tat ich das Einzige, was mich aus dieser Situation noch herausbringen konnte: Ich biss ihm in die Unterlippe.

Nicht mal eine Sekunde später stieß er ein schmerzerfülltes Geräusch hervor und löste sich sofort von mir, indem er fluchend einen Schritt zurücktrat.

Ich spürte das Brennen auf meinen Lippen immer noch, als wäre ich diejenige, die er gebissen hätte, und nicht umgekehrt.

»Scheiße, geht's noch?«, zischte er mich wütend an und fuhr sich mit der Hand an die Lippe, die ihm bestimmt nicht mal mehr wehtat. Das Feuer in seinen Augen loderte auf – eindeutig vor Wut. Sein ganzer Körper reagierte mit Anspannung, als würde er sich auf einen Kampf vorbereiten.

»Was sollte das?«, fragte ich mindestens genauso wütend zurück.

Ich musste mich zusammenreißen, dass ich mir nicht mit dem Handrücken über den Mund wischte, obwohl es seinem Ego bestimmt einen Dämpfer verpasst hätte. Ich glaubte nur nicht, dass es mir etwas genützt hätte; vor allem, weil ich eigentlich so ziemlich das Gegenteil von dem wollte, was ich gerade getan hatte.

Chris nahm die Hand wieder runter, blieb zu meinem Pech aber immer noch einen Schritt entfernt von mir stehen, als rechnete er damit, dass ich gleich über ihn herfiel.

Er verzog das Gesicht mit einer Mischung aus Zorn und Belustigung. »Gott, ich dachte, du wüsstest, worauf du dich einlässt.«

»Anscheinend nicht«, erwiderte ich schnell und zu allem Überfluss auch noch so vorlaut, dass er darüber lachte.

»Gut.« Er verschränkte die Arme vor der Brust. »Dann versuche ich mal, es auch für dich verständlich zu machen: Ich habe dich in mein Team genommen, obwohl du am Anfang wirklich eine unfassbare Niete warst. Ich habe dir mindestens zweimal das Leben gerettet. Ich habe dich nicht angefasst, auch wenn ich mehr als einmal die Möglichkeit dazu gehabt hätte.«

Ich erwiderte seinen Blick so ausdruckslos wie möglich, konnte aber nichts dagegen tun, dass mir das Blut in die Wangen schoss. Es war schlimm, wie sehr ich darauf hoffte, seine Worte würden genau das bedeuten, was ich vermutete.

Das Problem war nur, dass es in einer Katastrophe enden würde.

»Und du glaubst, du wärst für mich bloß eine potenziell talentierte Soldatin?«, fragte er mit einer fassungslosen Wut, die mich irritierte, und hob daraufhin seine Augenbrauen. »Dann kennst du mich wirklich nicht.«

Ich verfluchte mich innerlich selbst, weil mir bewusst wurde, wie sehr mein Herz hierbei die Kontrolle übernahm. Ich konnte nicht klar denken, wenn er so nah vor mir stand und mich immer noch so ansah, als würde er mich wieder küssen wollen.

So, wie dieses verführerische Funkeln in seine Augen trat, zweifelte ich daran, dass er log. Gleichzeitig war mir klar, dass er mich manipulieren wollte – dass er es schaffte, durfte er nicht wissen.

»Vor wie vielen Mädchen behauptest du das noch?«, fragte ich, um ihm nicht darauf antworten zu müssen, ließ ihm aber keine Gelegenheit zu reagieren. »Vor einer Woche meintest du noch, ich wäre dir egal.«

In mir drehte sich alles, weil ich mich zu sehr darauf konzentrieren musste, an Ort und Stelle stehen zu bleiben; etwas wollte mich in seine Richtung ziehen.

»Weil ich dir das Herz brechen werde. Auf jede verdammte Art und Weise«, sagte er geradewegs heraus und wandte dabei den Blick nicht von mir ab.

Eine Gänsehaut überzog meine Arme. »Dann halt dich von mir fern.«

»Kann ich nicht.«

Wenn er sah, was er mir mit diesen Worten antat, hinderte es ihn nicht daran weiterzumachen – ich konnte an nichts anderes mehr denken, als meine Hände in seinen dunkelbraunen Haarschopf zu krallen und mir das zu holen, was ich wollte.

Ich lenkte mich davon ab, indem ich immer wieder die Hände zu Fäusten ballte und sie wieder entspannte. »Also. Wie vielen hast du schon dasselbe wie mir gerade erzählt?«

»Keiner.«

»Sara?«

»Sie macht auch so, was ich will.« Das war also ein Nein.

»Der aus dem Bunker?«

Ehrlich verwirrt runzelte er die Stirn. »Wem?«

»Der Blonden«, entfuhr es mir geradewegs, was die erneute Hitze in meinem Gesicht erklärte. Ich schämte mich dafür, wie offensichtlich meine Eifersucht war. Dafür hasste ich mich so sehr, dass ich am liebsten mein Gesicht gegen die Wand gehämmert hätte, damit das aufhörte.

Noch mehr schämte ich mich dafür, überhaupt neidisch

auf dieses Mädchen zu sein. Nur weil ich zu blöd war, um zu verstehen, dass ein Kuss nicht gleich einem Kuss war.

Aber andererseits ... war er es vielleicht doch? Gab es einen Unterschied zwischen mir und dieser Blonden oder würde ich mir das gerne nur einbilden, weil Chris mich schon wieder geküsst hatte und Dinge sagte, die man nicht einfach so bedeutungslos sagen konnte?

»Ich habe gesehen, wie ihr euch geküsst habt«, gab ich zu, als er immer noch nicht geantwortet hatte. »Du brauchst es also nicht zu leugnen.«

»Hatte ich nicht vor.« Er sah mich verwundert an. »Wenn ich sie denn angerührt hätte.«

»Du brauchst mir nichts vorzumachen.«

Ein leichtes Grinsen huschte ihm über die Lippen und machte ihn dadurch gleich doppelt – und verboten – anziehend. Seine Stimmungswechsel brachten mich völlig aus dem Gleichgewicht.

»Du bist ganz schön sexy, wenn du eifersüchtig bist. Aber es gibt keine andere. Glaub es oder glaub es eben nicht.«

Natürlich glaubte ich ihm nicht. »Aber du hast sie geküsst.«

»Nein«, widersprach er mir, wobei das Lächeln so schnell verblasste, wie es gekommen war. »Sie hat mich geküsst. Das ist nicht dasselbe.«

»Doch.«

»Nein«, beharrte er. »Ich habe so was nicht nötig. Die interessiert mich nicht im Geringsten.«

Unzufrieden presste ich die Lippen aufeinander. Ich wusste nicht, ob er die Wahrheit sagte. Ich hatte schließlich nicht gesehen, was nach dem Kuss passiert war – und selbst wenn: Er konnte so viele Mädchen küssen, wie er wollte. Er war mir gegenüber weder innerlich verpflichtet noch sollte es mich interessieren.

»Auch wenn es so wäre, würde ich dir nicht verzeihen können«, erwiderte ich schließlich, allerdings deutlich leiser als zuvor. Was er getan hatte, würde er nicht so einfach wiedergutmachen können. Er hatte mich belogen und mein Vertrauen ausgenutzt.

Sara hätte bestimmt gewusst, was ich in dieser Situation hätte tun sollen – aber sie war nicht mehr da, um meine beste Freundin zu sein und das zu tun, was eine beste Freundin eben tat. Sie war nicht da, um mir zu helfen.

»Es ist die Wahrheit.«

Ich schnaubte wütend. »Und du denkst, das macht es leichter, dir noch irgendwas zu glauben? Das tue ich nicht. Kein. Einziges. Wort«, zischte ich zurück und kniff die Augen zusammen, während er misstrauisch das Gleiche tat. »Du bist ein so guter Schauspieler, dass man dir nicht mal anmerkt, wenn du einen nur benutzt. Wie sollte ich einem skrupellosen Lügner wie dir denn dann überhaupt vertrauen, Christopher?«

»Das kannst du nicht.«

Machte er das eigentlich mit Absicht, mir meine Fragen nicht mal ansatzweise nachvollziehbar zu beantworten? Wenn ja, hatte er langsam den Bogen so gewaltig überspannt, dass ich kurz davor war zu explodieren. »Ich kapiere es einfach nicht!«

»Was?«

»Du widersprichst dir selbst«, warf ich ihm vor. »Wieso erwartet du, dass ich dir glaube, weißt aber, dass ich dir nicht vertrauen kann?«

Er sah mich so unergründlich an, dass ich mir jetzt schon blöd vorkam, diese Frage gestellt zu haben. »Das willst du nicht wissen.«

»Sonst würde ich nicht fragen.«

»Ich werde es dir aber nicht sagen.« Als Zeichen, dass er es wohl ernst meinte, trat er einen Schritt zurück. Seiner abwehrenden Reaktion nach zu urteilen hatte ich endlich den wunden Punkt getroffen.

Chris fuhr sich mit einem müden Ausdruck durch sein Gesicht. »Du würdest es nicht verstehen.«

»Versuch es.«

»Nein.«

Oh ja. Das war definitiv der wunde Punkt.

Ich wusste zwar, dass meine Mühen umsonst sein würden, aber das hielt mich noch lange nicht davon ab, das gleiche Spiel mit ihm zu spielen, das er mit mir spielte.

»Wenn ich dir angeblich etwas bedeute, wirst du es mir sagen müssen.«

»Genau aus diesem Grund tue ich es eben nicht«, widersprach er grob und drehte sich mit verkrampften Schultern leicht von mir weg. Er wandte sich Richtung Fenster, zögerte aber einen Moment dorthin zu gehen. Erst als ich nicht darauf antwortete, seufzte er frustriert und griff in die Innentasche seiner Jacke. »Scheiße, nicht mal ich komme damit klar. Wie willst du es dann?«

Bevor er sich von mir entfernen konnte, war ich einen Schritt näher an ihn herangetreten, woraufhin er den Kopf zu mir drehte und seine Hand wieder sinken ließ.

»Chris«, begann ich eindringlich, aber bittend. »Versuch es wenigstens.«

»Du wirst daran zugrunde gehen.« Vernichtend schüttelte er den Kopf.

Er hätte mir auch gleich eine Ohrfeige verpassen können, denn sie hätte in etwa die gleiche Wirkung wie seine Worte gehabt. Da glaubte ich in einem Moment ihm wirklich etwas zu bedeuten, nur um im nächsten zu erfahren, dass es nicht mal für eine einfache Antwort ausreichte.

Ich wollte doch nur wissen, wieso er so schlecht über sich selbst dachte. Wieso er glaubte mir das Herz zu brechen, wieso ich an ihm zerbrechen würde? War es, weil er ein Mörder war? Weil er seine Ziele über das Leben Hunderter stellte?

Woran – zum Teufel – sollte ich zugrunde gehen?

»Weißt du was?«, sagte ich schließlich und beschloss noch im selben Moment, dass es erst mal das Beste wäre, wenn wir hier einen Schlussstrich ziehen würden.

Es würde mir eine Menge Wut ersparen und ihm eine Menge naive Heulerei von einem Mädchen, das niemals gedacht hätte, dass es mal genau hier enden würde. Bei einem Mann, der ihr wohl tatsächlich irgendwann das Herz aus der Brust reißen würde – wenn das nicht sogar schon passiert war.

Chris hob abwartend die Augenbrauen, sodass leichte Falten auf seiner Stirn entstanden.

»Ich bin deine Lügen und Ausreden so leid«, stieß ich mit

geballten Fäusten hervor und wollte noch weitersprechen, als mir sein veränderter Blick die Sprache verschlug.

Ehrlich gesagt wusste ich nicht mal genau, was er genau bedeutete. Chris schien nur langsam zu verstehen, dass ich ihm nicht um den Hals fallen und vergessen würde, was er getan hatte.

Bevor er mich aufhalten – und ich mich umentscheiden – konnte, hatte ich dem Verlangen meines Körpers nachgegeben. Ich drehte mich einfach um und brauchte nur wenige Schritte, um wieder im Flur von Chris' Familienhaus zu sein.

»Was hast du vor?«, rief er mir hinterher, weshalb ich meine Schritte beschleunigte. Aus dem Augenwinkel sah ich, dass er längst hinter mir war, was mich aber auch nicht weiter überraschte.

Er war eben jemand, der gewohnt war, alles immer genau dann zu bekommen, wann er es wollte.

»Ich verschwinde«, informierte ich ihn kühl, machte mir aber nicht mal die Mühe, mich nach ihm umzudrehen. Es genügte mir schon, dass ich spüren konnte, wie dicht er mir auf den Fersen war.

»Vergiss es!«, hörte ich ihn hinter mir sagen. Bestimmt und wütend. »Du gehst nirgendwohin.«

Um ihm zu zeigen, dass ich keine Angst vor ihm hatte, zog ich schnell meinen Arm zurück, nach dem er greifen wollte, und sprang nach vorn. Da seine Finger meinen Ellbogen streiften, sackte mein Herz eine Etage tiefer – aber das spornte mich nur noch mehr an meine Worte noch deutlicher zu machen.

Ich würde verschwinden und nicht zulassen, dass er mich davon abhielt. Er hatte zu viel kaputt gemacht, als dass ich ihm diesen Erfolg gönnte. Mir war zwar bewusst, dass Chris mich nicht so einfach gehen ließ, ich hatte aber nicht damit gerechnet, dass er mich so schnell einholte.

Als ich seine Hand an meinem Oberarm spürte, entstand ein Knistern, das sich explosionsartig zwischen uns entzündete. Sogar noch stärker als der Kuss von gerade eben.

Er riss mich nach hinten.

In dem Versuch, mich gegen ihn zu wehren, schlug ich mit den Knöcheln so heftig gegen die Haustür, dass ich einen leisen Aufschrei nicht unterdrücken konnte. Chris lockerte seinen Griff nicht, wirbelte mich nur unerwartet grob herum und zog mich an sich, weshalb ich fast gegen seine Brust knallte.

Ich verlor die Balance, als er einen Schritt vortrat – dabei irgendwie die Tür hinter mir schloss – und mich gegen das verspiegelte Glas drückte.

Ohne dass ich es verhindern konnte, versuchte ich mich gegen ihn zu stemmen, aber er war zu stark und zu entschlossen, mich nicht gehen zu lassen.

Er packte mich am Kinn, damit ich aufhörte meinen Kopf immer wieder wegzudrehen, während er versuchte mit mir zu reden. Da das nichts brachte, bohrte er seine Finger in meinen Unterkiefer. Erst als es zu sehr schmerzte, hielt ich still und erwiderte seinen Blick teilweise verängstigt, teilweise wütend.

»Ich sagte«, begann er leise, fast sogar so, als würde es ihn unglaubliche Anstrengung kosten, überhaupt zu reden, »du gehst nirgendwohin.«

Ein Zittern durchfuhr mich, als ich seinen heißen Atem auf meiner Wange spürte; ich glaubte zu wissen, was er vorhatte.

Meine Hände schlugen alarmiert und panisch zugleich gegen seine Brust, aber er rührte sich nicht einen Millimeter. Mir taten die Schläge vermutlich mehr weh als ihm, denn er verzog nicht mal eine Miene, während sich meine Handflächen so anfühlten, als hätte ich sie in Säure getaucht.

Chris machte hieraus einen kurzen Prozess.

In dem Moment, als er seine Lippen ein zweites Mal auf meine drückte, hielt ich unbewusst die Luft an. Was auch immer er tat, es fühlte sich anders an als sonst. Schwerer, brennender, intensiver – es schmerzte. Süß und bitter zugleich.

Bevor mich meine Entschlossenheit verlassen würde, stemmte ich mich so fest ich konnte gegen seine Brust und versuchte mit aller Kraft ihn von mir zu stoßen. Als wären meine Hände ihm lästig, griff er schnell danach. Gleichzeitig befreite er meine Lippen, weshalb ich hoffte doch noch fliehen zu können. Aber er hatte bereits reagiert, bevor ich überhaupt eine Möglichkeit dazu hatte.

Er drückte meine Handgelenke gegen die Tür, rechts und links neben meinem Kopf, und sah mich eindringlich an. Ich konnte das, was in seinen Augen glühte, nicht in Worte fassen. Es waren zu viele Emotionen, die gleichzeitig in ihm kämpften.

Chris wusste nicht, was er tun sollte.

Und ich noch weniger.

Hatte ich nicht weglaufen wollen? Sollte ich das nicht immer noch tun? Ich würde es zumindest gern, nur war ich zu sehr von Chris gefesselt. Im wahrsten Sinne des Wortes.

Obwohl er seine Finger um meine Handgelenke so weit lockerte, dass es nicht mehr wehtat, machten seine Augen jede Bewegung für mich unmöglich. Sie legten jeden Muskel hüftabwärts lahm, sodass ich kaum noch auf meinen Beinen stehen konnte, ohne das Gefühl zu haben, jeden Moment einzuknicken.

Als er meinem Gesicht plötzlich näher kam, vorsichtig, als könnte ich ihm noch mal in die Lippe beißen, bekam ich keine Luft. Mein Herz schlug mir bis zum Hals, mein Puls rauschte in den Ohren.

Es ging überhaupt nichts mehr.

Ich wehrte mich nicht mal, als er mich wieder küsste.

Ob es daran lag, dass es weitaus weniger brutal war, konnte ich nicht sagen. Auch wenn ich seine Lippen zuerst kaum auf meinen spürte, war ich mir der knisternden Sehnsucht deutlich bewusst – sie hatte in etwa denselben brutalen Effekt wie der Kuss zuvor.

»Du gehst nicht«, hauchte er so leise gegen meinen Mund, dass ich das Zittern in seiner Stimme fast selbst nicht wahrgenommen hätte – diese Worte waren mein Untergang.

Er verschloss unsere Lippen endgültig zu einem sanften, Gänsehaut erregenden Kuss, der meinen Körper völlig verrücktspielen ließ. Mein Gehirn schaltete sich ab; war eigentlich nur noch da, damit ich das Atmen nicht vergaß.

Mir wurde heiß und kalt zugleich. Einerseits bestrafte ich mich selbst dafür, dass ich mich nicht wehren konnte, indem ich diesen Kuss erwiderte, anderseits belohnte ich mich auf die gleiche Weise dafür.

Je länger ich diese intime Berührung zuließ, desto sicherer schien Chris zu werden, dass ich nicht noch einmal zubiss. Und das konnte ich auch nicht, egal wie intensiv ich darüber nachdachte. Nämlich so gut wie überhaupt nicht.

Langsam ließ Chris meine Handgelenke wieder los, hörte aber nicht auf, mich weiter bis an den Rand des Bewusstseins zu küssen und mir dabei immer wieder einen Schauer die Wirbelsäule hinabzujagen. Seine Hände hatten meine Wange gestreift und mein Gesicht sekundenlang festgehalten, ehe er sie unter meine Jacke schob.

Fast gleichzeitig nahm ich meine Arme runter, legte sie allerdings kurz darauf um seinen Nacken, um ihn näher an mich heranzuziehen und ihm deutlich zu machen, dass ich die ganze Zeit über nichts anderes gewollt hatte als genau das.

Mir war klar, dass ich einen Fehler machte.

Chris hatte mit mir gespielt, mich belogen, mich wochenlang eingesperrt, aber die vergangene Zeit hatte mir gezeigt, dass ich nun mal naiv war. Dass ich nun mal das Gefühl genoss, das er in mir auslöste, wenn er genau das hier tat. Wenn er seine Hände auf meinen Rücken drückte und mich spüren ließ, dass sein Herz nicht gerade langsamer schlug als meines.

Er zog mich so eng wie möglich an seine Brust, während ich meine Hände in seine Haare krallte.

Es machte mich vollkommen wahnsinnig, wie viel Chaos er hiermit verursachte. Ich konnte so vieles gleichzeitig fühlen und wissen, dass ich ihm etwas bedeutete. Auch wenn ich keinen Vergleich hatte, musste es so sein – sonst würde er mich nicht so in seinen Armen halten, mich nicht so sanft und sehnsüchtig küssen.

Dass ich ihm die Erlaubnis dafür gab, hieß nicht, dass ich ihm verzeihen und wieder vertrauen konnte. Es bedeutete nur, dass ich zu schwach war, um mich von ihm fernzuhalten.

Ich gab einen überraschten Laut von mir, als er mich plötzlich von der Tür wegzog und mich so schnell hochhob, dass ich automatisch meine Beine um seine Hüfte schlang.

Im ersten Moment war es mir unangenehm; wir hatten uns bisher immer nur kurz geküsst und noch nie so wie jetzt. Noch nie so intensiv, nie so vorsichtig und leidenschaftlich zugleich, dass ich nicht mal mehr wusste, wo oben und wo unten war.

Als könnte er spüren, wie unangenehm mir die Situation war und wie ich die Kontrolle über mich selbst verlor, verstärkte er seinen Griff nur noch mehr. Er drosselte das Tempo nicht, steigerte es aber auch nur so leicht, dass ich es nicht mal wirklich bemerkte.

Ich bekam auch erst mit, dass wir den Raum gewechselt hatten, als Chris sich mit mir zusammen auf die graue Couch im Wohnzimmer fallen ließ. Erschrocken – und mit einem Puls, der glaubte einen Wettbewerb gewinnen zu müssen – stellte ich fest, dass ich auf seinem Schoß saß.

Ein Teil von mir wollte nicht, dass er aufhörte mich an sich zu drücken, mich mit diesem Kuss verrückt zu machen.

Aber es gab auch einen Teil in mir, der stärker und vor allem entschlossener war. Dieser schaffte es, dass ich mich von Chris' Lippen löste, was er mit einem unzufriedenen Glitzern in den Augen quittierte. Im nächsten Moment legte er seine Hand an meine Wange und fuhr mit seinem Daumen über meine Unterlippe.

Ich musste den Blick von ihm abwenden, um wenigstens ein bisschen Stärke zu beweisen, und konzentrierte mich auf den Kragen seines schwarzen T-Shirts, während ich seine brennenden Augen nach wie vor auf meinem Gesicht spüren konnte.

Verdammt. Was tat ich hier eigentlich? Das hier sah so gar nicht nach dem aus, was ich geplant hatte, war aber genau das, was ich wollte.

Ich fühlte mich unfassbar schlecht, weil ich immer noch hier war, mich nicht von Chris losreißen konnte, obwohl meine Familie irgendwo da draußen war und mir jetzt nichts wichtiger sein sollte, als sie zu finden.

Schon okay, beruhigte mich eine kleine, kaum hörbare Stimme in mir. *Du brauchst das hier. Du brauchst die Gewissheit, dass er dich nicht im Stich lassen wird. Dass er dich braucht, so wie du ihn brauchst.*

Ich schloss die Augen, wodurch das Kribbeln auf meinen Lippen so deutlich wurde, dass mein ganzer Körper darauf reagierte.

Dann war ich schließlich diejenige, die ihre Lippen auf seine legte, als wäre er die Luft, die ich zum Atmen brauchte.

27

Oh, verdammt, verdammt, verdammt! Ich konnte gar nicht in Worte fassen, wie schwer es war, mich irgendwann wieder von Chris zu lösen und auch noch dieses schrecklich süchtig machende Gefühl auf meinen Lippen zu verdrängen. In meinem Bauch kribbelte es, mein Herz flatterte leicht in meiner Brust – und mir war schwindelig. Herrgott, ich fühlte mich wie betrunken.

Ich rutschte benommen von seinem Schoß herunter, womit ich ihn kalt erwischte. Anscheinend hatte er nicht damit gerechnet, dass ich mich wieder vor ihm zurückziehen könnte – er wirkte sogar ehrlich schockiert und blinzelte mich nur verwirrt an.

Bevor ich Gefahr lief, mich weiter von diesen verfluchten Augen verführen zu lassen – und erst recht von seinen Lippen –, war ich schnell und unbeholfen einen Schritt von ihm weggelaufen. Natürlich entging ihm nicht, dass ich alles andere als in der Lage war, klar zu denken. Es amüsierte ihn sogar offensichtlich, dass ich bei dem Versuch, mich von ihm fernzuhalten, fast über meine eigenen Füße stolperte.

Was für eine Ironie. Es fiel mir genauso schwer, mich ihm nicht zu nähern, wie gerade zu stehen.

»Hör mal«, begann ich – immer noch vollkommen neben der Spur, dass ich nicht mal wusste, wohin mit meinen Händen – und schluckte. Ein paar Strähnen hatten sich aus meinem Dutt gelöst, weshalb ich sie mir schnell aus dem Gesicht strich. »Wir sollten das nicht machen.«

»Ach ja?« Chris funkelte mich belustigt, aber so hinreißend selbstbewusst an, dass ich das Atmen vergaß.

Da er sich kurz darauf nach vorn lehnte, glaubte ich, er würde aufstehen, um mich wieder zurück auf seinen Schoß zu ziehen – aus Angst, dass ich mich davon mitreißen lassen würde, trat ich einen weiteren Schritt zurück, musste aber feststellen, dass er nur die Ellbogen auf seinen Oberschenkeln abstützte.

Er lachte leise über mich.

»Ja.«

»Und wieso?«, wollte er scheinheilig wissen, wobei er seinen Daumen gekonnt verführerisch auf seinen Mundwinkel legte und meinen Blick mit einem spitzbübischen Grinsen erwiderte.

Mein Herz machte einen Hüpfer. »Weil ich dir nicht mehr vertrauen kann.«

Wenn ich jetzt erwartet hätte, dass sein Lächeln bröckeln würde, hatte ich mich gewaltig getäuscht. Es schien sogar noch ein bisschen breiter zu werden. »Ich schätze, ich sollte jetzt so tun, als hätte ich das verdient.«

»Allerdings«, stimmte ich ihm zu, bevor die Wut die

Schmetterlinge in meinem Bauch sterben ließ. Sie half mir, dass das berauschende Gefühl Sekunde um Sekunde schwächer und mein Kopf wieder klarer wurde. Ich hätte immerhin damit rechnen müssen, dass ihn ein Kuss nicht so aus der Bahn warf wie mich.

Er hatte schon mehr Übung darin; für ihn war ein Kuss nichts Neues, nichts Aufregendes. Ich war gerade mal ein Kleinkind, das laufen lernte.

»Es ist nämlich nicht so, dass alles in Ordnung ist«, fuhr ich deutlich selbstsicherer fort.

»Willst du mich etwa bestrafen?«

»Kannst du mal ernst bleiben?«, fragte ich genervt, weil er anscheinend immer noch nicht verstanden hatte, dass das für mich kein Spaß war.

Chris fuhr sich durch seine dunkelbraunen Haare, in die ich vor wenigen Minuten noch meine Hände gekrallt hatte. »Ich gebe mir schon die größte Mühe, aber angesichts der Tatsache, dass du eben noch an mir geklebt hast, fällt es mir schwer.«

»Das ist nicht witzig«, warnte ich. Er machte mich bereits jetzt schon wieder so wütend, dass ich mich fragte, wieso ich ihn überhaupt geküsst hatte.

Es ging hier um Krieg. Menschen starben, meine Eltern und Aiden waren verschwunden, Sara hasste mich und Chris war für all das verantwortlich. Und er lachte einfach. Er nahm mich nicht ernst.

Ich verschränkte die Arme vor der Brust, weil ich nicht wusste, wohin damit. »Ich habe keine Ahnung, was das hier zu bedeuten hat, und du nutzt es aus.«

»Ich …«

»Ich meine das ernst, Chris«, unterbrach ich ihn schnell und verzog das Gesicht. Ich war wütend auf ihn und auf mich selbst, weil die Sehnsucht nicht nachließ. »Ich vertraue dir nicht mehr und ich werde auch über deine Lügen nicht einfach hinwegsehen. Du hast mir die ganze Zeit etwas vorgemacht. Ich weiß jetzt nicht mal, ob du es nicht sogar immer noch tust.«

Es war immerhin eine winzig kleine Genugtuung, dass sein Lächeln verblasste. »Keine Lügen mehr.«

»Wenn ich dir das glauben könnte, wären wir nicht hier.«

Ich wünschte, er würde es ernst meinen, aber da war etwas in seinen Augen, das mich daran zweifeln ließ. Jemandem, der sich selbst als Lügner bezeichnete, durfte man eigentlich nichts glauben. Die Frage war nur, wie lange ich mir das einreden konnte, bis ich meine Mauern selbst wieder einriss und Chris vollkommen verfallen war.

Immer noch auf dem Sofa sitzend und mit den Ellbogen auf den Oberschenkeln verschränkte er die Hände ineinander.

»Und was erwartest du jetzt von mir?«, fragte er mich.

Tja, wenn ich das wüsste!, sprach ich zu mir selbst.

Am liebsten hätte ich die Zeit rückgängig gemacht und einen negativen Bluttest erhalten. Dann hätte ich Chris niemals kennengelernt, wäre niemals in sein Team gekommen und hätte niemals so starke Gefühle für ihn entwickelt, die mich ebenso verwirrten wie verängstigten.

»Ich will Abstand«, seufzte ich schließlich, weil mir klar

wurde, dass ich nur so herausfinden konnte, ob er es wirklich ernst meinte und ob ich ihm verzeihen konnte.

»Abstand?« Der misstrauische Ton in seiner Stimme ließ sein Lächeln endgültig verschwinden.

Ich nickte fest. »Ja, Abstand. Wenn ich dir so wichtig bin, wie du behauptest, dann gibst du mir Zeit. Du kannst nicht einfach mit dem Finger schnippen und ich falle dir um den Hals. So eine bin ich nicht.«

»Gut für mich, schlecht für dich.«

»Schlecht?«

Er zuckte beinahe gleichgültig mit den Schultern. »Dir entgeht so einiges«, war seine unnötige Antwort, die meine Geduldsgrenze wirklich gerade so erreichte, dass ich mich nicht zum Affen machte.

»Wenn das hier nur ein Spaß für dich ist«, zischte ich unter zusammengebissenen Zähnen, »dann kannst du es mir auch gleich sagen und wir sparen uns das hier.«

»Wenn es so wäre, wärst du vermutlich tot.«

Obwohl er ziemlich gefühlskalt klang, als er das sagte, schockte mich seine Wortwahl eher weniger. Ich wusste nur nicht, ob er meine Gutgläubigkeit noch immer zu seinem Vorteil nutzte.

Ja, dass er mich beschützen wollte, hatte er mir mehrere Male deutlich gemacht – die Frage war nur immer noch, warum und ob es nicht vielleicht seine Masche war, um mich hinzuhalten und mir vorzumachen, ich würde ihm etwas bedeuten.

Natürlich wollte ich ihm glauben, dass, wenn er nicht wäre,

ich das Zeitliche gesegnet hätte – aber damit schaufelte ich mir mein eigenes Grab.

Schließlich nickte ich und versuchte ihn so zufrieden wie möglich anzusehen. »Dann hätten wir das ja geklärt.«

Doch weil er mich daraufhin fragend anblinzelte, glaubte ich nicht, dass er meinen Entschluss einfach so auf sich beruhen ließ. »Du meinst das wirklich ernst.«

»Was?«

»Das mit dem Abstand.«

»Sehe ich so aus, als hätte ich einen Witz gemacht?«, fragte ich ihn in strengem Ton und zog die Augenbrauen zusammen.

»Du siehst aus, als wäre dir ziemlich heiß.«

Wow. Dieser Mann wusste wirklich, wie er einen auf die Palme bringen konnte – und das auch noch auf eine Art und Weise, bei der man nicht wusste, ob man ihn anschreien oder doch bloß lachen wollte.

Vermutlich war das aber auch wieder nur eine Taktik, wie er einem Streit ein vorzeitiges Ende setzen konnte, bevor es in die Versöhnungsphase ging. Ich war nur nicht gewillt, darauf einzugehen wie die vielen anderen Mädchen, bei denen er das bestimmt versucht hatte.

Da meiner Meinung nach ein weiteres Gespräch sinnlos war, beschloss ich den Wunsch nach Abstand gleich in die Tat umzusetzen. »Dann ist eindeutig jetzt der perfekte Zeitpunkt, um zu gehen.«

Ich zögerte zu lange und wartete auf eine Reaktion von ihm, die genauso wie vorhin überraschend schnell kam. Zuerst glaubte ich, er wolle mich wieder aufhalten, doch das schwere Seufzen bedeutete etwas anderes.

Er richtete sich seine Jacke, schob die Ärmel daraufhin aber bis zu den Ellbogen hoch. »Ich bringe dich zu den Tunneln«, meinte er schließlich. »Es ist ein ziemlich weiter Weg.«

»Es wäre besser, wenn ich laufe«, lehnte ich gleich ab, weil es wirklich stimmte.

Da ich sein Motorrad schon in der Auffahrt gesehen hatte, war klar, was er mit *Hinbringen* meinte. Er wollte mich auf dem Motorrad zu unserem U-Bahn-Versteck fahren.

Ich wollte das aber nicht. Vor allem, weil ich Chris dann schon wieder viel zu nah kommen würde.

»Zierst du dich etwa?« Ein leichtes, kaum zu erkennendes Zucken in seinen Mundwinkeln ließ erahnen, dass er genau wusste, wieso ich zögerte. Bevor ich allerdings etwas darauf erwidern konnte, hatte er sich bereits Richtung Flur bewegt. »Ach, komm schon. Ich verspreche auch, mich zu benehmen.«

Ich ignorierte sein Lächeln, als ich ihm ergeben nach draußen folgte, und vermied es tunlichst, ihm noch mal in die Augen zu sehen. Sogar als wir bei der Maschine angekommen waren und er mir kommentarlos seinen Motorradhelm hinhielt, griff ich nur danach und setzte ihn auf.

Da das Visier heruntergeklappt war, konnte er mein Gesicht wenigstens nicht mehr sehen – was schon ziemlich erleichternd war. So bemerkte er immerhin nicht, dass ich nicht so gleichgültig war, wie ich vorgab zu sein.

Mit einem unruhigen Puls beobachtete ich ihn dabei, wie

er sich auf sein Motorrad setzte und es so drehte, dass er nur noch die Auffahrt hinunterrollen musste. Auffordernd warf er mir einen Blick über die Schulter zu und nickte auf den Platz hinter sich.

»Lass aber das Visier unten. In jedem Fall, verstanden?«, fragte er, auch wenn es wie ein Befehl klang und ein Nein ausgeschlossen war.

Daher nickte ich bloß und ging zur Maschine. Hier kostete es mich Überwindung, mich an seiner Schulter festzuhalten, um mich hinter ihn zu setzen.

Es klappte besser als erwartet, sah aber vermutlich noch lange nicht so elegant aus wie bei ihm.

Ohne ein weiteres Wort – was mich überraschte, andererseits verwirrte – startete er den Motor und gab vorsichtig Gas. Das Motorrad rollte sanft und schnurrend vorwärts. Ich hielt mich trotzdem an ihm fest, vor allem als wir von der Auffahrt eine Rechtskurve auf die Straße machten.

Chris hatte keine Eile, es gab keine Lüge, die er mir glaubhaft machen musste. Trotzdem wünschte sich ein Teil in mir, er würde etwas schneller fahren, weil ich es kaum mit ansehen konnte, was New Asia mit Haven angerichtet hatte.

Um zu den Tunneln zu gelangen, mussten wir auf die andere Seite der Stadt gelangen. Daher steuerte er das Zentrum an, wo die Zerstörung am größten war.

Sämtliche Außenwände der Häuser waren so beschädigt, dass es Monate, wenn nicht sogar Jahre dauern würde, bis alles wieder so aussähe wie früher. Manche wiesen Verbrennungsspuren auf, andere waren bis auf die Grundmauern niedergebrannt. Bei den meisten waren die Fenster eingeschlagen, die Türen eingetreten. Die Einkaufsläden waren verwüstet.

Wenn ich nur daran dachte, was sie mit der Boutique meiner Mutter angerichtet hatten, lief es mir eiskalt den Rücken hinunter. Sie liebte ihr Geschäft und verbrachte jede freie Minute damit, neue Stücke zu nähen und Aufträge zu bearbeiten. Sollten sie ihr das genommen haben ... ich konnte sie mir in einem anderen Beruf nicht mal vorstellen.

Ich wollte die Augen schließen, aber davon wurde mir komisch im Magen; also richtete ich den Blick auf Chris' Rücken und hoffte so meine Umgebung ausblenden zu können.

Eine Zeit lang war ich damit sogar erfolgreich, weshalb ich gar nicht mitbekam, wie er das Motorrad langsam abbremste und schließlich zum Stehen kam. Da ich nicht glauben konnte, dass wir so schnell schon da sein sollten, sah ich wieder hoch und entdeckte in ein paar Metern Entfernung eine Gruppe Soldaten, die die Straße vor uns versperrte.

Der goldene Drache auf ihren Uniformen ließ mir das Blut in den Adern gefrieren.

28

Ich hielt unbewusst die Luft an, um nicht in Panik zu geraten, und war gleichzeitig unendlich dankbar dafür, dass ich einen Helm trug. Die Frage war nur, wie viel Sicherheit er mir wirklich bieten konnte – schließlich könnten sie mich einfach auffordern ihn abzusetzen.

Chris wirkte keinesfalls so, als würden ihm die Soldaten mit östlicher Uniform Sorgen bereiten. Verstohlen schielte ich über seine Schulter und versuchte herauszufinden, ob es vielleicht Rebellen aus der Stadt unter der Stadt waren. Doch da ich keinen von ihnen wiedererkannte, sprang mein Herz vor Panik gegen meine Rippen.

Besorgt und ängstlich zugleich krallte ich meine Hände in Chris' Jacke und wartete auf eine Reaktion der Soldaten. Wieso Chris ungefähr zehn Meter von ihnen entfernt stehen geblieben war, konnte ich nicht sagen. Bei ihm hätte ich mir eigentlich eher vorstellen können, dass er auf die Mauer pfiff und einfach durch sie hindurchbretterte.

Als ich den blonden jungen Mann wiedererkannte, der bei meiner Flucht aus der Residenz bei Chris gewesen war, wusste ich nicht, ob ich aufatmen konnte oder nicht. Mein Herz entschied sich jedenfalls dafür, weiterhin in meiner Brust zu rebellieren, während ich schweigend dabei zusah, wie der Blonde sich aus der Formation löste und auf uns zugeschlendert kam. Das Gewehr hielt er dabei locker in der Hand, als rechnete er nicht damit, dass ich die gesuchte Ausbrecherin war.

Im Licht der untergehenden Sonne wirkten seine silberblonden Haare leicht rötlich, fast goldfarben wie der Drachenkopf auf seiner Uniform. Er war schlank, schien aber muskulös zu sein. Da er die Augen von der Sonne geblendet leicht zusammenkniff, erkannte ich ihre Farbe nicht, wusste aber, dass er versuchte durch das verdunkelte Visier hindurchzusehen.

»Was gibt's?«, fragte Chris gelangweilt, wobei er den Lenker losließ und die Arme vor der Brust verschränkte.

»Aktivitäten am Rand der ersten Zone«, erklärte der Gefragte ebenso tonlos, verbarg aber nicht, dass er mich anstarrte. »Und wo kommst du her?«, fragte er mich.

Meiner Finger schmerzten, als ich sie noch tiefer in Chris' Jacke bohrte. Bevor ich mir jedoch Gedanken darüber machen konnte, was ich überhaupt sagen sollte, hatte Chris für mich geantwortet. Ich verstand seine Worte allerdings nur schwer, weil mir mein Puls laut und kräftig in den Ohren dröhnte, was durch den Helm nur verstärkt wurde.

»Willst du etwa petzen?«, war das Einzige, was aus Chris' Mund bis zu mir durchdrang.

»Weil du gegen die Vorschriften verstößt?«

»Eure Vorschriften. Nicht meine«, erwiderte Chris.

Der Soldat kam noch einen Schritt näher. »Meinetwegen kannst du flachlegen, was oder wen auch immer du willst«, senkte er mit grimmig zusammengezogenen Augenbrauen seine Stimme, damit die anderen ihn nicht hören konnten, »aber du solltest diskreter sein. Das wirkt unprofessionell.«

»*Unprofessionell?*«, wiederholte er spottend und beugte sich ebenfalls näher zu ihm, wodurch sich das Motorrad minimal nach links neigte.

»Bei uns herrschen andere Regeln, Chris«, belehrte ihn der Blonde.

»Muss ich dir jetzt erläutern, wie egal mir die sind? Ihr seid hier nur Gäste«, wies Chris ihn zurecht. »Also überdenk besser, wer sich hier wem anpassen muss.«

Daraufhin trat er einen besänftigenden Schritt zurück. »Ich mein ja nur. Erst die Sache mit Nikki und jetzt sie. Und sie ist ganz bestimmt nicht Nikki.«

Nikki? Wer war denn jetzt auf einmal Nikki? Und was wollte er damit sagen? Dass ich doch nicht die Einzige war, die Chris sich warmhielt?

Ohne dass ich etwas dagegen tun konnte, löste ich meine Hände aus seiner Jacke, was von keinem der beiden unbemerkt blieb. Wie Chris ihn daraufhin ansah, konnte ich nur erahnen. Da der Soldat aber ziemlich schnell einen Schritt zur Seite trat und den Blick abwandte, musste der ziemlich eindeutig gewesen sein.

Während meine Hände nach irgendetwas an dem Motorrad tasteten, woran ich mich festhalten konnte – obwohl ich viel lieber gleich abgesprungen wäre –, wurde mir übel. Richtig schmerzhaft, ekelerregend übel, dass es sogar ein Leichtes war, darüber hinwegzusehen, wie schnell er seine Worte wahr machte und mein Herz in Millionen kleiner Fetzen riss.

Die Worte des Soldaten waren der Beweis, dass ich geglaubt hatte, ich wäre Chris wichtig genug, um kein anderes Mädchen mehr anzufassen.

Kommentarlos legte er die Hände wieder um den Lenker und gab Gas. Indem das Motorrad einen schnellen Satz nach vorn machte, brachte Chris zum Ausdruck, dass er wütend war. Eigentlich hätte ich darüber nachdenken müssen, wieso er sich das überhaupt von einem östlichen Soldaten gefallen ließ, doch ich war zu beschäftigt damit, nicht in Tränen auszubrechen. Oder mich zu übergeben.

Da Chris schneller fuhr als vorher, kamen wir innerhalb weniger Minuten bei den Tunneln an. Kaum hatte er die Maschine zum Stehen gebracht, stieg ich rasch ab und stolperte, weil ich an irgendetwas hängen geblieben war.

Ich hörte, wie er den Motor abschaltete, beachtete es aber nicht, sondern zog mir wütend den Helm ab. Da es mir vollkommen egal war, was damit passierte, ließ ich ihn einfach fallen und drehte mich blind Richtung Tunnel.

Da ich vor demselben stand, den ich tags zuvor mit Jasmine aufgesucht hatte, wusste ich, wo ich langmusste.

»Bleib stehen!«, rief er mir hinterher, hatte damit aber nur wenig Erfolg: Ich lief weiter.

Keine Ahnung, ob ich überhaupt eine Chance hatte, aber dieses Mal würde ich ihm eine reinhauen, sollte er mich noch mal anfassen.

Plötzlich angewidert von mir selbst riss ich mir das Zopfgummi aus den Haaren. Der Dutt symbolisierte etwas, das ich nicht war. Irgendein Mädchen, das so tat, als wäre sie eine vollkommen andere Person. Ich pfefferte das schwarze Gummiband ebenfalls auf den Boden.

Die Schritte hinter mir ließen darauf schließen, dass er wieder nicht vorhatte mich einfach gehen zu lassen.

»Malia!«, startete er einen zweiten Versuch, aber auch dieses Mal antwortete ich nicht.

Bei dem Klang meines Namens schüttelte ich mich. Ich wusste, dass er nichts anbrennen ließ und schon mit vielen Mädchen ausgegangen war. Mit Sicherheit war dort auch mehr gelaufen als bloß Händchenhalten – aber dass ich für ihn nur eine dieser Wegwerf-Affären war, machte mich wütend. Abgrundtief wütend. Dass er auch noch am Krieg und an meinen nunmehr doppelten Sorgen um meine Familie schuld war, machte dieses Bild perfekt.

Er war einfach ein schlechter Mensch. Er kümmerte sich um niemand anderen als sich selbst. Ein eindeutiger Beweis dafür war, dass die Geräusche seiner Schritte nachließen und er mir nicht weiter folgte.

Während ich zielstrebig tiefer in den Tunnel hineinging, musste ich meine bitteren, brennenden Tränen hinunterschlucken. Er hatte es überhaupt nicht verdient, dass ich seinetwegen weinte.

Sicherheitshalber ließ ich mir für den Rückweg so viel Zeit, bis ich überzeugt davon war, nicht bei dem kleinsten Wort über ihn zusammenzubrechen. Ich musste stärker sein, erst recht weil ich jetzt nicht nur an ihn denken durfte. Obwohl mein Herz da ganz anderer Meinung war und in meiner Brust bereits bitterlich weinte, mich sogar dafür hasste, dass ich mich auf ihn eingelassen hatte.

Wichtig war jetzt nur noch: Ich musste meine Familie wiederfinden. Und sobald ich eine Idee hätte, wie ich mich allein durchschlug, ohne dabei draufzugehen, könnte ich die anderen vielleicht dazu überreden, mit mir zu kommen.

Was mit mir und Chris passierte, würde sich erst zeigen, wenn ich ihn das nächste Mal sah ... wann auch immer das war. Gerade wünschte ich mir zumindest, dass es nie wieder der Fall wäre.

Völlig in Gedanken versunken ging ich über die von Wurzeln übersäten Bahnschienen und bemerkte erst, dass ich bei dem Maschinenraum angekommen war, als ich vor der Tür stand.

Für einen Moment spielte ich mit dem Gedanken, mich noch eine Weile hinzusetzen und mir den Kopf zu zerbrechen, aber ehrlich gesagt hatte ich die Schnauze selbst voll von mir. Eigentlich wollte ich mich zu Hause nur in mein Bett werfen, die Decke über den Kopf ziehen und mir die Augen aus dem Kopf heulen. Aber das Leben ging weiter.

Als ich die Tür öffnete, dauerte es keine Sekunde und ich hörte das Klicken einer Waffe, die gerade entsichert wurde und in deren Lauf ich unmittelbar danach starrte.

Aus Angst, eine Kugel würde sich gleich durch meine Stirn bohren, hörte ich auf zu atmen.

»Nimm die Waffe runter«, erklang Theos Stimme hinter

dem Mann, der mir beinahe einen Herzstillstand bereitet hätte. Ich traute mich nicht mal in sein Gesicht zu sehen, bis er seiner Aufforderung zögernd nachkam.

Anstatt sich bei mir zu entschuldigen, weil er mir fast das Gehirn weggepustet hätte, ließ er sich einfach wieder neben der Tür auf den Boden fallen und legte die Pistole ab.

Überrumpelt erwiderte ich den Blick des Rebellenanführers. Er schien unverletzt zu sein, weshalb ich hoffte, dass es Ridley und Isaac auch gut ging. Obwohl er ziemlich ruhig wirkte, spürte ich trotzdem, dass irgendwas die anderen in Aufruhr versetzte – und meine Rückkehr war es nicht. Die blieb nämlich von den meisten unbemerkt.

»Bist du verletzt?«, richtete Theo schließlich das Wort an mich und riss mich aus meinen Gedanken.

Automatisch sah ich auf meine Schulter, an der ich zweimal getroffen worden, die aber längst verheilt war. Wenn man nicht wusste, dass ich angeschossen worden war, hätte man es nicht mal bemerkt. Meine Uniform wies nur ein kleines Loch auf, das man wegen meines ebenfalls schwarzen T-Shirts nicht wirklich sehen konnte.

Zur Antwort schüttelte ich den Kopf. »Längst verheilt. Aber was ist hier denn los?«

Genervt seufzend rollte Theo mit den Augen. »Ryan meinte, er müsste mit ein paar Leuten nach Lauren suchen. Tja, sie haben vielleicht 'ne zu große Fresse gehabt.«

»Ist wer verletzt?«

»Malia!«, unterbrach uns jemand mit einer hohen, aufgeregten Stimme. Ich brauchte nicht mal in ihre Richtung sehen, um zu wissen, dass es Jasmine war. Dennoch hob ich den Blick und entdeckte sie einige Meter von mir entfernt.

Sie winkte mich hektisch zu sich. Ryan saß mit schmerzverzerrtem Gesichtsausdruck neben ihr auf dem Boden und hielt den Kopf gegen die Wand gedrückt.

»Er wurde getroffen«, erklärte Theo völlig desinteressiert. »Was er meiner Meinung nach auch verdient hat.«

Ihn ignorierend setzte ich mich in Bewegung und ging mit schnellen Schritten zu den beiden rüber.

Bevor ich sie erreichte, war ein älterer Mann mit grauem Haaransatz aufgetaucht. Er hatte eine kleine Verbandstasche bei sich und kniete sich neben meinen Ersten Bodyguard.

Da aber keiner der drei panisch wirkte, blieb ich ziemlich ruhig, als ich bei ihnen ankam und mich kurz in Jasmines Arme ziehen ließ.

»Was ist mit ihm?«, wollte ich wissen, nachdem sie mich wieder losgelassen hatte.

Ich beobachtete den Mann dabei, wie er eine Flasche mit einer klaren Flüssigkeit hervorholte und sie aufschraubte.

Jasmine warf mir einen müden Blick zu. »Ihn hat ein Messer erwischt. Er schreit seit 'ner halben Stunde rum, als hätte er sein ganzes Bein verloren. Dabei ist die Wunde nicht mal annähernd so groß wie seine Wehleidigkeit.«

Irgendwie hätte ich so was ja eigentlich erwarten müssen. Ehe ich allerdings etwas erwidern konnte, brüllte er wie am Spieß. Der Mann, etwa im Alter meines Vaters, drückte ihm ein Tuch durch die zerrissene Hose auf seinen Oberschenkel. Ryans Gesichtsausdruck nach zu urteilen brannte es wie

Säure. Er kniff die Augen zu und bemerkte meine Anwesenheit nicht einmal.

»Scheiße, Paul, leg 'nen Gang zu!«, beschwerte er sich unter zusammengebissenen Zähnen und schlug blind nach ihm.

»Ich glaub, ich brauche einen neuen Ersten Bodyguard«, raunte ich Jasmine zu.

»Ich bin nicht taub«, konterte der Besagte schwach, aber das war ihm angesichts dieser – *Achtung, Ironie!* – schrecklichen Situation verziehen. Ich wusste ja, dass er es nur tat, um seine Frau wiederzufinden.

Jasmine schob spöttisch die Unterlippe vor. »Ach, wirklich nicht? Sogar ich hatte Probleme, Malia zu verstehen. Ich habe wegen deiner Schreierei so ein scheiß Piepen im Ohr.«

»Sorry, Hamsterbacke.«

»*Hamsterbacke?*«, kam es gespielt verärgert von Jasmine.

»*Hamsterbacke?*«, fragte ich verwirrt.

Ryan sah angestrengt nach oben, als Paul eine Kompresse auf die Wunde legte.

Kurze Bemerkung am Rande: Jasmine hatte wirklich recht. Ich hätte den Schnitt mit meiner Handfläche verdecken können, so klein war er.

»Na ja, sie hatte da diese geschwollene Wange«, erklärte er beherrscht, auch wenn man ganz deutlich hörte, dass er nicht mal Luft holte. Dann richtete er sein Gesicht auf mich und blinzelte mich an. »Und du – ach, du Scheiße!«

»Ja, ich freu mich auch, dass du lebst.«

»Aus dem Küken ist ein Schwan geworden.« Er ließ den Kopf wieder nach hinten fallen.

Jasmine und ich tauschten einen verwirrten Blick aus.

»Hast du ihm Drogen gegeben?«, fragte sie Paul und konnte nicht aufhören ihn wie ein Auto anzustarren.

Paul zuckte mit den Schultern. »Soweit ich weiß, nicht«, brummte er und zog einen in Plastik verpackten Verband aus seiner kleinen roten Tasche.

»Hast du Drogen genommen?« Jasmine sah Ryan direkt in die Augen, aber dieser konzentrierte sich ganz darauf, keinen Mucks von sich zu geben, während der andere sein Bein verarztete.

Ich runzelte die Stirn. »Halluziniert er vielleicht?«

»Leute, ich bin immer noch nicht taub«, ließ Ryan uns wissen. »Und nein, ich bin drogen- und halluzinationsfrei. Aber ... Scheiße, wie lange dauert das noch?!«

»Halt still.« Pauls Stimme war fast genauso emotionslos wie Boyles'.

»Aber«, fuhr Ryan schließlich unbeirrt fort, »aber als ich das letzte Mal so ausgesehen habe wie Malia, lag's an meiner verlorenen Jungfräulichkeit.«

Jasmine brach ungehalten in schallendes Gelächter aus, während ich Ryan nur anstarren konnte. Mit offenem Mund. Knallroten Wangen. Und Augen, so groß wie der Mond.

»Ich habe nicht ...«, versuchte ich schließlich hervorzubringen, konnte ihr Lachen aber kaum übertönen. Und für mehr Stimme reichte es gerade nicht. Irgendwie schien auch keiner der beiden mir zuhören zu wollen.

»Bitte sag mir, dass ich Chris jetzt nicht die Knochen brechen muss«, kam es erneut von meinem Bodyguard.

Die Schwarzhaarige hatte sich offensichtlich wieder im Griff, als sie prustend vorschlug: »Komm, wir hauen ab, bevor er sich noch einredet, er müsste sich um eure zukünftigen Babys kümmern.« Sie griff nach meinem Ellbogen und zog mich entschlossen von Ryan weg.

»Aber wir ... ich habe doch ni...«, wehrte ich mich immer noch völlig perplex. Sah ich wirklich so schlimm aus?

Oh, verdammt! Bodenloses Loch, wo bleibst du nur, wenn man dich braucht?

Als wir ihm gerade den Rücken zugedreht und uns einige Schritte entfernt hatten, rief er uns mit einem deutlich vernehmbaren Grinsen hinterher: »Ich hoffe, ihr habt wenigstens verhütet!«, sodass es alle hören konnten.

29

Jasmine und ich waren nicht mal eine Minute allein, da knallte die Tür des Lagers hinter uns ins Schloss. Ich verharrte in meiner Bewegung, wollte gerade vor lauter Wut in meinem Bauch nach einer der Pistolen greifen, als Theo mir einen Strich durch die Rechnung machte. Damit kam ich auch nicht mehr dazu, Jasmine von dem Treffen mit Chris zu erzählen. Obwohl ich erwartet hatte, dass er mich schon bei meiner Ankunft mit Fragen löcherte, wunderte es mich nicht, dass er mich jetzt mit seiner Anwesenheit beehrte und sicherlich von mir erwartete ihm alles bis ins kleinste Detail zu berichten. Zumindest erklärte es das neugierige Glitzern in seinen Augen.

Ohne meine Miene zu verziehen, drehte ich mich zu ihm um. Er stand mit verschränkten Armen immer noch vor der Tür und hatte sich mit der Schulter gegen den Rahmen gelehnt, um uns jeden Fluchtweg zu versperren.

»Und?«, fragte er in das angespannte Schweigen hinein.

Jasmine schob unbeeindruckt ein paar Waffen an die Seite, damit sie mehr Platz hatte, sie zu überprüfen und zu ordnen. Eigentlich war es als Aufpasserin nicht ihre Aufgabe, aber es war schön, dass sie hier war.

»Was denn?«, stellte ich mich dumm und fragte mich gleichzeitig, wie Ryan erkennen konnte, dass Chris und ich uns ein bisschen nähergekommen waren, und Theo offensichtlich glaubte, wir hätten die ganze Zeit über seine Pläne und den Krieg gesprochen.

Ja, im Nachhinein war es vielleicht nicht gerade die beste Entscheidung des Tages gewesen, aber ich hatte sowieso nicht das Gefühl gehabt, dass Chris mir viel verraten würde. Er wollte die Gen-Experimente stoppen – das hatte ich verstanden. Dazu musste er das Serum zerstören – auch das war klar. Wenn er aber noch keinen Weg gefunden hatte, seinen Plan durchzuführen, war ich die letzte Person, die ihm helfen konnte. Ich hatte gerade mal eine Woche lang Training gehabt und war froh, dass ich inzwischen eine Waffe halten konnte, um mich wenigstens zu verteidigen.

»Was hat Chris dir gesagt? Neuigkeiten? Pläne? Irgendetwas?«

Ich brauchte nicht mal lange darüber nachzudenken, sondern schüttelte einfach den Kopf. »Nein. Nicht wirklich.«

»Ein bisschen genauer!«, forderte er streng, womit er mich ein wenig einschüchterte. Ich war hier immerhin in seinem Territorium.

»Er hat mir nur davon erzählt, was er vorhat und wieso. Dass er das Serum zerstören will«, erklärte ich ihm leicht stotternd. »Mehr nicht.«

»Du warst drei Stunden weg«, hielt er mir vor.

»Jetzt bleib mal locker«, mischte sich Jasmine auf einmal ein und drehte sich zu Theo um. »Sieht sie in deinen Augen etwa so aus, als würde sie sich für euren politischen Kram interessieren? Wenn Chris Infos für dich hat, wird er sich schon selbst melden.«

Theo beachtete sie nicht. »Drei. Verdammte. Stunden«, beharrte er nur mit einem bitterbösen Blick auf mich.

Aber Jasmine hatte nun mal recht. Ich wusste nicht viel über die Politik, weil ich die High Society immer gehasst hatte. Ich war nicht versessen auf den neuesten Klatsch und Tratsch, interessierte mich nicht für den *PolitikTalk* im *HavenPress*. Bis vor ein paar Wochen hatte ich um alles, was mit der Regierung zu tun hatte, einen riesigen Bogen gemacht.

Nur weil ich jetzt ein Teil dieser Welt geworden war, bedeutete das nicht, dass ich immer top informiert war.

Und wenn wir mal ehrlich waren, war es doch nachvollziehbar, dass Chris und ich noch so einiges zu klären hatten.

Blöd nur, dass die Liste nach dem heutigen Treffen länger statt kürzer geworden war. Noch mehr Probleme, die es mir schwer machten, mich auf ihn einzulassen.

Aber das war ein anderes Thema.

»Ich warte«, riss Theo mich unsanft aus meinen Gedanken, während er ungeduldig mit dem Zeigefinger auf seinen Arm tippte. Da er sie immer noch vor der Brust verschränkt hielt, wirkte er gleich zehnmal herablassender.

»Ich weiß aber nicht, was ich dir sagen soll!«, reagierte ich heftig. »Chris hat mir nichts erzählt, was für dich relevant wäre.«

»Das weißt du nicht.«

»Doch!«, widersprach ich und hörte selbst, wie patzig ich klang, aber er ging mir nun wirklich auf die Nerven. »Oder willst du etwa hören, was Chris über meine Familie oder über seine Liebschaften erzählt hat?«

Er zog so angewidert die Oberlippe hoch, dass man meinen konnte, ich hätte ihm gerade erzählt, wie ich früher Aidens Windeln wechseln musste.

»Verschon mich damit!«, stieß er nur hervor und sah zwischen mir und Jasmine hin und her.

»Ist noch was?«, blaffte sie, wobei sie ihre Abneigung ihm gegenüber zum ersten Mal deutlich zeigte.

Bisher hatte ich nicht mal geahnt, dass die beiden Differenzen hatten. Aber in diesem Moment sah sogar ein Blinder, dass bei Jasmine und Theo das Sprichwort *Was sich neckt, das liebt sich* nicht galt.

Theo sah mich forschend an, wobei er seine Augen zu Schlitzen verengte. Eine Weile starrte er mich an, bis er sich plötzlich kommentarlos umdrehte und aus dem Lager verschwand. Da er die Tür heftig aufstieß, knallte sie von außen gegen die Wand und blieb geöffnet stehen.

»Bist du sicher, dass er mit Laurie verwandt ist?«, fragte ich Jasmine leise, nachdem ich mir sicher war, dass er längst außer Hörweite war.

»Weil er das komplette Gegenteil von ihr ist?«

Ich nickte.

»Na ja, ich denke, bei manchen Zwillingen ist es eben so, bei den anderen so«, murmelte sie schulterzuckend und drehte sich wieder zu den Waffen. »Ich bin jedenfalls froh, dass er nicht mein Bruder ist. Der Typ macht Ryan runter, das ist unglaublich.«

»Gibt's 'nen Grund, wieso sie sich nicht abkönnen?«

»Weiß ich gar nicht genau. Theo wohnt nicht mehr in Haven, daher konnten sie sich eigentlich recht gut aus dem Weg gehen. Dafür explodiert es jetzt umso heftiger.« Sie verdrehte die Augen. »Männer halt.«

»Wem sagst du das«, nuschelte ich nur zurück und widmete mich ebenfalls wieder den Pistolen vor uns.

»Apropos Männer, Ryan hat nicht ganz unrecht ... du siehst wirklich verändert aus.«

Ein Seufzen war die einzige Antwort, die ich ihr gab. Obwohl der Abend noch jung war, fühlte ich mich unglaublich müde und ausgelaugt. Das Treffen mit Chris war anstrengend gewesen; wütend und traurig zu sein, während man sich nichts sehnlicher wünschte, als in den Armen des Mannes zu bleiben, der die Hölle auf Erden verursacht hatte, war noch anstrengender gewesen.

Ich hasste Chris, aber ich war absolut unfähig mich von ihm fernzuhalten. Daran änderte sich auch nichts, nur weil ich jetzt wusste, dass er trotz dem, was zwischen uns war, noch mit anderen Mädchen zugange war.

Das tat weh. Auch das mit meiner Familie. Das sogar noch mehr.

»Ich will jetzt nicht darüber reden«, gestand ich Jasmine in einem bittenden Ton, schaffte es aber nicht mal, ihr in die Augen zu sehen. Ich befürchtete, dass sie in meinem Gesicht

lesen konnte, wie schlecht es mir ging, und dass ich dann erst
recht nicht mehr an mich halten könnte.

Ich war einfach noch nicht bereit meine Wut in einer Flut
von Tränen zu ersticken.

***

Ich konnte Theos Blick bis in den späten Abend auf mir spüren. Selbst wenn ich nur am Feuer saß und mich mit irgendjemandem unterhielt, bohrten seine Augen nach Informationen, die zufällig meinen Mund verließen. Er schien von
meinen Lippen lesen zu wollen.

Irgendwann traute ich mich überhaupt nicht mehr mit
einem der Rebellen zu sprechen. Ich saß nur noch da, hörte
den anderen zu und versuchte Theo zu ignorieren. Ich war
ihm zwar dankbar, dass er mich und Kay hier unten aufge-
nommen hatte. Aber dass ich ihm Antworten schuldig war,
die ich selbst nicht mal hatte, bedeutete das noch lange
nicht.

»Und? Wie küsst er so?«, richtete Clarissa das Wort an mich
und sah mich mit amüsiert verzogenen Lippen an. Wahrscheinlich fiel ihr, genauso wie allen anderen, gerade auf, dass
ich bei ihren Worten knallrot anlief.

Ich räusperte mich, weil ich die ganze Zeit keinen Ton
gesagt hatte, und sah Hilfe suchend zu Jasmine. Aber auch
sie hatte mich nur schmunzelnd beobachtet, ehe sie einen
Schluck aus ihrer Wasserflasche nahm.

»Ähm«, begann ich und versuchte die neugierigen Blicke

der Mädchen zu verdrängen, die sich um das Feuer versammelt hatten. Wozu sollte ich es leugnen, wenn mein eigener Körper mir mal wieder ein Eigentor schoss und mich verriet? »Ganz okay, denke ich.«

»Ganz okay?«, fragte Tracy ungläubig, wobei sie wissend den Mundwinkel hob.

Fünf vorwurfsvolle Augenpaare richteten sich auf mich. Dass Kay darunter war, wunderte mich eigentlich – immerhin war ausgerechnet sie immer diejenige gewesen, die mich davor gewarnt hatte, mich auf Chris einzulassen. Leider hatte es nicht funktioniert.

»Mehr als okay?«, gestand ich schließlich, obwohl es eher wie eine Frage an mich selbst klang. Ich hatte niemanden, mit dem ich Chris vergleichen konnte.

Clarissa und Lucy tauschten untereinander einen schnellen Blick aus; dann sah Lucy mich mit ihren großen braunen Augen an und meinte: »Und?«

»Was *und*?« Ich zog verwirrt die Augenbrauen zusammen. Was denn jetzt noch?

»Na, wie sieht er so aus? Ohne Uniform? Ohne ... T-Shirt?«

»Und ohne Höschen?«, hängte Tracy grinsend an Lucys Frage dran und brachte mich ebenfalls fast zum Lachen. Aber eben nur fast. Bei dem Gedanken an Chris spürte ich, wie sich etwas zwischen meine Rippen bohren wollte.

Ich zuckte mit den Schultern. »Glaubt mir, das würde ich auch gern herausfinden«, meinte ich mit einem traurigen Lächeln auf den Lippen, obwohl meine Worte nicht so ganz der Wahrheit entsprachen.

Ich war immer noch stinksauer, enttäuscht und verletzt. Das mussten nur nicht alle wissen.

»Du hast ihn nicht nackt gesehen?«, fragte Lucy, wobei sie ihren Mund gespielt schockiert aufklappte.

Ich schüttelte schnell den Kopf – zum einen, um ihr zu antworten, zum anderen, um ihn aus meinen Gedanken zu vertreiben. »Und was ist mit euch?«

Kay hob kommentarlos eine Augenbraue, als mein Blick unwillkürlich zu ihr wanderte. Auch keine der anderen reagierte auf meine Frage. Bis ich verstand, wie meine Frage geklungen hatte.

»Damit meine ich nicht Christopher«, erklärte ich schnell, aber auch dann reagierte keines der fünf Mädchen. Stattdessen fiel mir auf, dass Lucy und Tracy versuchten niemandem mehr in die Augen zu sehen. Ebenso wie Kay – und das überraschte mich nun wirklich.

Clarissa war schließlich diejenige, die Lucy mit ihrem Ellbogen anstupste und absichtlich laut flüsterte: »Nun erzähl's schon.«

»Er will das nicht«, antwortete sie schlicht, doch Clarissa verdrehte nur die Augen und blickte dann aufgeregt in die Runde. Man konnte aber bereits in ihrem Gesicht lesen, dass sie kurz davor war, es allen zu erzählen.

Aber endlich, endlich öffnete Kay den Mund und bewies mir, dass sie immer noch die Alte war. »Ach, meine Fresse. Fast jeder weiß, dass du's mit Theo treibst.«

Lucia riss empört die Augen auf – und ich gleich mit. »Das ist nicht wahr!«

»Tu nicht so unschuldig.« Kay verschränkte störrisch die Arme vor der Brust.

»Das sagt die Richtige«, mischte Jasmine sich ein, woraufhin Kays Augen kleiner wurden. »Ja, du. Ich habe dich mit Patric gesehen.«

»Kenn ich den Schwachmaten?« Sie kniff grimmig die Lippen zusammen.

»Für mich ist das mehr als Kennen, wenn man gewisse Körperflüssigkeiten austauscht«, erklärte die Schwarzhaarige spöttisch und lehnte sich entspannt zurück.

Tracy prustete los. »Da fällt mir ein, ich habe letztens Ridley mit Isaac im Lager erwischt.«

»Ridley?«, fragte Clarissa erstaunt. »Ich dachte, sie will was von Theo?«

»Aber der ist ja mit Lucia zusa...«, kam es diesmal von Tracy.

»Wir sind nicht zusammen!«, verteidigte sich Lucy – bemerkte dann aber offensichtlich, dass sie etwas Falsches gesagt hatte, und wurde plötzlich bleich im Gesicht. »O mein Gott!«

Clarissa wandte sich besorgt an sie. »Was? Sag nicht, er benutzt dich nur als Betthäschen.«

»Quatsch«, meinte Lucy abwehrend. »Aber er wollte mir letztens etwas sagen ... meint ihr, er will mir sagen, dass ... dass er?«

»In dich verliebt ist?«, beendete Tracy ihren Satz.

»Dich nur flachlegen will?«, verbesserte Kay bissig und verdrehte schon wieder die Augen.

Clarissa drehte sich wütend zu ihr um. »Jetzt tu mal nicht

so, als hättest du keine Gefühle für Patric, so oft, wie ihr zwei zusammen verschwindet!«

Kay erwiderte ihren Blick auf ihre notorisch sarkastische Weise. »Das bedeutet, dass wir gleich heiraten, oder was?«

Für mich war der Moment gekommen, mich erneut Hilfe suchend an Jasmine zu wenden: Stumm flehte ich sie an, mich hier rauszuholen. Dieses Mal nickte sie und deutete mit dem Kopf auf eine leere Ecke einige Meter von der Mädchengruppe entfernt.

Als wir aufstanden, bekamen die vier anderen das anscheinend gar nicht mit; und wenn, dann interessierten sie sich nicht dafür. Die eben ausgebrochene Diskussion über potenzielle Liebschaften schien deutlich fesselnder zu sein.

War mir eigentlich nur recht. Trotzdem wurde es langsam Zeit, Jasmine zu erzählen, was passiert war.

Kaum saßen wir, sah sie mich interessiert an, was mich noch mehr hemmte und mich in Schweiß ausbrechen ließ. Nervös wartete ich darauf, dass sie zu sprechen begann.

»Okay. Also ihr habt euch geküsst«, eröffnete sie vorsichtig das Gespräch und beugte sich ein bisschen zu mir herüber. »Wie ist es dazu gekommen?«

»Keine Ahnung«, antwortete ich schnell, zu schnell, und wusste nicht, wie ich es in Worte fassen sollte. »Am Anfang war Sara da ... wieso, habe ich eigentlich bis jetzt nicht verstanden, da er sie irgendwann weggeschickt hat. Wir haben halt über den Krieg gesprochen, über sein Vorhaben ... so habe ich auch erfahren, dass er gelogen hat.«

Bei dem Gedanken an meine Familie bekam ich ein komisches kitzelndes Gefühl im Hals. Da war wieder der Knoten, der die Tränen in sich einschloss und darauf wartete, gelöst zu werden.

»Gelogen? Inwiefern?«

»Er hat mal gesagt, meiner Familie würde es gut gehen«, murmelte ich und zog die Knie an meine Brust, um mich an irgendetwas festzuhalten. Ich legte meine Wange darauf ab, damit ich Jasmine noch ansehen konnte. »Aber eigentlich hat er sie nie gesehen. Er weiß nicht mal, ob sie noch leben.«

Ich erkannte genau, wie sich der Ausdruck in ihren Augen veränderte; mitleidig blickte sie mir entgegen. »Das ist ...«

»Scheiße, ich weiß.« Ich schloss kurz die Augen, um mich wieder zu fangen. Nachdem ich einmal tief ein- und wieder ausgeatmet hatte, war der Knoten zwar nicht mehr so schlimm, dafür spürte ich aber ein winziges Stechen in der Brust. Beinahe so, als würde man mit einer Nadel direkt in mein Herz piken. »Er behauptet, ich hätte einen Lichtblick gebraucht, damit ich nicht aufgebe. In meinen Augen einfach nur Unsinn. Wenn ich gewusst hätte, dass sie verschwunden sind ... keine Ahnung.«

Ich blinzelte die verschwommene Sicht weg.

»Du meinst, ihr hättet über seine Frauengeschichten geredet?«, lenkte sie schnell ab, als sie die aufkommenden Tränen bemerkte. Leider änderte der Themenwechsel daran nichts.

Es tat ja schon unglaublich weh, dass meine Eltern irgendwo waren und ich nicht wusste, ob sie noch lebten und ob ich möglicherweise sie oder auch Aiden verloren hatte. Aber

Chris' Verrat war der Tropfen, der das Fass zum Überlaufen brachte.

»Nicht wirklich«, presste ich hervor und musste mich wieder richtig hinsetzen, um besser Luft zu bekommen. Ein merkwürdiges Gewicht drückte mir auf den Brustkorb. »Also, schon, aber ... er wollte mir wohl einreden, dass ich ihm wichtig wäre. Hätte keine andere, würde mich nicht nur fürs Bett wollen und so weiter.«

Super. Jetzt musste ich auch noch schniefen.

»Ich weiß nicht mal, ob ich es ihm geglaubt habe ... ich war wütend, weil er mir nicht sagen wollte, wieso er so schlecht von sich denkt. Als ich abhauen wollte, hat er mich geküsst und ich ... ich konnte einfach nicht ...« Ich musste abbrechen.

Der Knoten rückte meiner Kehle immer näher, bis er die Worte einfach verschluckte und ich nicht weitersprechen konnte. Ich hatte das Gefühl, keine Luft mehr zu bekommen.

Als Jasmine ihre Hand auf meine Schulter legte, wischte ich schnell ein oder zwei Tränen weg, die sich aus meinem Augenwinkel stehlen konnten.

»Als er mich zurückgebracht hat, wurden wir aufgehalten«, fuhr ich flüsternd fort, weil es zu mehr nicht ausreichte. »Einer der Soldaten hat nur irgendwas davon gesagt, dass ich nicht Nikki wäre. Er sollte nicht in der Öffentlichkeit machen, was er anscheinend mit ihr gemacht hat.«

»*Nikki?*«, fragte Jasmine nach.

Nickend quollen immer mehr Tränen hervor, die leise über meine Wangen rollten. Es war das erste Mal seit der ersten Nacht in der Zelle, dass ich wieder weinte. Einerseits machte es mich stolz, dass ich so lange durchgehalten hatte, andererseits war ich erleichtert, dass ich all die Wut, all den Schmerz und die Verzweiflung einfach herausheulen konnte.

Weil ich dagegen ankämpfte, dröhnte mir der Schädel.

»Ich hätte mich ... was zum Teufel hat mich dazu geritten, mich in ihn zu verlieben? Er ... überleg doch mal, was er alles getan hat.« Meine Stimme wurde etwas lauter, mein Weinen nicht wirklich besser.

»Ich weiß«, stimmte sie mir leise zu und nahm mich so schnell in die Arme, dass ich es erst begriff, als ich mein Gesicht in ihre Schulter drückte und von einem Beben geschüttelt wurde.

»Ich weiß nicht, was ich tun soll.« Ich war so leise, dass ich mir nicht mal sicher war, dass sie mich verstand.

Sie antwortete auch nicht darauf, sondern strich mir einfach nur beruhigend über die Haare. Ein Teil von mir war ihr mehr als dankbar, dass sie für mich da war und meine Tränen über sich ergehen ließ.

Bei Jasmine wusste ich, dass ich mich auf sie verlassen konnte – und das war genau das, was ich jetzt brauchte.

30

Am nächsten Morgen wachte ich mit Kopfschmerzen auf. Kay neben mir drehte sich noch einmal mürrisch auf die andere Seite, aber da die anderen so viel Lärm machten, konnte ich nicht länger schlafen. Wie in Trance frühstückte ich und machte mich für den Tag fertig. Das bestand größtenteils darin, mir die Haare locker zusammenzubinden, mit etwas Wasser den gröbsten Dreck vom Körper zu waschen und mir die Zähne mit geklauten Zahnbürsten zu putzen.

Geklaut war hier generell alles. Wenn das Wasser einwandfrei gelaufen wäre, hätte ich hier sogar richtig duschen können, aber eigentlich funktionierte es nie so, wie man es gern gehabt hätte. Manchmal kamen nur ein paar Tropfen aus der Leitung, manchmal war das Wasser so brennend heiß, dass man nicht mal eine Sekunde die Hand darunterhalten konnte, manchmal so kalt, dass es nicht weniger schmerzte.

Einige der Mädchen nahmen sich sogar die Zeit, sich morgens zu schminken. Ich sah davon ab, weil ich mich erstens sowieso noch nie wirklich geschminkt hatte und es zweitens verschwendete Mühe war. Sie würden im Krieg ganz sicher nicht ihren Traummann finden.

Na ja, sollte gerade *ich* darüber urteilen ...?

Je später es wurde, desto wacher wurde ich und desto schneller kehrte auch dieses dumpfe Gefühl zurück, an dem das Treffen vom Vorabend schuld war.

Ich hatte ziemlich schlecht geschlafen, weil ich mir die halbe Nacht den Kopf darüber zerbrochen hatte, wo meine Familie sein könnte. Ob ich einen Albtraum gehabt hatte, wusste ich nicht. Ich erinnerte mich eigentlich nie daran, was ich träumte; aber so gerädert, wie ich mich fühlte, konnte es gut möglich sein.

Um mich abzulenken, ging ich meiner Aufgabe hier unten nach und sammelte die leeren Dosen ein sowie alles, was ich an Müll finden konnte. Zusammen mit Tracy machte ich mich auf den Weg, um den Abfall wegzubringen. Später räumten wir wieder einmal das Lager auf, weil die Versorger gestern auf Beutezug gewesen waren. Dann zeigte sie mir, wie man eine Waffe reinigte und eine Messerklinge schärfte.

Was die anderen den ganzen Tag machten, wusste ich nur teilweise. Jasmine und Ryan waren mal wieder bei einem der Tunneleingänge und bewachten sie. Vermutlich taten Boyle und Johanna das Gleiche. Wo Theo und seine Truppe schon wieder abgeblieben waren, konnte ich noch weniger sagen. Sie gingen generell immer einfach los, ohne jemandem etwas zu sagen. Einige hatten mir erzählt, dass sie nach Rebellen suchten oder nach anderen Überlebenden, die Hilfe brauchten.

Laut mehreren Quellen will man auch gehört haben, dass Theo nach einem anderen Versteck suchte, für den Fall, dass wir noch mehr werden würden. Soweit ich das verstanden hatte, wollte Chris nicht, dass sich die Rebellen öffentlich zeigten. Der Zeitpunkt wäre noch nicht gekommen.

Was auch immer das zu bedeuten hatte.

Generell war es aber ziemlich interessant und vor allem ablenkend, was man hier unten so bei den Gesprächen aufschnappen konnte.

Mehrere sprachen darüber, dass sich die Soldaten New Asias komisch verhalten würden. Es hätte ein paar Kämpfe gegeben, in denen die Rebellen nur zur Tarnung ihre Uniformen trugen – denn sie hätten nicht wirklich angegriffen. Sie schienen sich eher an uns herantasten zu wollen ... wieso, wusste niemand.

Ich wusste nicht, wie spät es war, aber alle besorgten sich gerade etwas zu essen, als die Soldaten mit Ridley an der Spitze zurückkehrten. Sie hatten einen Mann und eine schwangere Frau dabei, die die ganze Zeit über bitterlich weinte. Später erfuhr ich, dass man ihr das erstgeborene Kind – gerade mal zwei Jahre alt – weggenommen hatte.

In Theos Gesicht sah man, dass es ihm nicht gefiel, schwache Menschen aufzunehmen. Er wollte nun mal ein Heer aufstellen, das sich im Fall der Fälle gegen New Asia – oder wen auch immer – wehren konnte.

Vielleicht mussten wir am Ende auch gegen unsere eigenen Leute kämpfen. Wie sie schon sagten ... sie warteten ab, wie sich der Krieg entwickelte.

Mir gefiel das Ganze nicht, aber was hatte ich schon groß zu entscheiden?

Kay erweckte den Eindruck, als wäre sie mindestens genauso unruhig wie ich. Ich erwischte sie immer wieder dabei, wie sie ziellos durch den großen Raum lief und sich zu Patric setzte, dem Jungen, über den wir am Abend gesprochen hatten. Er war der schlaksige Typ mit den dunkelblonden Haaren, die ihm bei jeder Bewegung ins Gesicht fielen, und den grünen Augen, die mich an eine Schlange erinnerten.

Gerade als ich meinen zweiten Aufräumdurchgang beendet hatte und mich zum Schlafen hinlegen wollte, rief Theo mich von der Waffenkammer aus.

Kurz spielte ich mit dem Gedanken, so zu tun, als hätte ich ihn nicht gehört, reagierte dann aber doch, auch wenn ich ihm immer noch nicht mehr zu sagen hatte als gestern. Fragte sich nur, ob er das inzwischen auch verstanden hatte.

Als Ridley auftauchte, gerade als ich zu ihm rübersah, wurde ich misstrauisch. Trotzdem ließ ich meinen Schlafsack fallen, den ich gerade aufschütteln wollte, und schleppte mich zu den beiden. Wortlos winkten sie mich in die Waffenkammer und schlossen dann die Tür hinter sich.

Wollten sie mich jetzt etwa foltern? Mich aus ihrer Stadt hier unten verbannen, wenn ich ihnen keine Antworten gab?

Das mulmige Gefühl im Bauch wurde größer, je länger sie mich stumm und skeptisch beobachteten.

»Was ist denn?«, fragte ich schließlich, woraufhin Theo sein Pokerface durch eine genervte Miene ersetzte.

»Ich habe eine Nachricht von Chris«, erklärte er. »Wir treffen uns in einer halben Stunde mit ihm bei Jasmine.«

Da sie nach dem Essen gleich wieder auf ihre Position gehen musste, wusste ich genau, wo das war. Nämlich dort, wo wir vor ein paar Tagen schon gewesen waren und Chris mich gestern abgesetzt hatte.

Mein Herzschlag beschleunigte sich. »Ist irgendwas passiert?«

»Was genau hat er dir über das Serum erzählt?«, antwortete Theo mit einer Gegenfrage.

»Dass er es zerstören will.«

»Sonst nichts?« Theos Blick wurde immer düsterer; fast so, als könnte er riechen, dass ich nicht alles sagte.

Ich seufzte. »Sie suchen es, konnten es aber bisher nicht finden.«

»Ja. Findest du das nicht auch irgendwie ... komisch?«, spottete Ridley, weil ich offensichtlich nicht selbst darauf kam, was sie mir damit sagen wollte. Sie ließ mir aber nicht mal Zeit, darüber nachzudenken. »Wir finden es ziemlich komisch. Bis vor dem Angriff muss die ganze Stadt, das Krankenhaus und die Praxen, voll davon gewesen sein. Und jetzt ist nichts mehr da?«

»Und ihr meint, sie haben es längst gefunden, leugnen es aber?«

Beide nickten.

»Chris wartet nur auf Beweise«, fuhr Theo fort. »Er denkt, dass irgendwas im Krankenhaus ist, weil sie ständig dahingehen. Er will heute Nacht selbst nachsehen.«

»Und ihr sollt mit?«, fragte ich ausweichend, obwohl ich jetzt schon wusste, dass ich wohl kaum grundlos hier stand.

Der Dunkelhaarige runzelte die Stirn, wobei sein Gesicht einen arroganten Zug bekam. »Du auch. Weiß Gott, warum.«

Seine Worte trafen mich zwar, bei Weitem aber nicht so schlimm, wie ich erwartet hatte. Lag vermutlich daran, dass ich noch nicht bereit dazu war, Chris wieder gegenüberzutreten.

Am liebsten hätte ich mich geweigert, aber Theo und Ridley sahen so aus, als würden sie mich an den Haaren mitziehen.

»Wir warten draußen.« Theo wandte sich schon Richtung Tür. »Nimm dir Waffen, mindestens zwei. Und zieh dir 'ne neue Jacke an.«

Verstohlen blickte ich sofort auf das Loch, das der Schuss hinterlassen hatte, und wartete so lange mit dem Ausziehen, bis die beiden den Raum verlassen hatten. Anschließend streifte ich sie mir von den Schultern und nahm mir eine andere, die sie bereits zu einem kleinen Haufen Waffen gelegt hatten.

Ein schwarzes Haargummi lag direkt daneben. Ich betrachtete es mit gemischten Gefühlen – ich würde also ein zweites Mal jemand sein, der ich nicht war. Ich würde Chris wieder gegenübertreten müssen, obwohl ich nicht mal wusste, wie ich mich verhalten sollte. Sollte ich ihn ignorieren? Wäre das nicht kindisch?

Aber ich konnte auch nicht so tun, als hätte ich nur eine Nacht darüber schlafen müssen und alles wäre in Ordnung. Überhaupt nichts war in Ordnung.

Ich löste meine Haare aus dem Dutt und band mir einen

neuen, strengeren, so wie es sich eben für eine östliche Soldatin gehörte. Meine Hände zitterten dabei vor Aufregung.

Bevor ich ging, hatte ich mich noch kurz im kleinen, run-
den Spiegel, der notdürftig an das Regal genagelt worden war,
betrachtet. Er hatte einen deutlichen, quer verlaufenden Riss,
der mein Gesicht in zwei ungleiche Hälften teilte. Doch das
änderte nichts daran, dass ich erschöpft aussah; mit tiefen
Ringen unter den glanzlosen Augen brachte ich nicht mal ein
gespieltes Lächeln zustande.

Also hatte ich nur zweimal tief ein- und ausgeatmet sowie
meine Waffen kontrolliert, ehe ich das Lager wieder verließ
und zu Ridley und Theo zurückkehrte.

Sie standen bereits bei der Tür, die nach draußen zu den
Gleisen führte. Gerade als ich angekommen war, setzten sie
sich mit einem Nicken in Bewegung und schlüpften nach-
einander durch die Tür.

Dass wir den ganzen Weg über schwiegen, war unangenehm, aber zu erwarten gewesen. Wenn ich nicht gewusst
hätte, dass ich Jasmine gleich wiedersehen würde, wäre ich
weitaus weniger entspannt gewesen. Außerdem musste ich
mich damit nicht ausschließlich auf Chris konzentrieren.

Es dauerte ein paar Minuten, bis wir den besagten Aus-
gang des Tunnels erreicht hatten. Da die Umgebung weder
durch den Mond noch durch künstliches Licht erhellt wurde,
erkannte ich zuerst nur eine undefinierbare Anzahl an Schatten, die aufgrund der Nachtschwärze zu einem großen ver-
schmolzen.

Je näher wir kamen, desto stürmischer polterte mein Herz

gegen meine Brust. Es schlug mir bis zum Hals und sprang gleichzeitig bis runter in meinen Magen, als wäre er ein Trampolin.

Als die Gruppe uns bemerkte, drehten sich alle in unsere Richtung. Es waren fünf. Den Silhouetten nach zu urteilen zwei Mädchen und drei Männer.

Mit nur wenigen Schritten Entfernung waren wir irgendwann so nah dran, dass ich endlich die Gesichter erkennen konnte. Wie von einem Magneten angezogen sah ich unmittelbar in Chris' Augen, die meinen Blick ausdruckslos erwiderten.

Aber was hatte ich eigentlich erwartet? Dass er sich schuldig fühlen würde, selbst wenn er vielleicht darüber nachgedacht hatte? – Wie dumm von mir.

Die Spannung zwischen uns war deutlich zu spüren, wurde aber von den anderen ignoriert. Nur Jasmine sah mich mitleidig an und lächelte mir aufmunternd zu.

»Können wir dann gleich los?«, fragte Theo ungeduldig und fokussierte dabei Chris.

Aus dem Augenwinkel sah ich, wie dieser die Ruhe in Person ausstrahlte und sich die Hände ohne Eile in die Hosentaschen schob. »Hast du's ihr erklärt?«

»Mehr oder weniger.«

»Okay.« Das Missfallen war deutlich aus diesem kleinen Wort herauszuhören. »Dann wisst ihr ja, wohin es geht. Ich komme gleich nach.«

»Wir sollen ohne dich gehen?«, fragte Theo nach.

»Ja, du Memme«, erwiderte er plötzlich überhaupt nicht

mehr so ruhig und verdrehte die Augen. »Aber trennt euch irgendwann und bleibt nicht zu dicht beieinander. Ich habe echt keinen Bock darauf, dass heute irgendwas schiefgeht.«

Ich allerdings auch nicht.

Als ich Jasmines Hand auf meinem Oberarm spürte, erwiderte ich gequält ihr Lächeln. Gestern war ich noch so voller Hass und Wut auf Chris gewesen, dass ich den Schmerz verdrängen konnte. Heute aber war ein ganz anderer Tag. Heute fühlte es sich an, als würde man mir einen Knochen brechen, sobald ich ihn ansah.

Da Theo und die anderen sich in Bewegung setzten, legte ich kurz meine Hand auf Jasmines und drückte sie, um mich bei ihr zu bedanken. Wenn ich ehrlich war, konnte ich mich nicht erinnern, wann Sara das letzte Mal so für mich da gewesen war. Es musste nach Jills Tod gewesen sein ... aber das war vor sieben Jahren gewesen.

Ich war stehen geblieben, ehe Chris mir in den Weg trat und ich beinahe in ihn hineinrannte. Er sagte zuerst nichts, sondern richtete seinen Blick auf Jasmine und Ryan hinter mir und nickte ihnen zu. Da ich mich nicht traute mich zu bewegen, starrte ich nur auf den goldenen Drachen auf seiner Brust und lauschte, wie hinter mir Schritte erklangen und sich von uns entfernten.

Wir waren allein – was mir überhaupt nicht gefiel.

»Hast du dich wieder eingekriegt?«, fragte er sichtlich genervt und brachte mich somit dazu, ihm in die Augen zu sehen.

»Wie bitte?«, fragte ich perplex und blinzelte ihn an.

Er hob mit einem Ausdruck von Ungeduld die Augenbrauen. »Ob du dich wieder eingekriegt hast.«

»Ob ich mich – sag mal, geht's noch?«, presste ich fassungslos hervor.

War das jetzt wirklich sein verdammter Ernst? Er wollte so tun, als hätte ich überreagiert?

Unglaublich wütend wollte ich an ihm vorbeitreten, doch er stellte sich mir erneut in den Weg.

31

Seine Miene war unergründlich. »Weißt du, dass du unfassbar anstrengend bist?«

Entschlossen, jetzt erst recht kein einziges Wort mit ihm zu wechseln, startete ich einen zweiten Versuch, einfach weiterzugehen. Das Resultat war allerdings, dass er mich am Handgelenk festhielt, um mir klarzumachen, wer hier wann das Gespräch beenden würde.

Und er sah nicht so aus, als wäre er derjenige.

»Anscheinend nicht«, schlussfolgerte er schnaubend. »Geht's hier immer noch um Nikki?«

Mein Zusammenzucken war wohl Antwort genug. Um es zu überspielen, versuchte ich an meinem Arm zu ziehen und mich zu befreien, aber Chris war fest entschlossen mich nicht gehen zu lassen.

»Nikki ist die, die du im Bunker gesehen hast«, meinte er irgendwann genervt, weil ich immer noch nicht aufhörte an meinem Arm zu zerren. »Ja, als sie vor ein paar Wochen hergekommen ist, hatte ich was mit ihr. Aber das war ...«

»Es ist mir egal«, unterbrach ich ihn hektisch. Ich wollte nicht hören, was er mit dieser Nikki gehabt hatte und was nicht. Die Vorstellung allein reichte mir schon aus, um meinen Körper in Flammen zu setzen.

»Das war vor dir, *verdammt*.« Plötzlich hielt er auch meinen anderen Arm fest nach unten gedrückt, weil ich begonnen hatte seine Hand mit meiner freien abzustreifen. »Und jetzt lass mich ein Mal ausreden, sonst kann ich wirklich für nichts garantieren.«

Obwohl ich bezweifelte, dass er damit meinte, handgreiflich zu werden, hielt ich still und erwiderte seinen Blick brodelnd vor Wut und mit aufeinandergepressten Lippen.

Seine Finger bohrten sich in mein Handgelenk. »Das mit Nikki und mir«, seufzte er schließlich, »ist Wochen her. Sie dachte, es könnte was Ernstes werden, und hat's überall rumerzählt.«

»Chris, es ...«

»Fynn hat gesehen, wie sie mich geküsst hat, deswegen hat er das gesagt.«

»Interessiert mich nicht«, erwiderte ich bissig und zog probehalber an meinen Händen. Dass ich nicht mal auf den alarmierenden Klingelton reagierte, den der Name Fynn ausgelöst hatte, bedeutete nur, dass mir etwas oder besser gesagt *jemand* noch wichtiger war. »Jetzt lass mich los!«, forderte ich dennoch von Chris.

»Glaub mir«, er ließ einfach nicht locker, »wenn ich wüsste, wieso ich mich überhaupt vor dir rechtfertige und zum beschissenen Affen mache, würde ich es bestimmt nicht tun.«

»Aber ich glaube dir nicht.«

Frustriert verkniff er sich wohl einen blöden Kommentar,

denn er öffnete den Mund, wandte dann aber kurz den Blick ab, um sich wieder zu beruhigen. »Erwarte nicht von mir, dass ich solche Nummern immer über mich ergehen lasse.« Ein warnender Unterton mischte sich in seine angespannte Stimme. »Im Normalfall würdest du jetzt auf meiner Abschussliste landen, aber ...«

Fragend – und verflucht noch mal hoffnungsvoll, was er dank meiner Wut aber nicht sehen konnte – hob ich den Blick. »Aber?«

»Aber deine Eifersucht ist fast schon so heiß, dass es mir gefällt.«

Ich schnaubte. »Du bist ein Arsch.«

»Schuldig«, stieß er deutlich ruhiger, wenn auch immer noch genervt hervor. »Ich werde dich nicht anbetteln mir zu glauben, Prinzessin, aber es würde eine Menge leichter machen.«

Als ich noch einmal an meinen Händen zog, ließ er sie überraschend schnell los, sodass ich einen Schritt zurücktreten konnte. »Zeit, Chris«, sagte ich knapp. »Mehr will ich nicht.«

»Wir haben aber keine.«

»Steht etwa schon die Nächste in der Schlange?«

»Du verstehst es einfach nicht, oder?«, wollte er ausweichend wissen und schnitt eine wütende Grimasse. »Es gibt ehrlich gesagt Wichtigeres als das hier. Ich versuche gerade die Gen-Experimente zu beenden und du machst dir Sorgen, ich könnte morgen schon eine Neue haben?«

Mein Blick verdüsterte sich. »Unbegründet sind die nicht gerade, oder?«

»Doch. Jetzt schon.«

»Sag mal, was willst du überhaupt von mir?«, fragte ich geradewegs heraus, weil ich nicht wirklich verstanden hatte, was er im Schilde führte.

Gestern hatte er noch gesagt, wenn er ein Mädchen fürs Bett wollte, hätte er sich eine andere gesucht. Hatte er damit gemeint, dass ich ihm wichtiger war als eine kurze Bettgeschichte? Offenbar – sonst würde er nicht so einen Aufstand machen, sondern mich einfach in den Wind schießen.

Chris' Schweigen bestätigte diesen Verdacht nur.

Aber für wie lange? Er war für seine Affären bekannt. Wieso sollte ich das ändern? Ausgerechnet ich?

»Keine Ahnung«, sagte er irgendwann ziemlich tonlos und trat zurück. Während er sich mit der Hand durch Haar und Gesicht fuhr, drehte er sich schon um. »Wir sollten uns auf den Weg machen.«

Der kleine, schmerzende Muskel zog sich dumpf in meiner Brust zusammen und brachte mich damit zum Schweigen.

Wir folgten den anderen mit ein wenig Abstand und schweigend. Obwohl ich irgendwie immer noch nicht genau wusste, was eigentlich der Plan war, brachte ich es nicht über mich, ihn noch einmal anzusprechen. Einerseits, weil er ziemlich kühl und abweisend wirkte, andererseits, weil ich seine Stimme überhaupt nicht hören wollte.

Den Weg bis zum Krankenhaus bewältigten wir innerhalb einer halben Stunde. Da es Nacht war, konnten wir uns leicht vor den feindlichen Soldaten verstecken, wenn sie unerwartet um eine Ecke bogen. Mehrmals hatte Chris mich dabei am Arm gepackt und in eine enge Gasse oder einen Hauseingang gezogen. Jedes Mal brannte seine Berührung trotz Jacke auf meiner Haut und erinnerte mich daran, was er mir angetan hatte.

Dennoch fühlte ich mich überraschend sicher an seiner Seite. Er konnte mich belogen und mir das Herz halb herausgerissen haben, aber das hatte nichts mit seinen Fähigkeiten als Soldat zu tun. Er war viel aufmerksamer als ich, schien mehr zu hören und dadurch schneller handeln zu können. Ohne ihn hätten sie mich bestimmt längst entdeckt und wieder eingesperrt. Oder am besten gleich exekutiert, damit ich nicht noch mal ausbräche.

Erst als wir beim Krankenhaus ankamen, zögerte Chris hinter der letzten Ecke und ließ seinen Blick schweigend über den riesigen offenen Parkplatz wandern. Zuerst dachte ich, dass er nach Versteckmöglichkeiten suchte, aber davon gab es genug. Zumindest, wenn wir uns dabei trennten und hinter den dekorativen Bäumen verstecken würden. Die Stämme waren dick genug.

»Stimmt etwas nicht?«, fragte ich nach ein paar endlos langen Sekunden, weil ich plötzlich ein komisches Kribbeln im Bauch spürte.

Er drückte mich, ohne hinzusehen, wieder ein Stück zurück hinter die sichere Hauswand. »Warte kurz.« Er winkte Theo und Ridley zu uns herüber.

Mit einem zunehmend merkwürdigen Gefühl beobachtete ich nervöse Blicke zwischen den dreien. Chris sah angespannt aus, während er selbst immer wieder den Parkplatz kontrollierte.

Was ist los?, formte der Dunkelhaarige mit den Lippen, das Gewehr schussbereit vor seiner Brust, die rechte Hand auf dem Abzug. Bei Ridley sah das nicht anders aus, allerdings hielt sie nur zwei etwas kleinere Waffen.

Chris nickte in Richtung Krankenhaus. »Eigentlich sollten da welche stehen. Drei da«, erklärte er mit gesenkter Stimme und zeigte dabei auf irgendeine Stelle des Parkplatzes, die ich von hier aus nicht sehen konnte. »Und drei da.«

Offensichtlich kapierten die beiden, wovon Chris sprach. Ich war hingegen ganz froh, dass ich mich da raushalten konnte.

»Wenn die merken, dass wir ins Krankenhaus wollen, können wir's gleich vergessen«, fuhr Chris fort, wobei seine Stimme einen zischenden Unterton annahm. Es passte ihm überhaupt nicht, dass seine Pläne – welche auch immer das waren – gerade in eine Sackgasse liefen. Grimmig verzog er den Mund.

»Entspann dich, Chris«, murmelte Theo, obwohl auch er nicht so aussah, als könnte er es. »Wir checken die Lage bei den anderen. Wartet hier.«

Sobald die beiden außer Sichtweite waren, ließ er sich genervt gegen die Wand fallen. »Was denkt er, wer er ist?«, dachte er laut, denn er sah mich nicht dabei an. »Du wartest hier auf die anderen. Es ist besser, wenn ich ohne euch reingehe.«

»Was?« Mir klappte fast die Kinnlade runter. Ich sollte hier alleine stehen bleiben?

»Was *was?* Ich gehe rein. Wenn sie nur mich erwischen, lass ich mir irgendwas einfallen. Keine Sorge.«

»Ich mache mir keine Sorgen«, erklärte ich, woraufhin er mir ein schiefes Grinsen zuwarf. Ich wünsche, ich hätte noch ein *Aber* hintendran hängen können, aber ... mir fiel auf die Schnelle nichts Überzeugendes ein.

Ich beobachtete Chris argwöhnisch dabei, wie er sich seine Uniform richtete; das spitzbübische Funkeln in seinen Augen war dabei nicht zu übersehen. »Braves Mädchen«, murmelte er immer noch grinsend und trat näher an mich heran. »Dann gehe ich jetzt. Wir treffen uns drinnen, verstanden?«

»Meinetwegen«, ließ ich ihn wenig zufrieden wissen, musste dabei aber mein bettelndes Herz ignorieren, das am liebsten den Wunsch ausgesprochen hätte, er würde mich doch bitte nicht einfach hier alleine zurücklassen. Aber ich sagte nichts weiter und Chris grinste nur wieder in sich hinein, als hätte es das Gespräch bei den Tunneln überhaupt nicht gegeben. Ohne ein weiteres Wort setzte er sich in Bewegung und verschwand um die Ecke.

Ich folgte ihm schnell, lugte aber nur hinter der Hauswand hervor und beobachtete ihn, wie er sich lässig eine Hand in die Hosentasche schob und geradewegs auf den Haupteingang des großen weißen, flachdachigen Gebäudes zuging. Nervös und unruhig wartete ich auf einen östlichen Soldaten, der sich vielleicht irgendwo versteckt haben könnte, aber keiner war weit und breit zu sehen. Auch nachdem Chris schon ein paar Minuten im Krankenhaus verschwunden war, sah ich niemanden.

Eigentlich dachte ich, dass mich das beruhigen würde, aber aus irgendeinem Grund machte es mich nur nervöser.

Weil ich jetzt auch noch alleine war, zog ich mich schnell wieder zurück und löste eine der Waffen aus dem Gürtel. Ich entsicherte sie mit steifen Fingern; in der Nacht war es deutlich kühler geworden, weshalb meine Hände eiskalt waren.

Als ich dann endlich Schritte wahrnahm, spürte ich die Erleichterung in den Gliedern. Kurz dachte ich noch darüber nach, dass es auch ein östlicher Soldat sein könnte, aber als ich Theos Gesicht sah, atmete ich beruhigt aus.

»Wo ist Chris?«, fragte er in spitzem Ton, aber dennoch leise.

»Schon vorgegangen«, antwortete ich ihm und zeigte Richtung Krankenhaus.

Ridley rollte nur mit den Augen und drehte sich schon wieder von mir weg.

»Wir haben die sechs Soldaten gefunden. Sie standen zusammen auf der anderen Seite des Gebäudes«, erklärte der Dunkelhaarige. »Die anderen behalten sie im Auge, also können wir rein.«

Ich nickte. »Sofort?«

»Wir gehen vor«, bestätigte er und setzte sich auch schon in Bewegung. Die Blonde schloss sich augenblicklich an. In kurzem Abstand folgte ich den beiden, die zwar mit gesenkten Waffen, aber dennoch alarmiert den Parkplatz überquerten.

Ich musste dabei aufpassen, dass ich überhaupt noch einen Fuß vor den anderen setzen konnte. Meine zitternden Beine konnten mich kaum halten.

Beim Haupteingang angekommen ging Theo vor und Ridley schloss unsere Dreiergruppe ab. Sie kontrollierte noch, ob uns jemand in das Gebäude folgte. Da das aber nicht der Fall war, folgte sie uns schnell und ließ die Tür leise ins Schloss fallen.

Theo war der Erste, der seine Waffe wieder vor die Brust nahm und sich prüfend umsah. »Hat Chris gesagt, wo er anfängt?«

Ich schüttelte den Kopf. »Er meinte nur, wir treffen uns drinnen.« Und das konnte leider überall sein.

»Dann teilen wir uns auf. Du gehst nach oben. Ridley, du suchst diese Etage ab und ich gehe in den Keller. Wir treffen uns dann wieder hier.«

Ohne mich weiter zu beachten, setzten sich die beiden in Bewegung und trennten sich, während ich wie festgewurzelt im Eingang stehen blieb. Obwohl ich nicht das erste Mal hier war, kam ich mir verloren vor.

Neben den halbjährlichen Untersuchungen bei unseren Ärzten mussten wir uns alle zwei Jahre einmal komplett durchchecken lassen. Mein letzter Termin war erst vor ein paar Monaten gewesen. Daher wusste ich, dass der Teppich unter meinen Füßen eigentlich dunkelrot war und nicht so grau, wie er im fahlen Licht der grünen Sparlampen wirkte.

So wie es schien, hatten sie auch das Krankenhaus evakuiert. Normalerweise waren die Flure sogar bei Nacht beleuchtet, doch jetzt strahlten mir nur die schwachen Notausgangsschilder entgegen und erhellten mir meinen Weg nach oben. Ich wählte die Treppe, da der Fahrstuhl nicht so aussah, als würde er noch funktionieren. Aber das wäre mir sowieso egal gewesen. Ich hatte Fahrstühle noch nie gemocht.

Während ich die Stufen hinaufging, fühlte ich mich unwohl. Ich hoffte, dass Chris einfach vor mir auftauchen würde, damit ich nicht mehr allein wäre. Auch wenn ich gar nicht ohne Begleitung an diesem verlassenen Ort war, fühlte es sich so an. Mein eigener Herzschlag war das Einzige, was ich hören konnte. Weil ich Angst hatte, deshalb keine Verfolger zu bemerken, drehte ich mich immer wieder um.

Als ich die Etage betrat, blickte ich mich erst mal in alle Richtungen um und hielt nach etwas Verdächtigem Ausschau, aber alles war ruhig. Zögerlich betrat ich zuerst den linken Korridor und schritt so leise wie möglich vorwärts. Ich wollte mich nicht vom Echo meiner eigenen Schritte irritieren lassen.

Ob ich vielleicht nach Chris rufen sollte? Nein, besser nicht. Ridley und Theo taten es auch nicht. Falls hier doch irgendwelche Soldaten versteckt waren und beschützten, was auch immer sie verheimlichten, sollte ich uns nicht unnötig in Gefahr bringen.

Immer mit einer gewissen Portion Angst, die sich von Tür zu Tür steigerte und auf dem Rückweg wieder weniger wurde, lugte ich in die Räume hinein, nur um festzustellen, dass Chris nicht darin war. Ich fand nichts als leere Betten und offen stehende, ebenfalls leere Kleiderschränke vor.

Das Gleiche wiederholte sich in den nachfolgenden vier Gängen. Auch sie waren alle leer. Als ich aber gerade auf der Hälfte des fünften und letzten Korridors war, wurde meine Welt aus der Bahn geschleudert.

32

Ich sah Chris zuerst aus dem Augenwinkel einen der hinteren Räume verlassen, als ich ein leises, kaum hörbares Geräusch wahrnahm. Mein Körper drehte sich zu Chris, der die Waffe erhoben hatte und direkt auf mich zielte, als ich schon den Schuss hörte.

Es war ein komisches Gefühl, das sich in meinem Brustkorb ausbreitete. Zuerst glaubte ich, es wäre ein Stechen, doch dann spürte ich, wie etwas in mir riss und einen Schmerz in mir auslöste, gegen den nicht mal die Gentherapie etwas ausrichten konnte. Er zwang mich in die Knie, während mir meine eigene Waffe bereits aus der Hand fiel und mit einem leisen metallischen Geräusch auf dem Boden aufschlug.

Mein Blick verschwamm, wurde unklar und alles begann sich zu drehen, als hätte man mir den Boden unter den Füßen weggezogen. Das Rauschen in meinen Ohren verstärkte dieses Gefühl. Ich versuchte normal weiterzuatmen, konnte aber nichts gegen den Druck in meiner Brust ausrichten, der es mir unmöglich machte, Luft zu holen.

Ich brach in Schweiß aus, als mir klar wurde, dass ich dabei war zu ersticken.

Nein.

Nein.

Was auch immer um mich herum geschah, ich bekam es nur noch schemenhaft mit. Ich hörte zwar die Schüsse, die Chris weiterhin abgab, aber nur noch den einen, unsagbaren Schmerz, der von einem kleinen Loch in meiner Uniform auszugehen schien.

Als ich mit zitternder Hand die Stelle zwischen meinen Rippen berührte, genau über meinem Herzen, und daraufhin meine Finger betrachtete, klebte Blut an ihnen. Ich blutete.

Und es hörte nicht auf.

Ich sah wieder hoch, als ein weiterer Knall an meine Ohren drang und mich aus der kurzen Benommenheit riss. Einem Impuls folgend zog ich mich unter Schmerzen aus der Schusslinie, auch wenn ich nicht mal wusste, in welche Richtung das überhaupt war. Ich wollte einfach nur weg von den Schüssen, die Chris immer noch abfeuerte.

Die Wand, gegen die ich mich halbherzig lehnte, schnitt mir schließlich den Weg ab. Während ich meine Hand auf meine Brust presste, aber längst spürte, wie wenig Kraft ich dazu hatte, konnte ich meine Augen nicht von Chris abwenden. Am liebsten hätte ich nachgesehen, auf wen er zielte, wem ich das hier zu verdanken hatte, aber ich war vollkommen erstarrt. Mir war heiß und kalt zugleich, ich zitterte und konnte immer noch nicht atmen, weil sich der Schmerz inzwischen mein Rückgrat hinunterkämpfte.

Die Kugel musste komplett durchgegangen sein.

Chris schlug seine Waffe so heftig von sich, dass sie gegen

die Wand prallte und in unzählige Teile zersplitterte. Gleichzeitig beherrschte eine gewaltige Feuersäule den Flur, deren Hitze ich auf meinem Gesicht spüren konnte.

Wegdrehen ging nicht. Es ging einfach nicht.

Ich bekam nicht mal mit, wie Chris auf einmal neben mir war; erst als er seine Arme unter meinen durchschob und mich über den Boden in den Raum hinter uns zog.

Er legte mich mit dem Oberkörper voran behutsam ab, trat die Tür zu und verriegelte sie, bevor er sich neben mich kniete.

Wenn ich geglaubt hatte in ein ruhiges Gesicht zu sehen, wurde ich jetzt enttäuscht. Chris wirkte alles andere als gefasst und professionell. Zwar handelte er so, indem er meine Jacke öffnete, um sich die Verletzung anzusehen, aber sein Gesicht, seine Augen ... sie sprachen eine andere Sprache.

Eine, die mich glücklicher machte, als ich in diesem Moment sein sollte.

Er sagte nichts. Nicht ein Wort verließ seine Lippen, während ich spürte, dass ich ruhiger wurde. Mein Herz, das gegen die Wunde ankämpfte, sie heilen wollte, wurde ruhiger. Meine Atmung wurde ruhiger. Ich hörte auf dagegenzuarbeiten. Einfach so.

Resigniert sah ich zu, wie er mein T-Shirt zerriss, damit er den Stoff als Kompresse verwenden konnte. Ich spürte, wie er fest auf meine Brust drückte, um die Blutung zu stoppen, aber ich sah auch das ganze Blut, das mein weißes T-Shirt in der Dunkelheit sekundenschnell schwarz färbte.

Darum sah ich ihn einfach nur an und konzentrierte mich

darauf, noch ruhiger zu werden, obwohl es mir Angst machte. Das Blut in meinem Mund machte mir Angst.

Und der Schmerz. Er zerriss meine Brust, meine Lunge, mein Herz.

Ich wusste, dass ich nicht heilen würde. Eigentlich hätte es schon längst passieren müssen, aber statt wieder stärker zu werden, wurde ich nur immer müder, immer ruhiger.

Ich konnte nichts dagegen machen.

Meine Hand, die inzwischen zu zittern aufgehört hatte, legte sich leicht auf die von Chris, die immer noch den Stoff auf meine Brust presste. Als mir klar wurde, dass er mich nicht ansehen würde, drückte ich seine Hand so fest ich konnte, um ihn dazu zu bringen.

»Du wirst heilen«, sagte er grob und so überzeugt, weshalb ich mich nicht mal traute ihm zu sagen, dass ich keine Heilung spürte. Ich wollte, dass er mich ansah. Dass er mir in die Augen sah und mir sagte, dass es okay war, nicht zu heilen. Dass es nicht meine Schuld war.

Ich nahm meine Hand von seiner und legte sie stattdessen an seine Wange. Vorsichtig, als wäre er und nicht ich verletzt, drehte ich seinen Kopf zu mir und wartete so lange, bis er mir in die Augen sah.

Als er es dann tat, kamen mir die Tränen. Ich schluckte das Blut runter, um sprechen zu können, aber als ich den Mund öffnete, wollte kein Ton herauskommen.

Chris. Christopher, dachte ich und bildete mir ein, er würde es hören.

Er sah mich mit aufeinandergepressten Lippen an, das Gesicht zu einer schrecklichen, schmerzerfüllten Maske verzerrt. Aber eigentlich war es keine Maske mehr. Es war sein wahres Gesicht. Das Gesicht, das ich bisher nicht hatte sehen dürfen. Der Beweis, dass auch er in der Lage war, Schmerz zu empfinden.

Es war idiotisch, aber es machte mich glücklich. Auch wenn ich wusste, dass ich nicht aufhören würde zu bluten, war ich glücklich. Daran änderte sich auch nichts, als mich die Kraft in meinem Arm verließ und ich ihn nicht mehr halten konnte.

Chris las in meinen Augen, was ich ihm sagen wollte: *Ich werde nicht heilen. Es tut mir leid.*

Denn er nahm seine Hand von meiner Brust, die mindestens genauso sehr zitterte wie meine zuvor, und legte sie an meine Wange. Ich spürte seinen Daumen über meine Haut streichen und meine Tränen wegwischen.

»Ich schwöre dir«, begann er, wobei seine Stimme nicht mehr so fest klang, »ich schwöre, ich bringe sie um. Sie wird dafür bezahlen.«

Dann beugte er sich zu meinem Gesicht hinab, legte seine Lippen für einen schmerzhaften, kurzen Augenblick auf meine blutverschmierten und zog mich daraufhin in seine Arme. Mit einem merkwürdig leeren Gefühl auf den Lippen lehnte ich mich an seine Brust, während er wieder auf die Wunde drückte.

Aber ich hatte keine Hoffnung mehr. Ich versuchte mir auch nichts schönzureden. Von wegen, dass, wenn ich früher gewusst hätte, was passieren würde, ich irgendetwas anders gemacht hätte – denn seien wir ehrlich: Das hätte ich nicht. Alles war genau so richtig, wie es gelaufen war.

Und jetzt endete es eben.

Sein Griff um meinen Oberkörper wurde stärker, aber ich schaffte es kaum noch, meine Augen offen zu halten. Ich entglitt ihm einfach.

Das Letzte, was ich spürte, waren seine Lippen an meinem Ohr, als er leise und erstickt wisperte: »Es tut mir leid.«

***

Diese vier kleinen Worte, die er mir geschworen hatte niemals auszusprechen, hallten noch lange in meinen Gedanken wider. Sie waren besser als alles andere, was er hätte sagen können, sogar besser als jede Liebeserklärung, die ich mir erträumt hatte. Ich erinnerte mich nämlich noch zu genau an eines unserer ersten Gespräche, nachdem er damals mein Kunstprojekt in Brand gesteckt hatte.

Chris war niemand, der sich entschuldigte. Weder dafür, dass er mich wegen meiner Familie belogen hatte, noch für das verbrannte Gemälde. Aber vielleicht hatte er genau das gerade getan. Vielleicht hatte er sich für all das entschuldigt, was er mir angetan hatte, und damit seinen Vorsatz gebrochen, die Worte *Es tut mir leid* niemals in den Mund zu nehmen.

Es war fast perfekt. Fast.

Ich hatte mir vorgestellt, dass es leichter wäre zu sterben. Befreiender. Und nicht so kalt. Auch hatte ich erwartet, dass ich einfach aufhören würde zu denken, aber anscheinend hatte ich mich geirrt.

Neben der Kälte war die Schwärze das Schlimmste. Ich hörte nichts, sah nichts und außer der besagten Kälte spürte ich auch nichts. Ich konnte nicht mal genau sagen, ob ich tot war; soweit ich das beurteilen konnte, hatte ich aber aufgehört zu atmen.

Doch was jetzt? Was passierte jetzt mit mir?

Das Warten war schrecklich. Hinzu kam die Kälte, dass ich mir sogar einbildete, ich würde zittern. Aber das war unmöglich – und dennoch tat ich nichts anderes. Ich wartete. Ich dachte. Ich fror. Ich zitterte.

Das erste Geräusch, das ich statt meiner eigenen Stimme wahrnahm, war ein fürchterliches Knacken. Eher ein Knistern, als würde etwas brennen. Und dann verschwand die Kälte plötzlich und wurde durch eine unerträgliche Hitze ersetzt.

Ich schrie.

Epilog

Chris starrte auf den leblosen Körper in seinen Armen, bekam nicht mal mit, wie er ihn trotzdem noch an sich drückte, als könnte das irgendetwas an der Tatsache ändern, dass Malias Herz nicht mehr schlug.

Er konnte einfach nicht aufhören sie anzusehen.

Er wusste nicht, was er fühlte. Seitdem er sie kannte, war er sich nicht mehr sicher, was er überhaupt fühlte. War es Wut über ihren Tod? Hass, weil sie ihn dazu brachte, sich keinen Millimeter mehr zu rühren? Trauer? Erleichterung?

Obwohl Chris in letzter Zeit schon viele Tote gesehen hatte, war es ihm neu, dass er nicht den Drang verspürte, sich darüber zu freuen.

Noch nie hatte er gezittert, während er langsam aufhörte die tödlichen Wunden abzudrücken – bei Malia schon. Es schien, als wollte seine Hand nicht loslassen. Er tat es aus Reflex, als ihr Körper zuckte.

Zuerst hielt er es für Einbildung, vielleicht konnte er sie einfach nicht mehr festhalten und sie war ein wenig von seinem Schoß gerutscht. Doch beim zweiten Mal sah er genau, wie sich ihr Fuß bewegte.

Automatisch hielt er die Luft an, als er den Stofffetzen von ihrer Brust nahm; ein merkwürdiger Schmerz durchfuhr ihn – einer, der keine körperlichen Ursachen hatte –, als er sah, dass sie nicht mehr so stark blutete wie zuvor. Er legte beide Hände auf ihren Wangen ab und beugte sich über sie. Er wartete darauf, dass sie atmete, dass die Ader an ihrem Hals zu pulsieren begann, aber sie rührte sich nicht.

Hatte er sich das Zucken doch nur eingebildet?

»Malia?«, fragte er leise, weshalb sich seine eigene Stimme fremd in seinen Ohren anhörte. Er kam sich so beschissen jämmerlich vor. Erbärmlich. Lächerlich.

Nach wenigen, angespannten Sekunden zuckte sie wieder. Dieses Mal ihre Hand, die erschlafft neben ihrem Körper lag und fast Chris' Bein berührte. Wie gebannt starrte er darauf und bemerkte fast nicht, wie ihre Haut unter seinen Händen wärmer wurde. Erst als ihr Körper plötzlich zu zittern begann, war er überzeugt, dass irgendetwas mit ihr passierte. Obwohl ihr Herz stillstand, obwohl er genau gesehen hatte, wie sie zu atmen aufgehört hatte, wusste er, dass sie nicht tot war.

Ihr Element hielt sie am Leben.

Er nahm seine Hände von ihren Wangen und zog gedankenverloren den Kragen ihres Shirts runter, um sich die Wunde anzusehen. Ein paarmal hatte er bisher mit eigenen Augen gesehen, wie eine schwere Verletzung heilte, aber so etwas noch nie.

Er vergaß zu atmen, während er auf das kleine, rot glühende Einschussloch starrte, das in der Lage war, die Blutung zu stillen.

Als Schüsse an seine Ohren drangen, blickte er hoch und lauschte. Schritte. Zwei Personen, die den Korridor runterliefen. Vermutlich, um ihn zu suchen, weil das Miststück ihn mit Sicherheit verraten hatte – dafür würde sie bezahlen. Und dafür, dass sie geglaubt hatte, sie könnte ihm Malia wegnehmen.

Ihm nahm niemand etwas weg. Niemand mischte sich in sein Leben ein. Noch einmal würde er es nicht zulassen, dass es so weit kommen konnte.

Vorsichtig schob er Malia von seinem Schoß; sie war inzwischen so heiß, dass er sie nur dort berühren konnte, wo Kleidung ihren leblosen Körper bedeckte. Er glaubte sogar zu erkennen, wie die Adern in ihren Armen, an ihrem Hals und in ihrem Gesicht in einem glühenden Orange durch die Haut schimmerten. Sie würde zurückkommen.

Aber bis dahin hatte er noch eine Rechnung zu begleichen.

Ende von Band 2

Es tut mir leid.
Alles, was ich dir angetan habe.
Alles, was ich dir noch antun werde.